*Cuentos fantásticos*

Letras Hispánicas

# Benito Pérez Galdós

# *Cuentos fantásticos*

Edición de Alan E. Smith

UNDÉCIMA EDICIÓN

CÁTEDRA

LETRAS HISPÁNICAS

1.ª edición, 1996
11.ª edición, 2026

Reservados todos los derechos. El contenido de esta obra está protegido
por la Ley, que establece penas de prisión y/o multas, además de las
correspondientes indemnizaciones por daños y perjuicios, para
quienes reprodujeren, plagiaren, distribuyeren o comunicaren
públicamente, en todo o en parte, una obra literaria, artística
o científica, o su transformación, interpretación o ejecución
artística fijada en cualquier tipo de soporte o comunicada
a través de cualquier medio, sin la preceptiva autorización.

PAPEL DE FIBRA
CERTIFICADA

© Herederos de Benito Pérez Galdós
© Ediciones Cátedra (Grupo Anaya, S. A.), 1996, 2026
Valentín Beato, 21. 28037 Madrid
Depósito legal: M. 36.759-2008
I.S.B.N.: 978-84-376-1414-4
*Printed in Spain*

# Índice

| | |
|---|---|
| INTRODUCCIÓN | 11 |
| Los cuentos en contexto | 12 |
| Galdós y el cuento | 16 |
| Discurso fantástico y discurso histórico | 23 |
| ESTA EDICIÓN | 29 |
| BIBLIOGRAFÍA | 31 |
| CUENTOS FANTÁSTICOS | 37 |
| Una industria que vive de la muerte; episodio musical del cólera | 39 |
| La conjuración de las palabras | 57 |
| La novela en el tranvía | 71 |
| La pluma en el viento, o el viaje de la vida | 105 |
| La Mula y el Buey (cuento de Navidad) | 137 |
| La princesa y el granuja | 157 |
| Theros | 189 |
| Tropiquillos | 211 |
| Celín | 231 |
| ¿Dónde está mi cabeza? | 275 |
| El pórtico de la gloria | 283 |
| Rompecabezas | 293 |

*Introducción*

Benito Pérez Galdós

Estos doce cuentos fantásticos de Galdós aparecen ahora juntos por primera vez. Uno de ellos ("Rompecabezas") no ha sido nunca publicado en libro, y dos más se han editado en este formato muy rara vez ("Una industria que vive de la muerte" y "El pórtico de la gloria"); ninguno de estos tres consta en las *Obras Completas* de Aguilar. No han merecido, hasta ahora, una edición crítica, que diera fe de los cambios que Galdós les impuso en diversos momentos de su desarrollo literario, ni siquiera que explicara las alusiones culturales que su autor a veces prodiga[1]. La presente edición es un intento de tratar esta escritura galdosiana con el cuidado que parecería merecer, y hasta reclamar.

Estos doce cuentos están cosidos entre las cubiertas del tomo que el lector tiene en las manos no sólo para facilitar su manejo, sino para señalar un apartado estético y epistemológico en la obra del más grande escritor realista español: un *corpus* de escritos fantásticos hasta la fecha desatendido por la crítica e inédito como conjunto. De esa manera entran los "cuentos fantásticos" a formar compañía con las novelas fantásticas de Galdós: la temprana novela *La sombra* (fechada en 1870, y pu-

---

[1] Sólo José Schraibman ha trabajado en este sentido, al publicar en su momento un cotejo de la primera edición de "La novela en el tranvía" (1871), con dos fragmentos muy posteriores (1900, 1911) del mismo, pero no con la versión completa reeditada en 1900; véase su artículo, "Variantes de 'La novela en el tranvía' de Galdós", *La Torre* (Puerto Rico), 48 (Oct.-Dic. 1964), 149-163.

blicada por primera vez al año siguiente) y las tardías *El caballero encantado* (1909) y *La razón de la sinrazón* (1915), así como parte de la quinta serie de *Episodios Nacionales*. Claro está, me he referido sólo a ficciones completamente fantásticas, puesto que, como es sabido, Galdós amasa sus novelas "verosímiles" tantas veces con la levadura de lo inverosímil; pensemos en *El amigo Manso* (1882), *Miau* (1888), *Nazarín* (1895), *Misericordia* (1897), para dar algunos ejemplos entre muchos.

Hace muchos años que la crítica especializada ha venido señalando la presencia de elementos fantásticos en Galdós[2], y esperamos que la presente edición ayude a divulgar entre el público lector la conciencia de ese aspecto libérrimo y lúdico de su finísimo realismo entreverado.

Los cuentos en contexto

El adjetivo "fantástico", que forma parte del título de este libro y circunscribe un *corpus* en la obra de Galdós, tiene una acepción convencional de inverosímil, de algo que rompe las leyes físicas, y en ese sentido amplio lo uso[3]. Diez de estos cuentos caben completamente den-

---

[2] Sobre lo fantástico en la obra de Galdós en general, se pueden consultar los siguientes trabajos: Carlos Clavería, "Sobre la veta fantástica en la obra de Galdós", *Atlante*, I, 2 (abril, 1953), 78-86, y I, 3 (julio, 1953), 136-143; Ricardo Gullón, "Lo maravilloso en Galdós", *Ínsula*, X, 113 (15 de mayo, 1955), 1 y 11; Karen Odell Austin *The Supernatural in the Novels of Benito Pérez Galdós* (tesis de doctorado), University of Kentucky, 1977.

[3] El *Diccionario de la lengua española* (decimonovena edición) de la Real Academia Española define así "fantástico": "1. Quimérico, fingido, que no tiene realidad, y consistente sólo en la imaginación. 2. Perteneciente a la fantasía. 3. Presuntuoso y entonado." El *Pequeño Larousse Ilustrado* (1970) indica: "Creado por la fantasía o la imaginación: *visión fantástica*. (SINON. V. *Imaginario*.) Dícese de aquello en que entran seres sobrenaturales: *los cuentos fantásticos de Hoff-*

tro de esta definición. Sólo "La novela en el tranvía" y "Tropiquillos" concluyen con explicaciones verosímiles (locura, una posible borrachera, respectivamente) de sucesos aparentemente fantásticos. Pero en el caso de "La novela en el tranvía", el lector aprehende los sucesos fantásticos a través de la perspectiva (o focalización) del narrador-protagonista a lo largo de la casi totalidad del cuento, lo suficiente como para convertir la explicación final en un pretexto (o en un "post-texto"). En el caso de "Tropiquillos", el final simultáneamente produce y sugiere la resolución del momento fantástico, pero con tanta ambigüedad, que tampoco logra eliminar la experiencia fantástica de la lectura[4].

Galdós publicó estos doce cuentos fantásticos entre 1865 y 1897. En orden de su primera publicación, son los siguientes: "Una industria que vive de la muerte" (1865); "La conjuración de las palabras" (1868); "La novela en el tranvía" (1871), "La pluma en el viento" (1873); "La Mula y el Buey" (1876); "La princesa y el granuja" (1877); "Theros" (1877); "Tropiquillos" (1884); "Celín" (1889 [fechado 1887]); "¿Dónde está mi cabeza?" (1892); "El pórtico de la gloria" (1896); y "Rompecabezas" (1897).

---

mann. (SINON. V. *Inverosímil*). Fam. Increíble: *lujo fantástico*. (SINON V. *Raro*). CONTR. *Real, verdadero.*"

He aceptado la sugerencia de María Ángeles Ezama, al usar la voz "fantástico", en vez de "inverosímil", menos usual, si bien más precisa desde algunas perspectivas críticas, porque se trata de un título para una obra de creación, es decir, para un público lector general, y así me refiero a estos relatos a lo largo de este estudio. En cambio, en mi estudio crítico de estos mismos cuentos, me pareció más apropiado utilizar el término "inverosímil", porque de crítica se trataba. Véase la nota 18 de esta introducción. Para un estudio detallado de los términos, "literatura fantástica, extraña y maravillosa" véase "Teoría de lo fantástico" en mi libro *Los cuentos inverosímiles de Galdós en el contexto de su obra* (Barcelona, Anthropos, 1992), 28-43.

[4] Lo que sigue incorpora, con bastantes modificaciones, partes de una sección (págs. 13-28) de *Los cuentos inverosímiles de Galdós en el contexto de su obra*.

Publicó, además, otros ocho cuentos, todos escritos entre 1868 y 1872, en los que las leyes físicas no se rompen: los cuatro relatos que publica en *La Nación*, en 1868, bajo la rúbrica de "Manicomio político-social. Soliloquios de algunos dementes encerrados en él" ("Jaula primera —El neo; sátira política"; "Jaula segunda —El filósofo materialista; sátira científica"; "Jaula tercera —El don Juan; burla de un don Juan fracasado"; y "Jaula Cuarta —El espiritista; sobre el loco que había hablado con Julio César, Luciano Francisco Comella y Tomás de Torquemada"), "El artículo de fondo" (1871), "La mujer del filósofo" (1871), "Un tribunal literario" (1872) y "Dos de mayo de 1808, Dos de septiembre de 1870" (1870 [publicado por primera vez en 1896])[5].

Cuando Galdós toma la pluma para escribir su primer cuento, que es también su primer cuento fantástico, el género, en versión moderna, es decir, decimonónica, ya había encontrado carta de naturaleza en una de sus antiguas moradas, España, tras su resurgimiento en el Romanticismo y su importación de Alemania y Estados Unidos, por vía de Francia. Como nos informa Mariano Baquero Goyanes, en su fundamental *El cuento español en el siglo XIX*, "el cuento fantástico español nace como una imitación de los cultivados en otros países, especialmente los de [E.T.A.] Hoffmann, autor conocido en España desde 1830, y de cuyos *cuentos* existían ya traducciones en 1837 y en 1839, hecha esta última por D. Cayetano Cortés. [...] El éxito y la popularidad de las narraciones de Hoffman debieron de ser grandes, a juzgar por las abundantes citas que de ellas se encuentran en la literatura española del siglo XIX" (236)[6]. Al nombre

---

[5] Robert J. Weber indica: "It was written in December of 1870 and published in *Apuntes* (Madrid), in the seventh issue, May 2, 1896." *Modern Language Notes*, 77 (1962), 532.

[6] Las cifras entre paréntesis indican la página de la obra citada, cuyos datos bibliográficos constan en la bibliografía.

del gran fabulista alemán se le unirá el de Edgar Allan Poe, y ya a partir de los sesenta, por lo menos, es tópico citarlos juntos cuando del cuento fantástico y de la fantasía se hablaba. El joven Galdós también cita a Poe (cuyas obras, en traducciones de Baudelaire, poseía desde 1865, además de una edición francesa de Hoffmann)[7], pero como contrapartida enfermiza de otra imaginación fecunda; a propósito de Bécquer, apunta: "La alucinación que es el estado normal de Gustavo se diferencia tanto de la fiebre dolorosa y tétrica de Edgardo Poe, como se distingue la locura sublime y profunda de D. Quijote del disparatado desvarío de Orlando" (citado en Cazottes, 145)[8].

Conforme avanza el siglo, y desde luego en los ochenta, el naturalismo "ha olvidado casi por completo aquellas descabelladas fantasías juveniles, sustituyéndolas por unas narraciones de técnica y asuntos completamente distintos, opuestos" (Baquero Goyanes, 95). Luego, al filo casi del siglo XX, la reacción espiritualista se deja ver en el cuento también, surgiendo una cosecha de narraciones religiosas o psicológicas que, según Baquero Goyanes, emulan el movimiento tipificado por Paul Bourget (308), quien había marcado su ruptura con el naturalismo con su novela *Le disciple* (1889).

El medio más importante para el cuento decimonónico en España, como en el resto de Europa, fue la prensa periódica en diarios y revistas (Baquero Goyanes, 85). Luego, los cuentos se solían recoger en colecciones por sus autores, cundiendo esta práctica especialmente a partir de la década de los ochenta.

---

[7] Se trata de Edgard Poe, *Histoires extraordinaires* (trad. de Charles Baudelaire), París, Lévy, 1857, y Edgard Poe, *Nouvelles histoires extraordinaires* (trad. de Ch. Baudelaire), París, Lévy, 1865; E. T. A. Hoffmann, *Contes posthumes d'Hoffmann* (trad. de Champfleury), París, Lévy frères, 1856.

[8] "Las obras de Bécquer", artículo publicado en *El Debate* (13 de noviembre, 1871).

## Galdós y el cuento

¿Cómo se perfila la obra cuentística de Galdós en este contexto? En cuanto a la naturaleza fantástica de la mayoría de sus relatos —doce de los veinte—, es notable que parece oponerse al auge del cuento naturalista, que Baquero Goyanes considera típico a partir de los ochenta, ya que cinco de los doce cuentos fantásticos fueron escritos después de 1880, e incluso varios de los anteriores los vuelve a publicar en 1889. Por otra parte, el medio de su publicación es totalmente característico, primero en diario o revista, y luego en libro. Es esta doble publicación precisamente la que nos ha regalado la riqueza fascinante y reveladora de dos versiones diferentes de ocho de sus cuentos, con centenares de variantes, constatadas en la presente edición. Galdós hace acompañar la primera edición de la delgada novela *Torquemada en la hoguera* (1889) de "La conjuración de las palabras", "La pluma en el viento", "La Mula y el Buey" y "La princesa y el granuja", además de "El artículo de fondo" y "Un tribunal literario". Al año siguiente (1890) reedita su temprana novela corta *La sombra,* [1870][9] acompañada de "Celín", "Tropiquillos" y "Theros". Además, vuelve a publicar, en librito autónomo, *La novela en el tranvía* en 1900. ¿Qué le habrá picado a ese señor para sacar a relucir sus escritos inverosímiles entonces, en el breve espacio de un par de años? La delgadez de *Torquemada en la hoguera* podría verse como razón suficiente para "rellenar" el libro con "obrillas", como las llama en el prólogo a esa novela. Pero, esa razón no explica la publicación, al año, de su viejísima novelita fantástica, con la adición de tres cuentos

---

[9] Según la *Bibliografía de Galdós* de Manuel Hernández Suárez, *La sombra* se publicó por primera vez en la *Revista de España* (Madrid), 18 (1871), fechada al fin: Noviembre, 1870.

fantásticos bastante más recientes. El motivo económico no se puede descartar. No obstante, creo que hay otras razones, no tan materiales, que deberíamos considerar, como se verá más adelante.

Al parecer, a Galdós apenas se le reconocía en su época como escritor de cuentos. Al año escaso de la publicación del segundo tomo de cuentos galdosianos, Emilia Pardo Bazán, en *El nuevo teatro crítico*, de marzo, 1891 (pág. 38), afirma:

> El artista, a no ser un prodigio de la Naturaleza, no está condicionado para desempeñar todos los géneros con igual maestría, y casi siempre descuella en uno, que es su especialidad, su reino. A Pérez Galdós, por ejemplo, le es difícil redondear y encerrarse en un espacio reducido; no maneja el cuento, la *nouvelle* ni la narración corta; necesita desahogo, páginas y más páginas, y, como el novelista ruso Dostoyevski, domina la pintura urbana y no la rural (citado en Baquero Goyanes, 121).

Esta hábil negación de la producción cuentística de Galdós por una prolífica escritora de cuentos, apenas aparecer los relatos fantásticos de aquél, da que pensar. Es posible que sea una no tan velada crítica a los cuentos recientemente presentados (por quien, quizás inconscientemente, quiere proteger su "reino"). También es interesante, por otros motivos, la relación que Pardo Bazán tácitamente establece entre el cuento y el ambiente rural. Tres de los doce cuentos fantásticos de Galdós ("Celín", "Theros" y "Tropiquillos"), entre los más bellos, allí se ambientan, como si el campo fuese el ámbito propicio para la imaginación mitológica, tan importante en el género[10]. En todo caso, en esta desatención al cuento galdosiano coincide, en vida de Galdós, un críti-

---

[10] El término "imaginación mitológica" lo empleo y dilucido en *Los cuentos inverosímiles de Galdós,* especialmente en las págs. 201-203.

co extranjero; según H. Péseux-Richard: "En Espagne, sauf B. Pérez Galdós, auquel elles semblent répugner, les plus grands noms de la littérature contemporaine figurent sur des recuils de contes formant volume, ou apparaissent de temps à autre sur la feuille littéraire d'un periodique"[11]. El mismo Baquero Goyanes sigue esta pauta, consistentemente elidiendo la presencia de Galdós en sus generalizaciones sobre el cuento, o en las listas de los novelistas realistas que cultivaron el cuento, diciendo, por ejemplo: "novelistas puros, lentos, magistrales, como Galdós, apenas cultivaron el cuento" (121). Desde luego, esta relativa ceguera, que ha llegado a nuestros días[12], es comprensible teniendo en cuenta la enorme materia novelesca y teatral de nuestro autor, pero es reflejo también de una timidez en el mismo Galdós.

Ante el género del cuento, Galdós tuvo algunas ocasiones para expresar su parecer. En la reseña de Bécquer, antes citada, el joven novelista parece transparentar cierta claustrofobia respecto al cuento, quizás justificando la observación de Pardo Bazán que acabamos de ver, y manifiesta el deseo de que Bécquer hubiese tenido más tiempo para ensanchar su prosa ficticia:

> Las *Leyendas*, lo mismo que las *Cartas de Veruela*, no tienen nada de definitivo. No sé por qué me parece todo aquello un boceto de cosas mayores. [...] No sé porqué al leer *La creación*, cuyo asunto sin fin está colocado dentro de un cuadro microscópico, como un mundo engastado en un anillo, pienso en las cuatro rayas que debió trazar Miguel Ángel para fijar la composición de su *Juicio Final*. [...] A la *Creación* de Gustavo, para ser un inmenso poema, no le falta más que tamaño (citado en Cazottes, 144).

---

[11] "Un romancier espagnol, Jacinto Octavio Picón", *Revue Hispanique*, 30 (1914), 525. Citado en Baquero Goyanes, 168.

[12] Sin embargo, algo hay. Incluyo en la bibliografía los estudios de los que tengo noticia.

Sin embargo, en otros momentos, Galdós se muestra más favorable hacia el cuento. En su estudio sobre los *Proverbios* de Ruiz Aguilera[13], "Observaciones sobre la novela contemporánea en España" (1870), parece mejor avenido con el relato breve y traza su desarrollo:

> De estos cuadros de costumbres, que apenas tienen acción, sino únicamente ligeros bosquejos de una figura, nace paulatinamente el cuento, que es aquel mismo cuadro con un poco de movimiento, formando un organismo dramático, pequeño, pero completo en su brevedad. [...] En España la producción de esas pequeñas obras es inmensa. La prensa literaria se alimenta de eso, y menudean las colecciones de cuentos, de artículos, de cuadros sociales. Hay mucho de vulgar y mediano en estas composiciones; pero el que siga con interés el movimiento literario habrá tenido ocasión de observar lo que hay de bueno entre la muchedumbre de obritas de este género (citado en Pérez Vidal, *Madrid,* 238).

Desde luego, ese "nacimiento" del cuento, desprendiéndose del cuadro de costumbres, que Galdós señala, se aplica perfectamente a su propio debut como cuentista, "Una industria que vive de la muerte".

Treinta y cuatro años después, vuelve a teorizar Galdós sobre el cuento, en el prólogo a los *Cuentos* de Fernanflor:

> Con igual fortuna cultivó *Fernanflor* la novela chica y el cuento, que es la máxima condensación de un asunto en forma sugestiva, ingenua, infantil, con la inocente marrullería de los *niños terribles,* que filosofan sin saberlo y expresan las grandes verdades, cándidamente atrevidos a la manera de los locos, que son

---

[13] "Observaciones sobre la novela contemporánea en España. *Proverbios ejemplares y Proverbios cómicos* por don Ventura Ruiz Aguilera", *Revista de España,* 15, 57 (13 de julio, 1870), [162]-172; reeditado por José Pérez Vidal, *Madrid,* Afrodisio Aguado, 1957, 223-249.

realmente personas mayores retrollevadas al criterio elemental y embrionario de la infancia. [...] Únicamente Trueba y Fernán Caballero habían acertado en el género, conteniéndolo sistemáticamente dentro del molde de la ideación y de la cháchara pueriles. No colmaba esto las aspiraciones del maestro, que para nutrir el periódico quería más pasión humana y algo menos de candor escolar, forma vigorosa, y argumentos derivados de las costumbres generales. De este modo, el género se engrandecía, aumentaba en valor literario y eficacia moral, sin perder sus cualidades propiamente castizas: el sentido apológico y la brevedad epigramática (citado en Shoemaker, *Los prólogos de Galdós,* 71).

La figura del *niño terrible,* que Galdós utiliza aquí como alegoría del cuento en cuanto género literario, ocupa un sitio importante en sus propios cuentos; véase si no "Celín" y "Rompecabezas", donde el niño es el Espíritu Santo y el mismo Jesús, respectivamente. Imposible no recordar también el falso Pituso, o el niño chupón que invade el sueño de Jacinta.

Aunque quizás por cortesía, en vista del cometido que ha motivado estos comentarios, Galdós valora aquí el cuento positivamente, y, además, ofrece un fascinante atisbo teórico: la relación de los cuentos a la vez con los locos y con los niños, describiendo intuitivamente lo que en términos psicoanalíticos sería la "regresión", pues el cuento, dice, es como los locos, "retrollevados al criterio elemental y embrionario de la infancia"[14]. Ese criterio elemental y embrionario, es lo que he llamado la imaginación mitológica, secuencias de actos y figuras características de los mitos, idénticas en forma a las secuencias y figuras de los sueños, borbotones del inconsciente. Los mitos son sueños públicos, y los sueños,

---

[14] En 1900, asocia igualmente los cuentos con la locura, en su *Episodio Nacional, Los Ayacuchos* (capítulo III), en voz del narrador: "La historia nace casi siempre así, adoptando formas de locura o de pueril conseja."

mitos privados, según la fórmula de Joseph Campbell[15]; los cuentos, entre esos dos polos, hacen posible la "publicación" del material de los sueños, pero sin el peso de la autoridad que llevan los mitos, diríamos casi sin su obligación de poder. De allí su maravilla. De hecho, uno de los valores de bastantes de estos cuentos de Galdós es su capacidad de rearticular un mito, despojándolo de su autoridad, cambiando el *logos* inculcatorio de la historia oficial por la fresca palabra de la comunicación gregaria.

Si bien Galdós es generoso con el cuento, tratándose del trabajo de otros, lo es mucho menos cuando se refiere a sí mismo. Hemos visto que publicó dos colecciones de cuentos, *Torquemada en la hoguera* (1889), y *La sombra* (1890). El prólogo al tomo de Torquemada es breve, y vale la pena citarlo íntegramente:

> Reproduzco en este tomo, a continuación de la novela *Torquemada en la hoguera,* recientemente escrita, varias composiciones hace tiempo publicadas, y que no me atrevo a clasificar ahora, pues, no pudiendo en rigor de verdad llamarlas novelas, no sé qué nombre darles. Algunas podrían nombrarse cuentos, más que por su brevedad, por el sello de infancia que sus páginas llevan; otras son como ensayos narrativos o descriptivos, con un desarrollo artificioso que oculta la escasez de asunto real; en otras resulta una tendencia crítica, que hoy parece falsa, pero que sin duda respondía, aunque vagamente, a ideas o preocupaciones del tiempo en que fueron escritas, y en todas ellas el estudio de la realidad apenas se manifiesta en contados pasajes, como tentativa realizada con desconfianza y timidez.
>
> Fue mi propósito durante mucho tiempo no sacar nuevamente a luz estas primicias, anticuadas ya y fastidiosas; pero he tenido que hacerlo al fin, cediendo al ruego de cariñosos amigos míos. Al incluirlas en el pre-

---

[15] Ver el capítulo introductorio, "Myth and Dream", de su libro *The Hero With a Thousand Faces.*

sente tomo, declaro que no está mi conciencia tranquila, y que me acuso de no haber tenido suficiente energía de carácter para seguir rechazando las sugestiones de indulgencia en favor de estas obrillas. Temo mucho que el juicio del público concuerde con el que yo tenía formado, y que mis lectores las sentencien a volver a la región del olvido, de donde imprudentemente las saco, y que las manden allá otra vez, por tránsitos de la *guardia crítica*. Si así resultase, a mí y a mis amigos nos estaría la lección bien merecida.

Lo único que debo hacer, en descargo de mi conciencia, es marcar al pie de cada una de estas composiciones la fecha en que fueron escritas; y no porque yo quiera darlas [sic] un valor documental, a falta del literario; sino para atenuar, hasta donde conseguirlo pueda, el desaliño, trivialidad, escasez de observación e inconsistencia de ideas que en ellas han de encontrar aun los que las lean con intención más benévola (Shoemaker, *Prólogos*, 66).

Puede extrañar, desde una perspectiva actual, la duda ante el nombre que corresponde a estos escritos. Sin embargo, habría que tener en cuenta que el vocablo cuento "no se empleó sin escrúpulos, hasta muy entrado el siglo XIX, para designar narraciones literarias, reservándose antes únicamente para aquellas de carácter popular, fantásticas o inverosímiles" (Baquero Goyanes, 57). Y añade el estudioso del cuento español: "Según avanza el siglo XIX, el término *cuento* va triunfando, empleándose para narraciones de todo tipo, aun cuando la imprecisión y los prejuicios tarden en desaparecer" (73). Si bien esto ayuda a explicar el titubeo de Galdós, hay que recordar que, para la década de los noventa, el "estigma" del vocablo había desaparecido. Como señala Baquero Goyanes, "las narraciones de doña Emilia Pardo Bazán representan rotundamente la completa aceptación de la voz *cuento* para un género característico de la segunda mitad —casi de los últimos años— del siglo XIX (73).

Por tanto, el titubeo galdosiano resulta un poco anticuado en 1889, y debe corresponder, sin duda, a la naturaleza inverosímil de la mayoría de los relatos, aunque el hecho de publicarlos, a pesar de las muchas disculpas, representa una importante reconciliación con la literatura fantástica. Un año antes, había dicho, en el prólogo a las *Obras* de Francisco María Pinto, "que de la fantasía del verdadero artista brotan, entre los desvaríos de la invención, acentos de verdad adivinatoria y profética, en los cuales halla nuestro espíritu más convicción y consuelos más grandes que en la verdad razonada" (Shoemaker, *Prólogos*, 64). Por cierto que es en ese mismo prólogo donde Galdós parece estar ya pensando en publicar sus cuentos: "bueno es que sus paisanos hayan acudido pronto a recoger los miembros esparcidos de esa vigorosa personalidad literaria, para juntarlos y guardarlos en la forma duradera de un libro" (62).

Discurso fantástico y discurso histórico

Podemos ahora retomar la pregunta que antes se dejó sin contestar, ¿por qué publica Galdós estas dos colecciones de cuentos, la mayoría de ellos fantásticos, en 1889 y 1890? Creo que la respuesta es la más obvia: por esas fechas se siente mucho más cómodo con el abandono de un realismo verosímil. Menos obvio, quizás, es la razón de esa nueva "comodidad" con lo fantástico. Por heterogéneo que pueda parecer, creo que ese cambio literario-estético está íntimamente relacionado con otro tipo de cambio: su cambio ideológico, en el sentido político-histórico. Galdós mismo, desde sus primeros momentos como escritor ha relacionado estos dos órdenes: *"en literatura como en política* (cursiva nuestra) —dice en 1870— nos vamos por esas nubes montados en nuestros hipogrifos, como si no estuviéramos en el siglo XIX y en un rincón de esta vieja Europa, que ya se va aficionando mucho a la realidad" (citado en Pérez Vidal, *Madrid,* 235). El estudioso de Galdós habrá reconocido la cita de su temprano artículo crítico, reseña del libro de Ruiz Aguilera, "Observaciones sobre la novela contemporánea en España", que antes aducimos. Allí Galdós cumple un doble propósito, que él mismo considera como esencialmente unificado: celebrar la clase media y proponer el realismo literario. Declara el joven novelista: "La clase media, la más olvidada por nuestros novelistas, es el gran modelo, la fuente inagotable [de la novela realista]. Ella es hoy la base del orden social; ella asume por su iniciativa y por su inteligencia la soberanía de las naciones, y en ella está el hombre del siglo XIX con sus virtudes y sus vicios, su noble e insaciable aspiración, su afán de reformas, su actividad pasmosa" (*Madrid*, 253).

En el ámbito estrictamente político, veamos dos textos separados entre sí por varios años. Por aquellas tempranas fechas, se identifica con la clase media y vitupera la clase obrera revolucionaria en su "Crónica de la Quincena" del 30 de marzo de 1872, donde comenta la muerte del patriota nacionalista italiano Giuseppe Mazzini (1805-1872): "Mazzini ha bajado al sepulcro limpio de toda mancha de complicidad o simpatía con la salvaje escuela comunista y *La Internacional*. En un documento que circuló no hace mucho por todo el mundo, manifestó que no le ligaban compromisos ni conformidades de opinión con tan despreciable gente" (Shoemaker, *Crónica*, 106).

Esa inicial postura a favor de la clase media y que desprecia a la clase obrera revolucionaria, empieza a cambiar pronto, y para finales de los ochenta y principios de los noventa, el cambio es un hecho consumado[16]. El texto más revelador de ese cambio político que conozco es el artículo que Galdós publica en *La Prensa de Bue-*

---

[16] Con respecto a las ideas políticas, el cambio parece haberse sensibilizado en la época en que escribía *Fortunata y Jacinta*. Véase Julio Rodríguez Puértolas, *"Fortunata y Jacinta*: Anatomía de una sociedad burguesa", en su libro *Galdós: burguesía y revolución*, Madrid, Turner, 1975, 13-59. También se puede consultar Víctor Fuen-

*nos Aires* el 7 de junio de 1891, titulado "El 1º de mayo": "Todo ha cambiado. La extinción de la raza de tiranos ha traído el acabamiento de la raza de libertadores. Hablo del tirano en el concepto antiguo, pues ahora resulta que la tiranía subsiste, sólo que los tiranos somos ahora nosotros, los que antes éramos *víctimas y mártires*, la clase media, la burguesía, que antaño luchó con el clero y la aristocracia hasta destruir al uno y a la otra con la desamortización y la desvinculación. ¡Evolución misteriosa de las cosas humanas!" (citado en Ghiraldo, *Política española*, 268)[17].

Si bien el joven Galdós había sentido una vinculación estética y social, al ensalzar la clase media y el realismo, el novelista maduro se distancia de esa doble admiración: ahora, a finales de los ochenta y principios de los noventa, publica sus viejos y nuevos escritos breves fantásticos, justo en el momento en que su ideología ha dado un giro a favor de la clase obrera. La antorcha antirealista de *La sombra* y sus cuentos fantásticos reeditados al filo de los noventa, pasará en esa década en diversa medida a sus escritos mayores, a su novela (*Misericordia*, 1897), a su teatro (*Realidad*, 1892), para afianzarse en la última serie de *Episodios*, y en las dos novelas fantásticas tardías antes citadas, *El caballero encantado* y *La razón de la sinrazón*, obras que también son un cuestionamiento de los privilegios de la clase media. Efectivamente, en el año de la publicación de *Misericordia*, en el discurso leído en ocasión de su ingreso en la Real Academia Española, entre frases convencionales para un acto convencional, se leen, no obstante, estas últimas palabras, que, a la luz de las presen-

---

tes, "El desarrollo de la problemática política-social en la novelística de Galdós", *Papeles de Son Armadans*, 192 (marzo, 1972), 228-240, donde señala: "Desde *Fortunata y Jacinta*, Galdós empieza a tratar el tema del antagonismo social desde una perspectiva favorable a las clases populares" (pág. 235).

[17] Ghiraldo fecha equivocadamente el artículo el 15 de abril, 1885.

tes consideraciones, me parece que cobran pleno sentido: "No podemos prever hasta dónde llegará la presente descomposición. Pero sí puede afirmarse que la literatura narrativa no ha de perderse porque mueran o se transformen los antiguos organismos sociales. Quizás aparezcan formas nuevas, quizás obras de extraordinario poder y belleza, que sirvan de anuncio a los ideales futuros o de despedida a los pasados [...]" (28). Estas profundas palabras de Galdós expresan un fenómeno generalizado en Europa, señalado por José Bernardo Monleón, en su tesis doctoral, *El sueño de la razón. Una aproximación a lo fantástico*. Según Monleón, "el final-principio de siglo es testigo de unas sociedades en pleno proceso de transformación y en tensión con las premisas de la retórica burguesa" (123).

¿En qué sentido puede la literatura fantástica ser crítica del *statu quo*? Según Rosemary Jackson, en su libro *Fantasy: The Literature of Subversion*, "es posible ver lo fantástico moderno como una literatura absorta en el deseo inconsciente, y relacionar este deseo con un orden cultural [...]" (62-63)[18]. Es decir, la literatura fantástica da rienda suelta al deseo, y el deseo es esencialmente deseo de cambio. Además, el discurso no mediatizado del cuento fantástico inquieta al grupo que quiere man-

---

[18] El termino de Jackson "modern fantastic" delimita una escritura inverosímil que excluye el texto "maravilloso". Para Jackson, como para Tzvetan Todorov, en su *Introduction à la littérature fantastique*, la literatura maravillosa, en sentido estricto, rompe las leyes físicas, pero tan sólo para reestablecer otro orden, donde nadie (ningún personaje, ni lector) se asombra ante hechos inverosímiles. Por otra parte, la literatura fantástica, igualmente rompe las leyes físicas, pero sin establecer un nuevo orden; se mantiene un sistema roto donde por ello, los personajes (y lectores) pueden sentirse inquietos o incluso horrorizados ante fenómenos foráneos. Según Jackson, lo fantástico es más crítico del orden social establecido que lo maravilloso. Si bien sigo creyendo que estas distinciones son muy importantes, hoy me parece que el relato maravilloso, en ese sentido específico, también es discordante con la tácita aceptación de leyes físicas y sociales: allí tenemos "Celín".

tener sus privilegios a través del manejo de símbolos institucionalizados e insitucionalizables.

Si, como hemos visto, la clase media siente una aversión hacia lo fantástico, por otra parte, siente una afinidad hacia el realismo. Al contrario del agricultor que provoca y dirige el objeto natural, el burgués se siente creador de un mundo objetivo totalmente dependiente de él. Esa manipulación (industria, comercio), engendradora de una fe en la existencia efectiva del mundo objetivo y recíprocamente de una fe en la existencia del mismo manipulador, encuentra su expresión filosófica en el positivismo de Auguste Comte, y su expresión artística en cierto realismo literario, una de cuyas raíces hay que buscarlas en el realismo pictórico de la escuela flamenca del siglo XVII, lleno de objetos domésticos. Por tanto, un arte que pusiera en entredicho la realidad como objeto, tenía que resultar desasosegante para ese colectivo.

Claro está que el gran arte realista, esencialmente, es más la representación de la relación sujeto-objeto, que la mera reproducción de "cosas". La actividad aprehensiva del sujeto, de la conciencia humana, cobra el primer plano en ese movimiento expresivo, que, efectivamente, critica y a veces insulta a su consumidor. Por lo tanto, hay un *continuum* entre la representación más "objetiva" (de objetos como realidades independientes) y la más "subjetiva" (de la actividad de la conciencia como productora), incluyendo en esta categoría a lo fantástico. Sin embargo, la literatura netamente fantástica, al cuestionar la "solidez" del mundo objetivo, y al liberar sueños en su estado de espejos a veces intolerablemente reveladores, es más obviamente distante de un grupo afianzado en una "permanencia" cuya naturaleza condicional prefiere ignorar[19].

---

[19] José Bernardo Monleón, en la obra antes mencionada, desarrolla plenamente un aspecto del libro de Rosemary Jackson, y traza una

Dicho esto, no quisiera concluir este prólogo sin un correctivo dialéctico. ¿Hace falta aclarar que los cuentos fantásticos de Galdós no son cuentos políticos, ni mucho menos demagógicos? ¿Cómo habría de serlo "La Mula y el Buey"? Hay una gran variedad en estos doce relatos, desde la belleza triste de la muerte de una niñita y su vuelo como ángel, en ese cuento, hasta la amarga desilusión de "Tropiquillos", pasando por la liberadora y anti-convencional celebración de Eros en "Celín". He intentado "situar" este *corpus* galdosiano dentro de su vida y obra, y dentro del contexto complejo del realismo, en líneas generales, pero no encasillar lo que es primordialmente una sustancia tan poco encasillable como el río Alcana "de variable curso" que atraviesa la fabulosa ciudad de Turris. Estos doce cuentos fantásticos son expresiones del espíritu que de manera sutil y bella convierte en "extraña" la realidad cotidiana, para, como decía el lobo, verla mejor.

---

relación entre los cambios socio-políticos desde mediados del siglo XVIII a principios del XX, y la presencia de una literatura fantástica en Europa, y también estudia esa relación al final de su tesis en el contexto español, con criterios distintos de los nuestros, si bien relacionados. Como dice al principio de su último capítulo: "He querido en estas páginas, también, trazar una correspondencia —que no necesariamente un paralelismo— entre la evolución de lo fantástico y el desarrollo de las estructuras capitalistas. Es decir, entre las modificaciones de las relaciones de producción y la percepción con lo que la ideología dominante se aproxima a las nuevas situaciones. Si la irracionalidad, en cuanto categoría, englobaba todo aquello que no pertenecía al "natural" orden de la burguesía, es lógico que con el avance de las propuestas revolucionarias proletarias los postulados de la razón perdieran validez histórica para esa misma burguesía. Así, lo fantástico se convirtió en una gran metáfora del desarrollo de las contradicciones capitalistas" (130-131). Una versión en inglés de su tesis, *A Specter is Haunting Europe: A Socio-Historical Approach to the Fantastic* (Princeton), se publicó en 1990.

# Esta edición

El texto base de cada cuento es, en cada caso, una edición que se puede considerar como la última versión completa corregida por Galdós, aunque no sea la última edición publicada en vida suya. Por ejemplo, los siete cuentos que reedita en la primera edición en libro de *Torquemada en la hoguera* y la primera edición en libro de *La sombra,* señalados en la introducción, sufren entonces muchos cambios, que se incorporan sin más, en las siguientes ediciones de esos libros en vida de Galdós. Así mismo, "La novela en el tranvía", sufre por lo menos 247 cambios al ser reeditada por primera vez, en forma de librito, en 1900, pero ningún cambio textual de importancia en las reediciones parciales que se hicieron en vida de su autor. Los otro cuatro cuentos, "Una industria que vive de la muerte", ¿Dónde está mi cabeza?", "El pórtico de la gloria" y "Rompecabezas" no se volvieron a revisar por su autor, y aparecen en esta edición tal como fueron en su primera publicación.

Se ha modernizado la ortografía, pero se ha dejado la puntuación lo más cerca posible de la de Galdós. He corregido la ortografía de nombres propios extranjeros y de palabras extranjeras. Las variantes textuales se indican con una nota numérica. Otras notas, señaladas con letras, aclaran algunas alusiones.

# Bibliografía

I. Ediciones de los cuentos fantásticos

Hay tres recopilaciones de cuentos de Galdós que incluyen buena parte de los cuentos fantásticos:

A. El tomo *Novelas, Teatro-Cuentos-Miscelánea* de las *Obras Completas* de Benito Pérez Galdós, Madrid, Aguilar, varias reediciones. El número de tomo varía según la impresión; en la edición 1951 es el VI. Además de varios escritos cortos de diversa naturaleza, incluye los siguientes cuentos fantásticos (indico las páginas según esa edición):

1. "Celín", 399-416.
2. "La conjuración de las palabras", 452-455.
3. "¿Dónde está mi cabeza?", 1647-1650.
4. "La Mula y el Buey (cuento de Navidad)", 436-443.
5. "La novela en el tranvía", 485-497.
6. "La pluma en el viento, o el viaje de la vida", 443-452.
7. "La princesa y el granuja", 470-479.
8. "Theros", 422-429.
9. "Tropiquillos", 416-422.

B. *Ocho cuentos de Galdós,* selección, prólogo y bibliografía crítica de Oswaldo Izquierdo Dorta, Las Palmas, Cabildo Insular de Gran Canaria, 1988. Contiene, además del relato "Dos de mayo de 1808":

1. "La conjuración de las palabras"
2. "¿Dónde está mi cabeza?"

3. "La Mula y el Buey"
4. "El pórtico de la gloria"
5. "La princesa y el granuja"
6. "Una industria que vive de la muerte"
7. "Tropiquillos"

C. Bajo el título de *La conjuración de las palabras,* se recopilaron ocho cuentos de Galdós, seleccionados por Germán Gullón, Barcelona, EDHASA, 1991. Además de "Un tribunal literario", incluye:

1. "Celín"
2. "La conjuración de las palabras"
3. "La Mula y el Buey"
4. "La novela en el tranvía"
5. "La princesa y el granuja"
6. "La pluma en el viento, o el viaje de la vida"
7. "Tropiquillos"

D. Aparte de esas tres colecciones, indico abajo todas las ediciones en castellano de los doce cuentos fantásticos de las que tengo noticia, basándome en la utilísima bibliografía galdosiana de Manuel Hernández Suárez, con algunas ampliaciones y correcciones:

1. "Celín". *Los meses,* Barcelona, Heinrich y Cía., 1889, 229-267; Benito Pérez Galdós, *La sombra,* Madrid, La Guirnalda, 1890, 143-204 (en adelante se indica esta edición sólo por su título); *Celín. Un tribunal literario,* Madrid, Ediciones Cid (Gráficas Maribel), 1955 (Colección "La Novela del Sábado", vol. 97).
2. "La conjuración de las palabras". *La Nación* (Madrid), 12 de abril, 1868; *Torquemada en la hoguera,* Madrid, La Guirnalda, 1889, 207-219 (en adelante se indica esta edición sólo por su título).
3. ¿Dónde está mi cabeza?". *El Imparcial* (Madrid), número especial (30-31 de diciembre, 1892), 6.
4. "La Mula y el Buey (cuento de Navidad)". *La Ilustración Española y Americana* (Madrid), 47 (22 de diciembre, 1876), 383-386; Benito Pérez Galdós, *Torquemada en la hoguera,* 145-168. Reproducido en *Prosistas Modernos,* selección de Enrique Díez Canedo, Madrid, 1934, 199-219. *Lecturas populares,* Serie I, núm. 4-803, 93-124.

5. "La novela en el tranvía". *La Ilustración de Madrid*, 2: 46 y 47 (30 de noviembre y 15 de diciembre, 1871), 343-347 y 366-367; *La novela en el tranvía*, Madrid, A. Pérez y Compañía, 1900; (fragmento) *Madrid cómico* (8 de diciembre, 1900); (fragmento) *La Hoja de Parra* (Madrid), 1:13 (29 de julio, 1911), 3-4; reproducido en la colección Los Novelistas (Madrid), 1:29 (27 de noviembre, 1928); *Cuentistas españoles del siglo XIX*, nota preliminar de F[ederico] S[áinz] de Robles, Madrid, Aguilar, 1954, 251-306; *La Voz de la Conseja*, recopilación por Emilio Carrere (Madrid), 1, 19-58.
6. "La pluma en el viento, o el viaje de la vida". *La Guirnalda* (Madrid), 149 (1 de marzo, 1873), 25-27, 150 (16 de marzo, 1873), 33-35, 151 (1 de abril, 1873), 41-43; *Torquemada en la hoguera*, 171-204; *El Imparcial* (Madrid, 13 y 20 de octubre, 1897).
7. "El pórtico de la gloria". *Apuntes* (Madrid), 1:1 (22 de marzo, 1896); Leo J. Hoar (ed.), *Symposium*, 30:4 (Winter, 1976), 277-307.
8. "La princesa y el granuja (Cuento de año nuevo)". *Revista Cántrabro-Asturiana* (Santander), 1 (1877), 87-92, 126-128, y 137-145; *Torquemada en la hoguera*, 279-314; *El Océano* (Madrid), 80bis y 81 (10 de junio, 1879), 1-2; *Semana* (Barcelona), 717 (17 de noviembre, 1953).
9. "Rompecabezas". *El Liberal* (Madrid, 3 de enero, 1897); Leo J. Hoar (ed.), *Neophilologus*, 59 (noviembre, 1975), 522-547.
10. "Theros". Publicado inicialmente con el título de "El verano", *Almanaque de la Ilustración Española y Americana para 1878*, Madrid, Aribau [suces. de Rivadeneyra], 1877, 54 y 57; *La sombra*, 233-257; *La República de las Letras* (Madrid, 22 de julio, 1907). (A don Benito Pérez Galdós. El homenaje de La Cuartilla.)
11. "Tropiquillos". Publicado inicialmente con el título de "Fantasía de otoño", *La Prensa* (Buenos Aires) (12 de diciembre, 1884) y otra vez en el mismo periódico el 18 de enero, 1894; *La sombra*, 207-229; *El Imparcial* (Madrid, 18 de diciembre, 1893); publicado parcialmente con el título de "Boceto Vino" en *El Diario de Las Palmas* (2 de noviembre, 1895).
12. "Una industria que vive de la muerte; episodio musical del cólera", *La Nación* (Madrid, 2 y 6 de diciembre, 1865); en José Pérez Vidal (ed.), *Anuario de Estudios*

*Atlánticos* (Madrid-Las Palmas), 2 (1956), 495-507; y en José Pérez Vidal (ed.), Madrid, Afrodisio Aguado, 1957, 197-220.

II. Crítica sobre los cuentos fantásticos

Baquero Goyanes, Mariano, *El cuento español en el siglo XIX, Revista de Filología Española,* Madrid, Consejo Superior de Investigaciones Científicas, Anejo L (1949).
Extramiana, José, "'La novela en el tranvía': une nouvelle oubliée de Pérez Galdós", *Hommage des hispanistes français à Noël Salomón,* Barcelona, LAIA, 1979, 273-278.
Ezama, María Ángeles, "La invención del espacio en un cuento maravilloso galdosiano: El Madrid de 'Celín'", *Anales de Estudios Madrileños,* 36 (1993), 617-627.
Fernández Cifuentes, Luis, "Signs for Sale in the City of Galdós", *Modern Language Notes,* 103 (marzo, 1988), 289-311.
Hoar, Leo J. Jr., "Galdós Counter-Attack on his Critics, the 'Lost' Short Story, 'El pórtico de la gloria'", *Symposium,* 30 (1976), 277-307.
—, "'Rompecabezas', Galdós 'Lost' *Cuento;* A pre-98 Christmas *Esperpento",* *Neophilologus,* 59 (noviembre, 1975), 522-547.
Izquierdo Dorta, Oswaldo, "Análisis de 'La Mula y el Buey, (cuento de Navidad)'", *Actas del Tercer Congreso Internacional de Etudios Galdosianos,* tomo II, Las Palmas, Cabildo Insular de Gran Canaria, 1990, 69-75.
—, "Prólogo" a su edición, *Ocho cuentos de Galdós,* Las Palmas, Cabildo Insular de Gran Canaria, 1988, 19-31.
Montesinos, José F., *Galdós,* tomo I, Madrid, Castalia, 1968, capítulos I y II.
Nuez Caballero, Sebastian de la, "Génesis y estructura de un cuento de Galdós", *Actas del Segundo Congreso Internacional de Estudios Galdosianos,* tomo I, Las Palmas, Cabildo Insular de Gran Canaria, 1979, 181-201.
Oliver, Walter Carl, *The Short Stories of Benito Pérez Galdós* (tesis doctoral), Universidad de Nuevo México, 1971; y en Ann Arbor, UMI, 1971.
—, "Galdós' 'La novela en el tranvía': Fantasy and the Art of Realistic Narration", *Modern Language Notes,* 88 (1973), 249-263.

PÉREZ VIDAL, José, edición de "Una industria que vive de la muerte", Madrid, Afrodisio Aguado, 1957, 197-220.

—, Estudio preliminar y edición de "Una industria que vive de la muerte", *Anuario de Estudios Atlánticos,* 2 (1956), 475-507.

SCHRAIBMAN, José, "Variantes de 'La novela en el tranvía' de Galdós", *La Torre* (Puerto Rico), 48 (1964), 149-163.

SCHULMAN, Marcy, *Ironic Illusion in the Brief Narratives of Benito Pérez Galdós* (tesis doctoral), Brandeis University, 1982.

SMITH, Alan, "Los relatos fantásticos de Galdós", *Actas del Tercer Congreso Internacional de Estudios Galdosianos,* tomo II, Las Palmas, Cabildo Insular de Gran Canaria, 1990, 223-233.

—, *Los cuentos inverosímiles de Galdós en el contexto de su obra,* Barcelona, Anthropos, 1992.

SPIRES, Robert C., "Violations and Pseudo-Violations, *Quijote, Buscón,* and 'La novela en el tranvía'", en *Beyond the Metafictional Mode; Directions in the Modern Spanish Novel,* Lexington, The University Press of Kentucky, 1984, 18-32.

WEBBER, Robert J., "Galdós *inédita,* Three Short Stories", *Modern Language Notes,* 78 (1962), 532-533.

WELLER, Krisztina, "The Mysterious Lady, An Enigmatic Figure in the Fantastic Short Story of Nineteenth-Century Spain", *Scripta Mediterranea,* 8-9 (1987-1988), 59-68.

III. CRÍTICA GENERAL CITADA EN EL PRÓLOGO

AUSTIN, Karen Odell, *The Supernatural in the Novels of Benito Pérez Galdós* (tesis doctoral), University of Kentucky, 1977.

CAMPBELL, Joseph, *The Hero With A Thousand Faces,* Princeton, Bollingen/Princeton University Press, 1973.

CAZOTTES, Gisèle, "Une jugement de Galdós sur Bécquer", *Bulletin Hispanique,* 77 (1-2 enero-junio, 1975), 140-153.

CLAVERÍA, Carlos, "Sobre la veta fantástica en la obra de Galdós", *Atlante,* 1:2 (abril, 1953), 78-86; y en 1:3 (julio, 1953), 136-143.

FUENTES, Víctor, "El desarrollo de la problemática político-social en la novelística de Galdós", *Papeles de Son Armadans,* 192 (marzo, 1972), 228-240.

GHIRALDO, Alberto (comp.), *Benito Pérez Galdós. Política española,* en *Obras inéditas,* tomo III, Madrid, Renacimiento, 1923.

GULLÓN, Ricardo, "Lo maravilloso en Galdós", *Ínsula,* 10:113 (15 de mayo, 1955), 1 y 11.

HERNÁNDEZ SUÁREZ, Manuel, *Bibliografía de Galdós,* tomo I, Las Palmas, Ediciones del Excelentísimo Cabildo Insular de Gran Canaria, 1972.

JACKSON, Rosemary, *Fantasy: The Literature of Subversion,* Londres/Nueva York, Methuen, 1981.

MONLEÓN, José Bernardo, *El sueño de la razón. Una aproximación a lo fantástico* (tesis doctoral), San Diego, Universidad de California, 1984.

—, *A Specter is Haunting Europe: A Socio-Historical Approach to the Fantastic,* Princreton, Princeton University Press, 1990.

RODRÍGUEZ PUÉRTOLAS, Julio, *Galdós: burguesía y revolución,* Madrid, Turner, 1975. Parte de ese libro (93-176) ha sido reeditada en su Introducción a *El caballero encantado,* Madrid, Cátedra, 1982.

SHOEMAKER, William H. (ed.), *Crónica de la quincena,* Princeton, Princeton University Press, 1948.

—, *Los prólogos de Galdós,* Urbana (IL)/México, University of Illinois Press/Ediciones de Andrea, 1962.

TODOROV, Tzvetan, *Introduction à la littérature fantastique,* París, Seuil, 1970.

*Cuentos fantásticos*

Benito Pérez Galdós, caricatura de la época

## Una industria que vive de la muerte; episodio musical del cólera[1]

Un hombre célebre dijo en cierta ocasión que la música era el ruido que menos le molestaba. Aunque nos tache de profanos algún melómano, no nos atrevemos a condenar esta aserción como un desatino, porque no creemos que se perjudique a la música uniéndola al ruido, ni que sea señal de poca cultura el confundir al arte divino con su salvaje compañero; mejor dicho, con su engendrador. Ese hombre célebre que de tal modo hirió la susceptibilidad de los músicos, prefería sin duda la naturaleza al arte, y tal vez encontraba en el ruido más expresión de lo bello que en las hábiles combinaciones del contrapuntista y en los ritmos del confeccionador de melodías.

Efectivamente, en el arte mismo no hay tanta música como en el ruido, si a la atención escrutadora del amante de óperas y conciertos se sustituye la imaginación del amante de la naturaleza, que busca, contemplándola, una fórmula de sentimiento o de belleza; si al criterio de los pases de tonos y de los acordes compactos, de los andantes tristes y los alegros expresivos con que juzga y siente el primero frente a la orquesta, se sustituye la

---
[1] Texto base, sin variantes: *La Nación* (Madrid), 2 y 6 de diciembre, 1865.

exaltación de espíritu, el estado de abatimiento o de inquietud en que se encuentra el segundo frente a la naturaleza.

Suponiendo al espíritu en un estado de conmoción profunda, basta que resuenen algunas notas en el arpa invisible del ruido, para que produzcan mayores efectos que la música mejor organizada.

Un melancólico vaga entre las sombras de la noche por un campo, por una playa o por las calles de una población, y a su oído llegan confusos rumores producidos por el aire, el mar, las aguas de una fuente, cualquier cosa: su fantasía determina al instante aquel rumor, lo regulariza y le da un ritmo: al fin lo que no es otra cosa que un ruido toma la forma de la música más bella y expresa aun más de lo que este arte pudiera expresar; se reviste de mil accidentes y llega hasta a conmover las fibras más ocultas del corazón; despierta mil imágenes y, extendiendo su dominio, consigue hasta fascinar la vista, en virtud de ese misterioso eslabonamiento que de las ilusiones acústicas nos lleva siempre a las ilusiones ópticas.

Díganlo si no los innumerables poetas cuya musa ha cantado estrofas admirables, engañada por esta superchería del ruido que, émulo constante de su hermana la música, suele disfrazarse con sus atavíos, favorecido por la sombra, la luna, el silencio y la calma, cómplices de toda alucinación, perpetuos exploradores de la credulidad de nuestro espíritu.

Figuraos un amante trasnochador, uno de esos amantes que protege la luna en su casta mirada y envuelve la noche en su oscuridad misteriosa; uno de esos amantes que como Fausto, Romeo o Mario[a] se presentan en un

---

[a] Fausto, héroe de la obra del mismo nombre de Johann Wolfgang von Goethe, seductor de Margarita (Gretchen); Romeo, el amante de Julieta, en la tragedia que lleva sus nombres, de William Shakespeare; Mario (Marius), amante y esposo de Cosette, la niña protegida por Jean Valjean en *Los miserables,* de Victor Hugo.

jardín en completa vegetación amorosa, hasta que una mano diabólica viene a sembrar perniciosa cizaña junto a ellos o a arrancarlos de raíz. Este amante espera oculto entre las flores la llegada de su felicidad, y ya se comprenderá que su imaginación está exaltada por sueños de dicha y que en la oscuridad percibe visiones de amor que van pasando ante sus ojos, arrastradas por una onda de voluptuosidad.

El oído está atento como si quisiera escuchar el silencio. De pronto una música divina resuena en derredor: una ráfaga de viento ha pasado sobre las flores conmoviéndolas suavemente. Diríase que los dedos invisibles de una hada han rozado las cuerdas de un laúd: cada hoja lanza un suspiro y multitud de notas se reúnen estremecidas y tímidas para proferir una queja tan apagada y tenue, que parece lamentarse de resonar.

El hombre que espera su felicidad escucha esta armonía sumergido en éxtasis profundo, y siente dilatarse su espíritu como el soñador de visiones celestiales, el ascético que, en medio de la enajenación producida por las mordeduras de su cilicio y las páginas de su *Meditación sobre la otra vida,* escucha coros celestiales, y ve penetrar en su celda, precedida de ángeles músicos, a la Virgen María que viene a confortarle. Pero algo bello, puro e inmaculado se presenta ante el hombre que espera su felicidad en Julieta, Margarita o Cosette, y ahora las hojas suenan, mas no impelidas por el viento, sino apartadas por una mano delicada.

Rumores de otra especie se unen a los que antes resonaron. Cerremos los ojos y escuchemos. ¡Cuánta armonía! En la música de ritmos y tonos no hay nada comparable a este concierto de los ruidos, en que una simple ráfaga de viento reúne la mal articulada sílaba del lenguaje amoroso a la oscilación sonora de la flor que se mece; la exclamación ahogada de sorpresa o alegría al tenue susurro de dos ramas que se azotan; el monosílabo de pasión al chasquido del tallo que es pisado; ráfaga traviesa que con delicadeza suma toma el suspiro de los labios de la druida de aquel bosque para confundirlo con el rumor de la flor que se desbarata; rumor debilísimo, casi imperceptible, producido por el suave choque de las hojas que se atropellan cayendo.

Decid, músicos, si hay algo en vuestras sinfonías pastorales y en vuestros epitalamios instrumentados que no sea un remedo pálido de esa tierna y sencilla estrofa cantada por el viento.

¿Y qué diremos de la seda? De ese tejido armonioso, cuyas hebras menudas y rígidas producen cierto ruido argentino, como el que produciría una cabellera de cristal agitada por el viento; ruido que conmueve el sistema nervioso, como el contacto de un cuerpo áspero y frío, e impresiona nuestro tímpano de la misma manera que si algo se rasgara en nuestro cerebro. La seda hace en el salón el mismo efecto que el aire en el jardín. Si a la imaginación del galán que vegeta en los jardines, sustituimos la del galán que completa el ajuar de un lujoso y perfumado gabinete, tendremos el mismo prodigioso efecto: este hombre espera a la débil claridad de una discreta lámpara la llegada de su felicidad, y tras un largo rato de excitación llega a sus oídos un sonido metálico: es un traje de seda que se desliza sobre una alfombra y ondula vibrando en cada mueble notas acompasadas. Esta música resuena en la imaginación del hombre que espera su felicidad con un eco celeste; le conmueve, le fascina, y se siente aletargado, como el sibarita que en medio de la enajenación producida por el opio, sintiera resonar las faldas de la odalisca y la viera penetrar en su cámara saturada de calor y perfume. En efecto, algo parecido a la odalisca, algo bello y lúbrico a la vez se presenta a los ojos del hombre que espera impaciente y exaltado en el gabinete. Es Manon Lescaut, Margarita Gautier o Marione Delorme[b]. Dejemos a los dos

---

[b] Figuras literarias que representan la cortesana de alma generosa: Manon Lescaut, la heroína de la novela del mismo nombre del Abate

amantes: cerremos los ojos y escuchemos. ¿Hay algo en la música de ritmos y tonos comparable a este concierto de una falda que se pliega, de una silla que cae, de un soplo que mata una luz, y de una llama que se apaga aleteando? Decid, señores músicos, todos los detalles del tocador de vuestras *traviatas* [c], ¿no son reflejo pálido de esta estrofa cantada por un girón de seda, un mueble y una luz?

Otro ejemplo para concluir. Os desveláis a media noche: entre el silencio sentís dos ruidos secos, precisos, en el techo de vuestra habitación: chas, chas: dos zapatos femeniles acaban de caer sobre el piso del cuarto segundo: una beldad se mete en la cama, y sus zapatos arrojados por su mano hieren el piso sucesivamente: una sirena se sumerge en la onda dejando olvidadas dos notas en el espacio. ¿Qué efecto os producirán estas dos notas? ¿Qué imágenes presentarán a vuestro espíritu exaltado? ¿No seréis capaces de continuar lo comenzado por aquellas dos corcheas, y arreglar en un instante, guiados por ellas, un admirable dúo en que la sirena del piso segundo no tenga la peor parte? Preguntad a esos envanecidos músicos si han escrito alguna vez algo que se parezca a este dúo cantado... por dos zapatos.

Ella es como Dios: está en todas partes: así como Dios no está sólo en los altares, ella no está solamente en las cuerdas del arpa y en los agujeros de la flauta. Siempre se la encuentra hablando por lo bajo, murmurando penas o alegrías, ya escondida bajo las hojas, ya correteando entre las aguas, ora acurrucada entre las

---

Prévost (1731) y Margarita Gautier, heroína de *La dama de las Camelias*, novela (1848) y drama (1852) de Alejandro Dumas, hijo, obra que influye poderosamente en Galdós. Marione Delorme fue una cortesana francesa (1613?-1650), protagonista del drama de Victor Hugo, *Marione Delorme* (1831), y personaje prominente en la novela *Cinq Mars* (1826) de Alfred Victor Vigny.

[c] Alusión a Violetta Valéry, la heroína de la ópera de Verdi, *La Traviata* (1853), basada en *La dama de las camelias* de Victor Hugo (véase nota b).

sábanas de un lecho, ora rasgando las rígidas hebras de un pedazo de seda.

Ciertas perspectivas sublimes de la naturaleza elevan el alma hacia Dios, y ciertos rumores elevan la imaginación hacia la música. El alma vuela a la contemplación del Creador y la imaginación penetra en el foco de la armonía. El lenguaje misterioso que el ruido habla a la imaginación concluye por trastornar a la *loca de la casa*, que no tarda en desarrollar lo rudimentario y dar amplia y determinada forma al sonido incompleto, nota perdida de la gran sinfonía del espacio.

Al que me explique las reglas de contrapunto, que rigen en esta clase de música, le contaré una curiosa historia que comienza con unos acordes de esta naturaleza; acordes lúgubres y horrorosos, de tan sombrío tinte y efecto tan espeluznante, que infundiría espanto al pecho del más animoso. Las salmodias que acompañan las exequias y entierros no tienen tan fúnebre colorido, y si en un certamen de entonaciones sepulcrales presentáramos esta música pavorosa que durante cierta noche de consternación aterró a cuantos la escucharon, de seguro perderíais vosotros en la contienda, señores sochantres, por más que inflarais vuestros amoratados carrillos, soplando la pita de vuestro grasiento fagot, por más que aullarais un *dies irae*[d] con esas gargantas encallecidas en la modulación de las estrofas de la muerte.

II

Figuraos un sonido seco, agudo, discordante, producido al parecer por un hierro que cae acompasadamente sobre otro hierro; un sonido que no produce vibraciones ni eco claro y determinado, en medio del silencio

---

[d] Día de ira, primeras palabras y título de una secuencia del misal romano que se canta por los difuntos. Es famosa la versión terrorífica de Héctor Berlioz en su *Sinfonía fantástica* (1830).

de una noche, durante la cual se adormece triste una población aterrada por una gran calamidad.

El cólera habita en nuestro barrio, y el barrio entero batalla con él sumergido en el silencio y en la oscuridad. Parece que el sueño eterno a que tantos se entregan, ejerce letal contagio sobre los que velan en el insomnio a la vida. Todo calla en el barrio: se padece sin ruido, se muere sin ruido: se cura en silencio: enmudece el dolor, el llanto, la desesperación: la plegaria se piensa solamente, y la esperanza no sale del corazón a los labios: el remedio no se pregunta; ya se sabe: el síntoma no se consulta; ya se prevé. Todo, desde la locuaz aprensión hasta el charlatán que cura sin diploma, calla esa noche. Pero se muere en cambio todo: cuando hay silencio es siempre mucha la actividad. El paciente se contrae en su lecho; se enrosca como para quebrarse y concluir de una vez: la naturaleza quiere hacerse pedazos y se sacude en movimientos convulsivos: el aprensivo corre de aquí para allí, como si errante pudiera evitar que el cólera le encontrase; el hermano, la esposa, el hijo del que ha muerto o del que va a morir, entran y salen de habitación en habitación, acumulando medicinas oportunas y recursos desesperados: el cura no se detiene junto al lecho del difunto; sale después de murmurar la oración y se dirige a otro, y después a otro, y a muchos en la noche: el médico entra, pulsa, mira, escribe tres líneas, y hace un gesto de esperanza o de duda; baja y sube de nuevo; y en la noche entra, pulsa, escribe, espera y duda infinitas veces. Todo el barrio se mueve; pero calla a la vez. Mil emociones se chocan; mil dolores son ahogados; mil lazos de amor y familia se quiebran; mil almas vuelan; pero todo esto se verifica en silencio, en medio de una calma horrorosa, en medio de un movimiento automático y vertiginoso. Todo el barrio se mueve; pero calla a la vez. Sólo un ser (¡fatal excepción!) descansa y ronca en esta noche de muerte: es la partera. En tales noches no nace nadie.

Pues bien, en medio de esta callada agitación se escucha un sonido seco, agudo, monótono, acompasado, producido por un hierro que percute sobre otro hierro. Al instante comprenderéis que una mano diabólica se ocupa en clavar las tablas de un ataúd; es la mano del fabricante de cajas de difunto que explota laboriosamente una industria que vive de la muerte; es el trabajo que busca la riqueza en el cólera, y cada vibración de aquel hierro indica un poco de oro conquistado a la miseria. Del seno pestilente de una epidemia nace una industria, y multitud de artesanos ganan el sustento.

¡Industria fatal que florece al abrigo de la muerte!

Mientras esa industria adquiere pasmoso desarrollo, el lúgubre martilleo que muestra su actividad nos horroriza: cada movimiento de ese péndulo fúnebre indica un paso hacia la otra vida: cada ataúd fabricado indica un aliento extinguido: cada obra concluida es una muerte.

Esos golpes traen a nuestra mente extrañas imágenes, y entre ellas, nuestra propia imagen el día en que aquel martillo nos labre el mueble fatal: vemos reunirse las mal pulidas tablas, tomar forma de trapecio: las vemos alargarse según nuestra talla, y estrecharse de un extremo presentando una forma repugnante: vemos que se desarrolla una tela negra, se repliega y las envuelve: vemos unos galones amarillos adaptarse a las aristas: vemos una articulación y una tapa que cubre el interior y una llave dispuesta a encerrarnos en aquel recinto por una eternidad: vemos la tumba en toda su repugnancia subterránea: sentimos el peso de la tierra: nos estremece el roce de esa fría tela de raso que nos adorna interiormente, y el peso de una mano tremenda, de una losa de mármol cuya inscripción llama al transeúnte: adivinamos sobre todo esto la corona de tristes flores que se secan adornándonos; presentimos la Misa y el *Requiem*[e]; presenti-

---

[e] Misa compuesta para la oración que reza la Iglesia por los difuntos.

mos la mirada indiferente del revisador de epitafios, y adivinamos la naturaleza entera sobre nosotros sin que podamos verla: sobre nosotros cae el rocío; pero no nos refresca: sale la luna; pero no nos ilumina: sobre nosotros llora alguien; pero no sabemos quién es: vemos la muerte, en fin, representada en su parte de tierra, descomposición, lágrimas, exequias; representada en lo que tiene de este mundo. Nuestra imaginación llega a este punto por el ataúd, y llega al ataúd por ese pavoroso sonido que lo fabrica; por ese ruido metálico, agudo, penetrante, monótono que turba el silencio del barrio. ¡Qué horrorosas notas! Decid, señores músicos, Palestrina, Händel, Mendelssohn[f], cuándo habéis llevado la imaginación hasta ese punto. ¿Hay en vuestras cinco miserables líneas nada comparable a este *dies irae* cantado por un martillo?[2]

III

Entremos de lleno en nuestro cuento.

No hay calle en la villa donde no se encuentre una tienda con un letrero que dice: "Cajas y hábitos para difuntos." Podemos referir nuestro cuento a cada una de esas tiendas y nuestro personaje puede ser cada uno de los que explotan la industria funeraria.

---

[f] Giovanni Pierluigi da Palestrina (c. 1525-1594), compositor italiano; Georg Frideric Handel (1685-1759), compositor inglés de origen alemán; Jakob Ludwig Felix Mendelssohn (1809-1847), compositor alemán.

---

[2] Parécenos oportuno en este cuento señalar el fin de la primera entrega (del sábado 2 de diciembre, 1865), por coincidir la ruptura material con un quiebre en el texto de Galdós; a continuación sigue la entrega final, del miércoles, 6 de diciembre.

47

Penetremos en el taller: un hombre robusto y fornido, que debe ser el dueño del establecimiento, se ocupa en clavar unas tablas largas y estrechas de un extremo: su mano no descansa un momento: su rostro está pálido, sin duda porque aquel trabajo le induce a tristes meditaciones: su voz, trémula por el afán de concluir tareas interminables, interpela bruscamente a los oficiales que en torno suyo le prestan ardorosa colaboración.

Dos muchachas bien parecidas se entretienen, sentadas en el suelo, en cortar grandes pedazos de tela negra, ya de terciopelo, de raso o de percal. Tres chicos enredan en el suelo y el más pequeño se cubre con un retazo de paño negro, ahuecando su tierna voz de una manera encantadora, para asustar a sus dos hermanos, que al verle se mueren de risa.

Ya juegan al escondite y el más travieso se oculta en una caja concluida, cuyo recinto repite con eco extraño sus infantiles risotadas. Los unos chillan, revolotean en torno a aquellos aparatos de muerte con la misma alegría que si estuvieran en el más bello jardín. Esto no es extraño, porque lo mismo revolotea la mariposa junto al rosal que junto al ciprés, y los mismos nidos fabrica el pájaro en el balcón cubierto de enredaderas que en los detalles góticos de un panteón.

De pronto el padre descarga con más fuerza su martillo, levanta la frente inundada de sudor y exclama con dureza, dirigiéndose a las muchachas, que se distraen con el juego de los niños:

—Trabajad, holgazanas; ¿he de llevar yo esta vida de perros para manteneros, mientras vosotras os cruzáis de brazos para ver enredar a esos chicos? Llevadlos fuera; que la hermana más pequeña deje el sueño; trabajad todas; ayudad a vuestro padre, que en ocho días no ha descansado un solo momento.

—Pero, señor, ¿por qué os desveláis de esa manera? ¿No hemos sacado un premio en la lotería, no tenemos lo suficiente para vivir con comodidad?

—¿Y porque tengo dinero he de dejar mi trabajo? Vosotras aspiráis, sin duda, a salir de la posición en que nos encontramos. Queréis ser señoritas, vestir seda, ir a los teatros, arrastrar cola y llenaros la cabeza de perendengues... no; no dejaré mi oficio aunque herede las minas de California.

—Pero pudierais descansar, trabajar poco, despedir la mitad de los que vienen a haceros encargos.

—No: mi deber es equipar a todos los que mueren. ¿Tengo yo la culpa de que caigan tantos pedidos sobre mi casa? ¿He de negar a mis semejantes este último mueble? Y en cuanto a la industria que ejerzo, ¿he de oponerme al desarrollo que toma en estos días? Bueno fuera que no me resarciera de los perjuicios que me ha ocasionado la elección de este endiablado oficio. Ved a mis dos vecinos, carpinteros como yo, que han ganado millones en épocas en que yo he vivido de miseria. Ellos explotan la industria que vive de la vida; yo la industria que vive de la muerte. Ellos fabrican muebles de lujo y comodidades; sillones, butacas, tocadores, estantes, consolas; yo fabrico ataúdes; cuando ellos se han enriquecido, yo me he contentado con un mal vivir; ahora gano yo y ellos no ven entrar en sus tiendas un maravedí. Alabemos a la divina Providencia, que reparte sus bienes a todos los seres y protege todos los modos de subsistir, que hace alternar las épocas de prosperidad con las épocas de consternación, para que nosotros, los que de ésta vivimos, no muramos de miseria. Yo he leído no sé en qué libro, que Dios permite las inundaciones para que los infelices grajos no se mueran de hambre, y permite los naufragios para dar alimento a los infelices peces, que gustan de nuestra carne. ¿Qué extraño es que permita el cólera para que prospere una industria que anda de capa caída la mayor parte del año?

Las muchachas se convencieron y el padre respiró ruidosamente, satisfecho de su peroración. En tanto el barrio continuaba aterrado por el cólera, el cólera continuaba haciendo víctimas, las víctimas pidiendo ataúdes y los ataúdes resonando heridos por aquellos malditos martillos que no dejan de sonar nunca. Aquella percusión monótona, perenne, sigue enumerando las partidas de una funesta suma que va creciendo, siempre creciendo, sin que adivinemos su fin. Aquella nota vibrada por un hierro continúa presentando a nuestra imaginación la idea de la muerte en la parte que tiene de descomposición, de tierra, de lágrimas, de exequias; en la parte que tiene de este mundo.

Cuentan que para atormentar a un criminal a quien no se quiso arrancar la vida, se le encerró en una celda, a donde no llegaba la voz de ningún ser viviente; cuidaron de que ningún rumor externo llegase a sus oídos y en el techo de la celda colocaron un reló cuyo péndulo marcaba con horrorosa monotonía los segundos y prolongaba un sonido seco, penetrante, acompasado siempre, por espacio de horas, días, meses y años. Ese criminal se volvió loco.

## IV

La tempestad impera en el mundo mucho menos tiempo que la calma. El reinado de la epidemia es corto si se le compara al reinado de la salud. Llega una hora en que el cielo, cargado de miasmas deletéreos, se purifica: las espesas nubes que sobre la ciudad consternada derramaban un germen mortífero son impelidas hacia el horizonte por las auras refrigerantes: los pájaros ausentes, que una atmósfera corrompida había ahuyentado de Madrid, aparecen en bandadas; se acercan cantando a los extremos de la población; revolotean en torno a las fuentes, en torno a los árboles; invaden en un gracioso torbellino los jardines de la plaza de Oriente, y acarician y festejan a sus antiguos amigos, el caballo de bronce y su jinete el señor D. Felipe IV; se reúnen, como si tomaran una consigna, se arremolinan, fluctúan, vacilan en la dirección que han de tomar, y al fin se esparcen, se extienden en grupos traviesos por todas las calles, saludando en un concierto de alas suavemente agitadas, de trinos sonoros, la convalecencia de la gran ciudad que hace tiempo vivía en la tristeza, sin salud y sin pájaros.

En tanto la alegría vuelve a todos los semblantes: anímanse las reuniones públicas: despiertan los que aún viven de su sueño de abatimiento: el corazón late ensanchado y el estómago adquiere el dominio de sí mismo: las inteligencias tienden de nuevo al vuelo, dirigiéndose hacia la verdad o hacia el error: circula todo lo que estaba paralizado: muévese todo lo que permanecía inerte: comienza a vivir todo lo que vegetaba: se piensa, se ama, se odia, se intriga de nuevo, porque ha desaparecido la inacción que petrificaba al cuerpo y la zozobra que entorpecía el espíritu. La chismografía vuelve a lanzar sus flechas sutiles ya envenenadas, y la política a tejer de nuevo sus lazos artificiosos.

El barrio descansa al parecer tranquilo: duerme el médico, el farmacéutico, el sacristán, el cura, el monago: sin duda ha concluido el periodo de muerte. Notamos agitación y movimiento en una casa, y preguntamos llenos de zozobra: "¿Se muere alguien ahí?" y nos contestan: "No: ha nacido un..." ¡Nacer! ¡Gracias a Dios que nace algo! Regocijémonos, porque el imperio de la muerte ha concluido y comienza el periodo de la felicidad. El cielo está despejado, los pájaros vuelven y los niños nacen. Estamos en plena vida: ya podemos amar, odiar, pensar, sentir, en una palabra, vivimos.

Pero no: aún resuena el martillo; aún vemos la mano diabólica de ese artefacto de la muerte reunir las toscas tablas, alargarlas, revestirlas de un paño negro, guarnecerlas con franjas amarillas, articular una tapa; aún vemos que encierran allí algo parecido a un ser humano, dan vuelta a una llave y lo introducen todo en un agujero profundo que tapan con yeso y ladrillos; aún escuchamos la voz de nuestro personaje que increpa severamente a las jóvenes que inclinan sus cabezas rendidas por el cansancio y el sueño.

—Aprovechemos, dice, las últimas horas de nuestra prosperidad. Equipemos convenientemente al último caso. Reniego de mi oficio. Volaron los días felices de mi industria. ¡Maldito oficio, cuán corto es tu reinado! Ayudadme, porque siento alguna desazón. Daos prisa, que el ataúd del señor duque de X..., que tengo entre manos, ha de ser lo más lujoso que salga de mi taller... (Este maldito dolor de estómago...) Cortad bien el terciopelo, no manchéis los talones... (De buena gana tomaba una taza de té.) Este era el último trabajo, no me queda duda: el duque es el último caso. (Siento unas náuseas...) ¡El último caso! Adiós ganancia, prosperidad, vida. (Sentiría tener que dejar esta obra maestra.) En efecto, es una lástima la pérdida de ese excelente señor... no dirá que le alojo mal. ¡Qué admirable obra de arte! ¡Qué terciopelo! ¡Qué raso! ¡Qué galones! Este es un ataúd verdaderamente real. Los ricos hasta en la muerte han de brillar más que nosotros: (yo no estoy bueno, no). ¡Quién fuera rico! La cabeza me da vueltas, siento un mareo... ¡Oh! Si yo fuera rico, viviría en un palacio como ese duque, moriría en un magnífico lecho y me haría enterrar en un ataúd tan suntuoso como éste... (¡Qué frío sudor corre por mi frente! ¿Qué será esto?) No crea el respetable duque que le bajará de cuatro mil reales este cómodo mueble... (Todo mi cuerpo se enfría, y me abandonan las fuerzas, ¿qué será esto?) Sí: ¡cuatro mil reales! ¡Oh cólera, cólera, a buen precio me has de pagar tu última víctima! ¡Cuatro mil reales! Es una suma regular para concluir... pero aquí acaban los días felices de mi industria; adiós ganancia, prosperidad, vida... (pero ¿qué es esto? Yo me siento desfallecer...). Hijas, venid...

Cesó de clavar, y cayó al suelo después de vacilar un instante. El horrible martillo calló.

La gente se agolpa a la puerta de la tienda, atraída por los gritos dolorosos de las muchachas, alármase el barrio, encáranse los vecinos.

—¿Qué ha sucedido?

—Nada de particular. Le ha dado el cólera al fabricante de ataúdes de nuestra parroquia.

—¡Miren que casualidad! ¡Después de haber equipado a tantos! Ya no oiremos sus espantosos martillazos. ¡Dios le perdone un pecado por cada ataúd que fabricó!

Los vecinos se meten en sus casas y los curiosos siguen su camino.

V

Al siguiente día la animación y la alegría reinan en todos los talleres de la vida. El lujo reaparece en la tienda del joyero, del tejedor y del ebanista. Ostentan las flores artificiales su eterna frescura plantadas en un capote o en un sombrero, y los diamantes resplandecen sobre el fondo rojo de un estuche, cuyas dos tapas se abren como dos mandíbulas hambrientas. Desenvuélvense en los escaparates de la calle de Espoz y Mina pabellones de encaje y blondas extendidas como una red, dispuesta a coger traviesos antojos femeniles, y en otra parte se amontonan profusamente corbatas, hebillas, alfileres, cinturones, peinetas y todos los detalles de tocador que, aunque parecen a primera vista insignificantes, sirven para dar a una belleza un toque delicado que decide de una gran victoria amorosa, o de una conquista de voluntades masculinas.

En el taller del carpintero vemos levantarse de nuevo radiante de luz el astro de los salones, el espejo: circundado de oropeles extiende su tersa superficie, fiel modelo de perpetua atención y discreto olvido que observa sin recordar reflejando cuantos cuadros alegres o tristes, escandalosos o ejemplares, se componen ante su vista; vemos cubrir el sillón y el sofá un descarnado costillaje con muelles cojines que se hinchen para sostener nuestros cuerpos y calentarlos, vemos la consola extender su plancha de mármol para sustentar los jarros de porcelana, los vasos de cristal y los relojes de bronce: la reaparición de todas estas piezas elaboradas continuamente para satisfacer el capricho, la vanidad o la moda son otros tantos síntomas de vida que anuncian la salud de la gran ciudad. Y este desarrollo, este despertar de las industrias que se alimentan de nuestra vida, se hace al compás alegre de martillos sonoros, cuyo timbre no nos horroriza, ni trae a nuestra mente otras imágenes que la de una felicidad que sustituye a la desgracia y las de la paz bulliciosa que sucede a la calma sombría y aterradora de los periodos de muerte.

El arte fatal que acumuló riquezas en los días de consternación, ha muerto. Entre fragmentos de ataúdes rudimentarios y girones de paño negro está el cadáver del artesano que era su personificación; y en su mano estrecha aún el martillo que contó los segundos de reinado de su ángel tutelar, el cólera. Ya no escuchamos el ruido espantoso de su hierro, ni tampoco el eco de su voz interpelando rudamente a sus hijas y a sus compañeros de labor.

Su maldito oficio le abandona. Los oficiales han huido despavoridos del taller fatal, y en la casa no hay un ataúd donde enterrar aquel pobre cuerpo que el día anterior se agitaba en una afanosa tarea. Las hijas se dirigen llorosas al taller vecino, donde reina la alegría y se respira una atmósfera de felicidad. Entran y suplican al dueño de la tienda que labre para su padre el triste mueble que éste hizo para todos y no para sí, pero su voz no es escuchada: el trabajo que se alimenta de la vida no abandona un momento su actividad incesante, y el ruido alegre de sus herramientas de la prosperidad no permiten que sean escuchados los lamentos de la desgracia. En vano se pide a la industria vivificadora que sirva a la industria fúnebre, cuyo reinado sobre la gran ciudad ha concluido. La vida no quiere encargarse de equipar a la muerte.

Las hijas del difunto vuelven al taller, donde entre despojos se extiende el cadáver del industrial de ayer, e intentan construir lo que la mano pródiga de su padre ofreció a los muertos de la vecindad; pero es en vano. La madera, al parecer petrificada, se niega a admitir entre sus fibras el clavo tenaz; éste resiste el golpe del martillo, y se retuerce, y se contrae antes que penetrar en la madera; la tela huye de la mano que intenta asirla, y se resbala, replegándose. El hierro, la madera, el tejido se rebelan conta la muerte, y no quieren continuar a su servicio.

Mas no es justo que el padre de los ataúdes no tenga siquiera un miserable cajón donde ser sepultado. La Providencia divina le ofrece uno, el más bello de todos, el que construyó para el duque su vecino, a quien él llamaba *el último caso*. El enfermo se ha salvado, y sus hijos, que intentaban quemar el féretro, le regalan a su constructor, al saber que éste no tuvo la precaución de hacer el suyo. Está sin estrenar; su terciopelo se conserva limpio y terso y sus galones brillantes, dispuesto a reflejar en lúgubres cambiantes las antorchas de un funeral.

El autor es depositado en su obra maestra, en aquel perfecto y acabado mueble que, según él, estaba destinado a contener *el último caso*. Parecía que lo ocupaba con satisfacción. El oficio que vivió de la muerte expiró al renacer el trabajo próspero, y fue enterrado en su última obra.

Al cruzar el lujoso féretro las calles del barrio, el pueblo exclama alegre: *ahí va el último caso*. Mas esta alegría del pueblo no era un impío sarcasmo. Aquel hombre era la personificación del cólera, y el cólera había muerto. Justo era que los vivos se alegraran.


## VI

Los que le acompañaban aseguran que dentro del ataúd resonaba un golpe seco, agudo, monótono, producido, al parecer, por un hierro que percutía sobre otro hierro, como si el muerto remachara por dentro los clavos con el martillo que nadie había podido separar de su mano. Aseguran que aun encerrado en el nicho se oía la misma percusión, y los habitantes del barrio, que durante las sombrías noches del cólera se desvelaban al rumor de aquella sinfonía pavorosa, sienten aún las mismas notas agudas, discordantes, precisas, que turbaron el silencio de aquellas noches, y las oyen siempre, procedentes del mismo taller que hoy está cerrado, como si algo invisible viniera por las noches a agitar allí la herramienta fatal.

¡Ruido extraño, que sobrepuja en expresión al del arte de ritmos y compases! ¿Cuándo han podido esos envanecidos músicos crear notas de tan maravilloso efecto?

En nosotros han producido éste. El cólera se nos ha presentado por su lado musical. Todo lo creado tiene su armonía. Se ha estudiado el cólera en su influencia climatérica: se le ha estudiado económicamente: se le ha estudiado en su terror, en su contagio, en su histeria. ¿Por qué no se le ha de estudiar en su música? El ataúd es su caja sonora y el martillo su plectro. Algunos han visto el cólera de cerca, otros le han sufrido, otros le temen y otros le palpan. ¿Por qué no ha de haber quien le oiga? Sí, le ha oído quien tiene la manía de atender siempre a la parte musical de las cosas.

Madrid 20 de Noviembre.<br>B. Pérez Galdós.

## La conjuración de las palabras[1]

Érase un gran edificio llamado *Diccionario de la Lengua Castellana,* de tamaño[2] tan colosal y fuera de medida, que, al decir de los cronistas, ocupaba casi la cuarta parte de una mesa, de estas que, destinadas a varios[3] usos, vemos en las casas de los hombres. Si hemos de creer a un viejo documento hallado en[4] viejísimo pupitre, cuando ponían al tal edificio en el estante de su dueño, la tabla que lo[5] sostenía amenazaba desplomarse[6], con detrimento de todo lo que había en ella[7]. Formábanlo dos anchos murallones de cartón, forrados en piel de becerro jaspeado, y en la fachada, que era también de cuero, se veía un ancho cartel con doradas letras[8], que decían al mundo y a la posteridad el nombre y significación[9] de aquel gran monumento.

---

[1] Texto base: *Torquemada en la hoguera,* Madrid, La Guirnalda, 1889, 207-219. Variantes de la primera edición: *La Nación* (Madrid), 12 de abril, 1868. La primera edición añade el subtítulo: "cuento alegórico".
[2] cuyo tamaño era
[3] muchos
[4] en un
[5] le
[6] ruina
[7] lo que encima había.
[8] letras doradas
[9] la significación

Por dentro era un laberinto tan maravilloso[10], que ni el mismo[11] de Creta[a] se le igualara. Dividíanlo hasta seiscientas paredes[12] de papel con sus números llamados páginas[13]. Cada espacio estaba subdividido en tres corredores o crujías muy grandes[14], y en estas crujías[15] se hallaban innumerables celdas, ocupadas por[16] los ochocientos o novecientos mil seres que en aquel vastísimo recinto[17] tenían su habitación. Estos seres se llamaban palabras.

\* \* \*

Una mañana sintióse gran[18] ruido de voces, patadas, choque[19] de armas, roce[20] de vestidos, llamamientos y relinchos[21], como si un numeroso ejército se levantara y vistiese[22] a toda[23] prisa, apercibiéndose para una tremenda[24] batalla. Y a la verdad, cosa de guerra debía de ser[25], porque a poco rato salieron todas o casi todas las palabras del *Diccionario,* con fuertes y relucientes ar-

---

[a] Según la mitología griega, el laberinto de Creta fue construido por Dédalo, y albergaba en su centro al Minotauro devorador.

[10] una maravilla tan curiosa
[11] mismo laberinto
[12] seiscientos tabiques
[13] páginas;
[14] cada tabique estaba subdividido en tres galerías o columnas muy grandes
[15] galerías
[16] donde vivían
[17] vastísimo y complicado recinto
[18] un gran
[19] choques
[20] roces
[21] rumores,
[22] se vistiese
[23] con grande
[24] atroz y descomunal
[25] batalla o cosa parecida debía ser

mas[26], formando un escuadrón tan grande que no cupiera en la misma Biblioteca Nacional. Magnífico y sorprendente era el espectáculo que este ejército presentaba, según me dijo el testigo ocular que lo presenció todo desde un escondrijo inmediato, el cual testigo ocular era un viejísimo *Flos sanctorum* [b], forrado en pergamino, que en el propio estante se hallaba a la sazón.

Avanzó la comitiva[27] hasta que estuvieron todas las palabras fuera del edificio[28]. Trataré de describir el orden y aparato de aquel ejército[29], siguiendo fielmente la veraz, escrupulosa y auténtica narración de mi amigo el *Flos sanctorum*[30].

Delante marchaban[31] unos heraldos llamados Artículos, vestidos con magníficas[32] dalmáticas y cotas de finísimo acero: no llevaban armas, y sí los escudos de sus señores los Sustantivos, que venían un poco más atrás. Éstos, en número casi infinito, eran[33] tan vistosos y gallardos que daba gozo verlos[34]. Unos llevaban resplandecientes armas del más puro metal, y cascos en cuya cimera ondeaban plumas y festones; otros vestían lorigas de cuero finísimo, recamadas de oro y plata[35]; otros cubrían sus cuerpos con luengos trajes talares, a modo de senadores venecianos. Aquéllos montaban poderosos

---

[b] *Flos sanctorum, o libro de las vidas de los santos,* (1599-1601), del sacerdote jesuita Pedro de Rivadeneyra. Gozó de numerosas traducciones y reediciones.

---

[26] formadas en orden, con fuertes y relucientes armas,
[27] La comitiva avanzó
[28] edificio;
[29] aparejo de aquella procesión,
[30] del *Flos sanctorum*.
[31] venían
[32] relucientes
[33] Éstos formaban un número cuasi-infinito, y estaban todos
[34] envidia el verlos.
[35] otros vestían lorigas de paños de Segovia con listones de oro y adornos recamados de plata;

potros ricamente enjaezados, y otros iban a pie[36]. Algunos parecían[37] menos ricos y lujosos[38] que los demás; y aun puede asegurarse que había bastantes pobremente vestidos, si bien éstos eran poco vistos, porque el brillo y elegancia[39] de los otros, como que les ocultaba y obscurecía[40]. Junto a los Sustantivos marchaban[41] los Pronombres, que iban a pie y delante, llevando[42] la brida de los caballos, o detrás, sosteniendo la cola del vestido de sus amos, ya[43] guiándoles a guisa de lazarillos, ya[44] dándoles el brazo para sostén de sus flacos cuerpos[45], porque, sea dicho de paso, también había Sustantivos muy valetudinarios y decrépitos, y algunos parecían próximos a morir. También se veían no pocos Pronombres[46] representando a sus amos, que se quedaron en cama[47] por enfermos o perezosos, y estos Pronombres formaban en la línea de los Sustantivos como si de tales tuvieran categoría[48]. No es necesario decir que los había de ambos sexos; y las damas cabalgaban con igual donaire que los hombres[49], y aun esgrimían las armas con tanto desenfado como ellos.

Detrás venían los Adjetivos, todos a pie[50]; y eran como servidores o satélites de los Sustantivos, porque

---

[36] Unos iban caballeros en poderosísimos potros cordobeses, y otros a pie.
[37] había también
[38] lujosos en el vestir
[39] esplendidez
[40] oscurecía.
[41] Al lado de los Sustantivos estaban
[42] teniendo
[43] o
[44] o bien
[45] cuerpos;
[46] También es cierto que había algunos Pronombres que se hallaban allí
[47] que se habían quedado en la cama
[48] y, estos Pronombres formaban en la línea de los Sustantivos, como si de tales tuvieran categoría. [El texto base pone "hubieran", que yo corrijo.]
[49] con tanto donaire como los hombres,
[50] pie:

formaban al lado de ellos, atendiendo a sus órdenes[51] para obedecerlas. Era cosa sabida que ningún caballero Sustantivo podía hacer cosa derecha[52] sin el auxilio de un buen escudero de la honrada famila[53] de los Adjetivos; pero éstos, a pesar de la fuerza y significación que prestaban a sus amos, no valían solos ni un ardite, y se aniquilaban completamente en cuanto quedaban solos. Eran brillantes y caprichosos sus adornos y trajes[54], de colores vivos y formas muy determinadas; y era de notar que cuando se acercaban al amo[55], éste tomaba el color y la forma de aquéllos, quedando transformado al exterior[56], aunque en esencia[57] el mismo.

Como a diez varas de distancia venían los Verbos, que eran unos señores[58] de lo más extraño y maravilloso que puede concebir la fantasía.

No es posible decir su sexo, ni medir su estatura, ni pintar sus facciones, ni contar su edad, ni describirlos[59] con precisión y exactitud. Basta[60] saber que se movían mucho[61] y a todos lados, y tan pronto iban hacia atrás como hacia delante, y se juntaban dos para andar emparejados[62]. Lo cierto del caso, según me aseguró el *Flos sanctorum*, es que sin los tales personajes[63] no se hacía cosa a derechas en aquella República, y, si bien los Sustantivos eran muy útiles, no podían hacer nada por sí, y eran como instrumentos ciegos cuando algún señor Ver-

---

[51] de ellos y atendían a sus razones
[52] buena
[53] la familia
[54] Eran muy brillantes y primorosos sus vestidos y adornos,
[55] y lo más particular era que cuando se acercaban al Sustantivo
[56] trasformado el esterior
[57] en la esencia
[58] seres
[59] definirlos
[60] Baste
[61] mucho,
[62] juntos.
[63] sin tales Verbos

bo no los dirigía[64]. Tras éstos venían los Adverbios, que tenían cataduras[65] de pinches de cocina[66]; como que su oficio era[67] prepararles la comida a los Verbos y servirles en todo. Es fama que eran parientes de los Adjetivos, como lo acreditaban viejísimos pergaminos genealógicos, y aun había Adjetivos que desempeñaban en comisión la plaza de Adverbios[68], para lo cual bastaba ponerles una cola o falda que decía[69]: *mente.*

Las Preposiciones eran enanas[70]; y más que personas parecían cosas, moviéndose automáticamente[71]: iban junto a los Sustantivos para llevar recado[72] a algún Verbo, o vice-versa. Las Conjunciones andaban por todos lados metiendo bulla; y una de ellas especialmente, llamada *que*, era el mismo enemigo[73] y a todos los tenía revueltos y alborotados, porque indisponía a un señor Sustantivo con un señor Verbo, y a veces trastornaba lo que éste decía, variando completamente el sentido. Detrás de todos marchaban[74] las Interjecciones, que no tenían cuerpo, sino tan sólo cabeza con gran boca[75] siempre abierta. No se metían con nadie, y se manejaban solas; que aunque pocas en número[76], es fama que sabían hacerse valer.

De estas palabras, algunas eran nobilísimas, y llevaban en sus escudos delicadas empresas, por donde se

---

[64] y eran como unos instrumentos ciegos, cuando no los dirigía algún Verbo.
[65] catadura
[66] cocina:
[67] no servían más que
[68] servían en la clase de Adverbios,
[69] en esta forma:
[70] tenían un cuerpo enano;
[71] cosas que se movían automáticamente:
[72] recados
[73] y había especialmente una llamada *que*, que era el mismo enemigo;
[74] venían
[75] sino tan sólo unas cabezas con una gran boca,
[76] número

venía en conocimiento de su[77] abolengo latino o árabe; otras, sin alcurnia antigua de que vanagloriarse, eran nuevecillas, plebeyas o de poco más o menos[78]. Las nobles las trataban con desprecio. Algunas había también[79] en calidad de emigradas de Francia, esperando el tiempo de[80] adquirir nacionalidad. Otras, en cambio, indígenas hasta la pared de enfrente, se caían de puro viejas, y yacían arrinconadas, aunque las demás guardaran consideración a sus arrugas; y las había tan petulantes y presumidas, que despreciaban a las demás mirándolas enfáticamente[81].

Llegaron a la plaza del Estante y la ocuparon de punta a punta[82]. El verbo *Ser* hizo una especie de cadalso o tribuna con dos admiraciones y algunas comas que por allí rodaban[83], y subió a él con intención de despotricarse[84]; pero le quitó la palabra un Sustantivo muy travieso y hablador, llamado *Hombre,* el cual, subiendo a los hombros de sus edecanes[85], los simpáticos[86] Adjetivos *Racional* y *Libre,* saludó a la multitud, quitándose la *H,* que a guisa de sombrero le cubría, y empezó a hablar en estos o parecidos términos:

—Señores: La osadía de los escritores españoles ha irritado nuestros ánimos[87], y es preciso darles[88] justo y

---

[77] conocimiento que tenían
[78] otras no tenían alcurnia antigua y eran nuevecillas y de poco más o menos.
[79] también que estaban
[80] para
[81] También había algunas que se caían de puro viejas, y estaban arrinconadas, aunque las demás tenían consideración a sus canas; y las había también tan petulantes y pretenciosas, que desdeñaban a las demás mirándolas de soslayo.
[82] Llegaron a la plaza del estante, y la ocuparon toda.
[83] había
[84] hablar;
[85] sus dos edecanes
[86] nobles
[87] ánimos;
[88] darle

pronto castigo. Ya no les basta[89] introducir en sus libros contrabando francés[90], con gran detrimento de la riqueza nacional[91], sino que cuando[92] por casualidad se nos emplea, trastornan nuestro sentido y nos hacen decir lo contrario de nuestra intención[93]. *(Bien, bien)*. De nada sirve nuestro noble origen latino, para que esos tales respeten nuestro significado[94]. Se nos desfigura de un modo que da grima y dolor[95]. Así, permitidme que me conmueva, porque las lágrimas brotan de mis ojos y no puedo reprimir la emoción. *(Nutridos aplausos.)*

El orador se enjugó las lágrimas con la punta de la *e*, que de faldón le servía[96], y ya se preparaba a continuar, cuando le distrajo el rumor de una disputa[97] que no lejos se había entablado.

Era que el Sustantivo *Sentido* estaba dando[98] mojicones al Adjetivo[99] *Común*, y le decía:

—Perro, follón y sucio vocablo[100]; por ti me traen asendereado, y me ponen como salvaguardia de toda clase de desatinos. Desde que cualquier[101] escritor no entiende palotada de una ciencia, se escuda con el *Sentido Común*, y ya le parece que es el más sabio de la tierra. Vete, negro y pestífero Adjetivo[102], lejos de mí, o te juro que no saldrás con vida de mis manos.

---

[89] no basta
[90] palabras francesas,
[91] detrimento nuestro,
[92] cuando,
[93] decir lo que no significamos.
[94] ni la exactitud de nuestro significado.
[95] dolor el recordarlo.
[96] que le servía de faldón
[97] disputa,
[98] dando de
[99] Adverbio
[100] vocablo:
[101] un
[102] sucio Adjetivo,

Y al decir esto, el *Sentido* enarboló la *t,* y dándole un garrotazo con ella a su escudero[103], le[104] dejó tan malparado, que tuvieron que ponerle un vendaje en la *o,* y bizmarle[105] las costillas de la *m,* porque se iba desangrando por allí a toda prisa[106].

—Haya paz, señores —dijo un Sustantivo Femenino llamado *Filosofía,* que con dueñescas tocas blancas[107] apareció entre el tumulto.

Mas en cuanto le vio otra palabra llamada *Música,* se echó sobre ella y empezó a mesarla los cabellos y a darle coces, cantando así:[108]

—Miren la bellaca, la sandia, la loca; ¿pues no quiere llevarme encadenada con una Preposición, diciendo que yo tengo Filosofía? Yo no tengo sino Música, hermana. Déjeme en paz y púdrase de vieja en compañía de la *Alemana*[109], que es otra vieja loca.

—Quita allá, bullanguera[110] —dijo la *Filosofía* arrancándole a la *Música* el penacho o acento que muy erguido sobre la *u* llevaba—: quita allá, que para nada vales, ni sirves más que de pasatiempo pueril.

—Poco a poco, señoras mías —gritó[111] un Sustantivo, alto, delgado, flaco y medio tísico, llamado el *Sentimiento*—. A ver, señora *Filosofía,* si no me dice usted esas cosas a mi hermana o tendremos que vernos las caras[112]. Estése usted quieta[113] y deje a Perico en su casa, porque todos tenemos trapitos que lavar, y si yo saco los suyos, ni con colada habrán de quedar limpios.

---

[103] al Adjetivo,
[104] lo
[105] bizmarlo
[106] por allí, con más prisa que satisfacción.
[107] dueñescas y blanquísimas tocas
[108] diciendo:
[109] hermana, y ruegue a Dios no se pudra de vieja, si anda en compañía con la *Alemana,*
[110] pazpuerca
[111] dijo
[112] si no me dice usted esas cosas a la *Música,* o tendremos que vernos los dos.
[113] Estése usted en paz,

—Miren el mocoso —dijo la *Razón* que andaba por allí en paños menores y un poquito desmelenada[114]—, ¿qué sería de estos badulaques[115] sin mí? No reñir, y cada uno a su puesto[116], que si me incomodo...

—No ha de ser —dijo el Sustantivo *Mal,* que en todo había de meterse[117].

—¿Quién le ha dado a usted vela en este entierro[118] tío *Mal?* Váyase al Infierno[119], que ya está de más en el mundo.

—No, señoras, perdonen usías; que no estoy sino muy retebién. Un poco decaidillo andaba[120]; pero después que tomé[121] este lacayo, que ahora me sirve, me voy remediando[122]. —Y mostró un lacayo que era el Adjetivo *Necesario.*

—Quítenmela, que la mato —chillaba[123] la *Religión,* que había venido a las manos con la *Política*—; quítenmela[124] que me ha usurpado el nombre para disimular[125] en el mundo sus socaliñas y gatuperios.

—Basta de indirectas. ¡Orden! —dijo el Sustantivo *Gobierno,* que se presentó[126] para poner paz en el asunto.

—Déjalas que se arañen, hermano —observó la *Justicia*—; déjalas que se arañen que ya sabe vuecencia que rabian de verse juntas. Procuremos nosotros no andar también a la greña, y adelante con los faroles.

---

[114] que andaba por allí en traje de mañana, y un poquillo desmelenada;
[115] vuesas mercedes
[116] puesto;
[117] que a la sazón llegaba.
[118] le metió a usted en estas danzas,
[119] Váyase con Dios,
[120] estaba;
[121] he tomado
[122] no me va tan mal.
[123] dijo
[124] quítenmela,
[125] ocultar
[126] —Basta de alusiones personales, dijo el sustantivo *Neo*, que todo tiznado de negro se presentó

Mientras esto ocurría[127], se presentó un gallardo Sustantivo, vestido con relucientes armas, y trayendo un escudo con peregrinas[128] figuras y lema[129] de plata y oro. Llamábase[130] el *Honor*[131] y venía a quejarse de los innumerables desatinos que hacían los humanos en su nombre, dándole las más raras aplicaciones, y haciéndole significar lo que más les venía a cuento. Pero el Sustantivo *Moral,* que estaba en un rincón atándose un hilo en la *l* que se le había roto en la anterior refriega[132], se presentó, atrayendo la atención general[133]. Quejóse de que se le subían a las barbas ciertos Adjetivos advenedizos[134], y concluyó diciendo que no le gustaban ciertas compañías y que más le valiera andar solo[135], de[136] lo cual se rieron otros muchos Sustantivos fachendosos[137] que no llevaban nunca menos de seis Adjetivos de servidumbre.

Entretanto, la *Inquisición,* una viejecilla[138] que no se podía tener, estaba pegando fuego a una hoguera[139] que había hecho con interrogantes gastados, palos de *T* y paréntesis rotos[140], en la cual hoguera dicen que quería

---

[127] —Déjalas que se arañen, hermano, dijo la *Hipocresía*, que estaba rezando el rosario en una sarta de puntos suspensivos; déjalas que se arañen, que ya sabe vuestra señoría que rabian de verse juntas. Entendámonos nosotros, y dejémoslas a ellas.
—Sí, bien mío... ¿pero cuándo nos casamos, dijo el Sustantivo masculino?
—Pronto, luz de mis ojos, dijo el femenino.
Mientras estos dos amantes desaparecían abrazados entre la multitud,
[128] primorosas
[129] lemas
[130] Este sustantivo se llamaba
[131] *Honor,*
[132] en la *l* porque se la habían roto en la refriega anterior,
[133] las miradas de todos.
[134] adjetivos advenedizos;
[135] prefería andar solo
[136] con
[137] Sustantivos
[138] el Sustantivo *Inquisición*, que era una vieja
[139] hoguerilla
[140] interrogantes gastadas y palos de *t* y algunos paréntesis rotos,

quemar a la *Libertad*[141], que andaba dando zancajos por allí con muchísima[142] gracia y desenvoltura. Por otro lado estaba el Verbo *Matar* dando grandes voces, y cerrando el puño con rabia, decía[143] de vez en cuando:

—¡Si me conjugo...!

Oyendo lo cual el Sustantivo *Paz,* acudió corriendo tan a prisa[144], que tropezó en la *z*[145] con que venía calzada, y cayó cuan larga era, dando un gran batacazo.

—Allá voy —gritó[146] el Sustantivo *Arte,* que ya se había metido a zapatero—. Allá voy a componer este[147] zapato, que es cosa de mi incumbencia.

Y con unas comas le clavó la *z* a la *Paz,* que tomó vuelo, y se fue a hacer cabriolas ante el Sustantivo *Cañón*[c][148], de quien dicen estaba perdidamente[149] enamorada.

No pudiendo ni el Verbo *Ser,* ni el Sustantivo *Hombre,* ni el Adjetivo *Racional,* poner en orden a aquella gente, y comprendiendo que de aquella manera iban a ser vencidos en la desigual batalla que con los escritores españoles tendrían que[150] emprender, resolvieron volverse a su casa. Dieron orden de que cada cual entrara[151] en su celda, y así se cumplió; costando[152] gran tra-

---

[c] En la primera edición, "Chassepot" designa el fusil usado a mediados del siglo pasado por el ejército francés, manufacturado por Antonio Alfonso Chassepot (1833-1905), armero francés.

---

[141] *Libertad*
[142] singular
[143] diciendo
[144] Lo cual oyendo el sustantivo *Paz,* vino corriendo con tanta prisa,
[145] *z,*
[146] dijo
[147] ese
[148] ante el nombre propio *Chassepot,*
[149] grandemente
[150] iban a
[151] se fuera
[152] cumplió, aunque costó

bajo encerrar a algunas camorristas[153] que se empeñaban en alborotar y hacer el coco.

Resultaron de este tumulto bastantes heridos, que aún están en el hospital de sangre, o sea *Fe de erratas* del *Diccionario*. Han determinado congregarse de nuevo para examinar los medios de imponerse a la gente de letras. Se están redactando las pragmáticas que establecerán el orden en las discusiones. No tuvo resultado el pronunciamiento, por gastar el tiempo los conjurados en estériles debates y luchas de amor propio, en vez de congregarse para combatir al enemigo común: así es que concluyó aquello como el Rosario de la Aurora[154].

El *Flos sanctorum* me asegura[155] que la *Gramática* había mandado al *Diccionario* una embajada de géneros, números y casos, para ver si por las buenas y sin derramamiento de sangre[156] se arreglaba[157] los trastornados asuntos de la *Lengua Castellana*.

Madrid, Abril de 1868[158]

---

[153] algunos rezagados
[154] Resultaron de este tumulto algunos heridos, que aún están en el hospital de sangre del *Diccionario*. Han determinado congregarse de nuevo para examinar los medios de imponerse a los escritores. Se está redactando un reglamento que establecerá el orden en las discusiones. Aquella conjuración no tuvo resultados, pues gastaron el tiempo en estériles debates y luchas intestinas, en vez de congregarse para combatir al enemigo común: así es que concluyó todo con más prontitud que fruto.
[155] aseguró
[156] sin sangre
[157] arreglaban
[158] B. Pérez Galdós

## La novela en el tranvía[1]

El coche partía de la extremidad del barrio de Salamanca[a], para atravesar todo Madrid en dirección al de Pozas[b]. Impulsado por el egoísta deseo de tomar asiento antes que las demás personas movidas de iguales intenciones, eché mano a la barra que sustenta la escalera de la imperial, puse el pie en la plataforma y subí; pero en el mismo instante ¡oh previsión![2] tropecé con otro viajero que por el opuesto lado entraba. Le miro y reconozco a mi amigo el Sr. D. Dionisio Cascajares de la Vallina, persona tan inofensiva como discreta, que tuvo en aquella crítica ocasión la bondad de saludarme con un sincero y entusiasta apretón de manos.

Nuestro inesperado choque no había tenido consecuencias de consideración, si se exceptúa la abolladura parcial de cierto sombrero de paja puesto en la extremi-

---

[a] Barrio madrileño establecido por José de Salamanca (1811-1883), ministro de Hacienda, nuevo ensanche en el noroeste de la capital en la época de este cuento.
[b] Barrio entonces limítrofe en el extremo occidental de Madrid.

---

[1] Texto base: A. Pérez y Compañía, Madrid, 1900.
Variantes de la primera edición: *La Ilustración de Madrid*, 30 de noviembre y 15 de diciembre, 1871, 343-347 y 366-367.
[2] imprevisión!

dad de una cabeza de mujer inglesa, que tras de mi amigo intentaba subir, y que sufrió, sin duda por falta de[3] agilidad, el rechazo de su bastón.

Nos sentamos sin dar al[4] percance exagerada importancia, y empezamos a charlar[5]. El señor don Dionisio Cascajares es un médico afamado, aunque no por la profundidad de sus conocimientos patológicos, y un hombre de bien, pues jamás se dijo de él que fuera inclinado a tomar[6] lo ajeno, ni[7] a matar a sus semejantes por otros medios que por los de su peligrosa y científica profesión. Bien puede asegurarse que la amenidad de su trato y el complaciente sistema de no dar a los enfermos otro tratamiento que el que ellos quieren, son causa de la confianza que inspira a multitud de familias de todas jerarquías, mayormente cuando también es fama que en su bondad sin límites presta servicios ajenos a la ciencia, aunque siempre de índole rigurosamente[8] honesta.

Nadie sabe como él sucesos interesantes[9] que no pertenecen al dominio[10] público, ni ninguno tiene en más estupendo grado la manía de preguntar, si bien este vicio de exagerada inquisitividad se compensa en él por la prontitud con que dice cuanto sabe, sin que los demás se tomen el trabajo de preguntárselo. Júzguese por esto si la compañía de tan hermoso ejemplar de la ligereza humana será solicitada por los curiosos y por los lenguaraces.

Este hombre, amigo mío, como lo es de todo el mundo, era el que sentado iba[11] junto a mí cuando el coche,

---

[3] poca
[4] a aquel
[5] hablar.
[6] apropiarse
[7] o
[8] intachablemente
[9] los sucesos más importantes
[10] dominio del
[11] tenía sentado

resbalando suavemente por su calzada de hierro, bajaba la calle de Serrano, deteniéndose alguna vez para llenar los pocos asientos que quedaban ya vacíos. Íbamos tan estrechos que me molestaba grandemente el paquete de libros que conmigo llevaba, y ya le ponía sobre esta rodilla, ya sobre la otra, ya por fin me resolví a sentarme sobre él, temiendo molestar a la señora inglesa, a quien cupo en suerte colocarse a mi siniestra mano.

—¿Y usted a dónde va?[12] —me preguntó Cascajares, mirándome por encima de sus espejuelos azules, lo que[13] hacía el efecto de ser examinado por cuatro ojos.

Contestéle evasivamente, y él, deseando sin duda no perder aquel rato sin hacer alguna útil investigación, insistió en sus preguntas diciendo:

—Y Fulanito, ¿qué hace? Y Fulanita, ¿dónde está? con otras indagatorias del mismo jaez, que tampoco tuvieron respuesta cumplida.

Por último, viendo cuán inútiles eran sus tentativas para pegar la hebra, echó por camino más adecuado a su expansivo temperamento y empezó a desembuchar.

—¡Pobre condesa! —dijo expresando con[14] un movimiento de cabeza y un visaje, su desinteresada compasión[15]—. Si hubiera seguido mis consejos no se vería en situación tan crítica.

—¡Ah! es claro, —contesté maquinalmente, ofreciendo también el tributo de mi compasión a la[16] señora condesa.

—¡Figúrese usted —prosiguió[17]—, que se han dejado dominar por aquel hombre! Y aquel hombre llegará[18] a ser el dueño de la casa. ¡Pobrecilla! Cree[19] que con llo-

---

[12] va ahora?
[13] lo cual me
[14] haciendo
[15] encargados de expresar su desinteresada compasión.
[16] a aquella
[17] continuó,
[18] Y llegará
[19] Ella cree

rar y lamentarse se remedia todo, y no. Urge[20] tomar una determinación. Porque ese hombre es un infame[21], le creo capaz de los mayores crímenes.

—¡Ah! ¡Si es atroz! —dije yo[22], participando irreflexivamente de su indignación.

—Es como todos los hombres de malos instintos y de baja condición que si se elevan un poco, luego no hay quien los sufra. Bien claro indica su rostro que de allí no puede salir cosa buena.

—Ya lo creo, eso salta a la vista.

—Le explicaré a usted en breves palabras. La Condesa es una mujer excelente, angelical, tan discreta como hermosa, y digna por todos conceptos de mejor suerte. Pero está casada con un hombre que no comprende el tesoro que posee[23], y pasa la vida entregado al juego y a toda clase de entretenimientos ilícitos. Ella entretanto se aburre y llora. ¿Es extraño que trate de sofocar su pena divirtiéndose honestamente aquí y allí, donde quiera que suena un piano? Es más, yo mismo se lo aconsejo y le digo: "Señora, procure usted distraerse, que la vida se acaba. Al fin el señor Conde se ha de arrepentir de sus locuras y se acabarán las penas"[24]. Me parece que estoy en lo cierto.

—¡Ah! sin duda —contesté con oficiosidad, continuando[25] en mis adentros tan indiferente como al principio a las desventuras de la Condesa.

—Pero no es eso lo peor —añadió Cascajares, golpeando[26] el suelo con su bastón—, sino que ahora el señor Conde ha dado en la flor de estar celoso... sí, de cierto joven que se ha tomado a pechos la empresa de distraer a la Condesa.

---

[20] no: es preciso
[21] infame;
[22] yo también,
[23] que tiene en su casa,
[24] angustias."
[25] pero continuando
[26] dando un golpecito en

—El marido tendrá la culpa de que lo consiga.

—Todo eso sería insignificante, porque la Condesa es la misma virtud[27]; todo eso sería insignificante, digo, si no existiera un hombre abominable que sospecho ha de causar un desastre en aquella casa.

—¿De verás? ¿Y quién es ese hombre? —pregunté con una chispa de curiosidad.

—Un antiguo mayordomo muy querido del Conde, y que se ha propuesto martirizar a la[28] infeliz cuanto sensible señora[29]. Parece que se ha apoderado de cierto secreto que la compromete, y con esta arma pretende... qué sé yo... ¡Es una infamia!

—Sí que lo es, y ello[30] merece un ejemplar castigo —dije yo, descargando también el peso de mis iras sobre aquel hombre.

—Pero ella es inocente; ella es un ángel... Pero[31], ¡calle! estamos en la Cibeles. Sí: ya veo a la derecha el parque de Buenavista[c]. Mande usted parar, mozo; que no soy de los que hacen la gracia de saltar cuando el coche está en marcha, para descalabrarse contra los adoquines[32]. Adiós, mi amigo, adiós.

Paró el coche y bajó D. Dionisio Cascajares y de la Vallina, después de darme otro[33] apretón de manos y de causar segundo desperfecto en el sombrero de la dama inglesa, aún no repuesta del primitivo susto.

---

[c] Pequeño parque del palacio de Buenavista, actualmente estado mayor central del ejército. "En los años mediales del siglo XIX albergó la presidencia del gobierno" (José María de Mena, *Leyendas y misterios de Madrid,* Madrid, Plaza y Janés, 1995, 248). Le agradezco esta cita a don Manuel Peláez Fernández.

---

[27] virtud, y no tendrá flaqueza alguna;
[28] aquella
[29] mujer.
[30] eso
[31] ángel, prosiguió, pero
[32] el arrecife.
[33] un nuevo

II

Siguió el ómnibus su marcha y ¡cosa singular! yo a mi vez seguí pensando en la incógnita Condesa, en su cruel y suspicaz consorte, y sobre todo en el hombre siniestro que[34], según la enérgica expresión del médico, a punto estaba de causar[35] un desastre en la[36] casa. Considera, lector, lo que es el humano[37] pensamiento: cuando Cascajares principió a referirme aquellos sucesos, yo renegaba de su inoportunidad y pesadez, mas poco tardó mi mente en apoderarse de aquel mismo asunto, para darle vueltas de arriba abajo, operación psicológica que no deja de ser estimulada por la regular marcha del coche y el sordo y monótono rumor de sus ruedas, limando[38] el hierro de los carriles.

Pero al fin dejé de pensar en lo que tan poco me interesaba[39], y recorriendo con la vista el interior del coche, examiné uno por uno a mis compañeros de viaje. ¡Cuán distintas caras y cuán diversas expresiones! Unos parecen no inquietarse[40] ni lo más mínimo de los que van a su lado; otros pasan revista al corrillo con impertinente curiosidad; unos están alegres, otros tristes, aquél bosteza, el de más allá ríe, y a pesar de la brevedad del trayecto, no hay uno que no desee terminarlo pronto. Pues[41] entre los mil fastidios de la existencia, ninguno[42] aventaja al que consiste en estar una docena de perso-

---

[34] que amenazaba,
[35] médico, causar
[36] aquella
[37] lo que son las cosas del
[38] limando perennemente
[39] en una cosa que me interesaba bien poco,
[40] preocuparse
[41] pronto; pues
[42] entre las cosas fastidiosas, ninguna

nas mirándose las caras sin decirse palabra, y contándose recíprocamente[43] sus arrugas, sus lunares, y este o el otro accidente observado en el rostro o en la ropa.

Es singular este[44] breve conocimiento con personas que no hemos visto y que probablemente no volveremos a ver. Al entrar, ya encontramos a alguien; otros vienen después que estamos allí; unos se marchan, quedándonos nosotros, y por último también nos vamos. Imitación es esto de[45] la vida humana, en que el nacer y el morir son como las[46] entradas y salidas a que me refiero, pues van renovando sin cesar en generaciones de viajeros el pequeño mundo que allí dentro vive. Entran, salen; nacen, mueren... ¡Cuántos han pasado por aquí antes que nosotros! ¡Cuántos vendrán después!

Y para que la semejanza sea más completa, también hay un mundo chico[47] de pasiones en miniatura dentro de aquel cajón. Muchos van allí que se nos antojan excelentes personas, y nos agrada su aspecto y hasta les vemos salir con disgusto. Otros, por el contrario, nos revientan desde que les echamos la vista encima: les aborrecemos durante diez minutos; examinamos con cierto rencor sus caracteres frenológicos y sentimos verdadero gozo al verles salir. Y en tanto sigue corriendo el vehículo, remedo de la vida humana; siempre recibiendo y soltando, uniforme, incansable, majestuoso, insensible a lo que pasa en su interior; sin que le conmuevan ni poco ni mucho[48] las mal sofocadas pasioncillas de que es mudo teatro: siempre corriendo, corriendo sobre las dos interminables paralelas de hierro, largas y resbaladizas como los siglos.

---

[43] mutuamente
[44] aquel
[45] Se parece aquello a
[46] estas
[47] un pequeño mundo
[48] ni un poco ni un mucho

Pensaba en esto mientras el coche subía por la calle de Alcalá, hasta que me sacó del golfo de tan revueltas cavilaciones el golpe de mi paquete de libros al caer al suelo. Recogílo al instante[49]; mis ojos se fijaron en el pedazo de periódico que servía de envoltorio a los[50] volúmenes, y maquinalmente leyeron medio renglón de lo que allí estaba impreso. De súbito[51] sentí vivamente picada mi curiosidad: había leído algo que me interesaba, y ciertos nombres esparcidos en[52] el pedazo de folletín[d] hirieron a un tiempo la vista y el recuerdo. Busqué el principio y no lo hallé: el papel estaba roto, y únicamente pude leer, con curiosidad primero y después con afán creciente, lo que sigue:

"Sentía la condesa[53] una agitación indescriptible. La presencia de Mudarra, el[54] insolente mayordomo, que olvidando su bajo origen atrevíase[55] a poner los ojos en persona[56] tan alta, le causaba continua[57] zozobra. El infame[58] la estaba espiando sin cesar, la vigilaba como se vigila a un preso. Ya no le detenía ningún respeto, ni era obstáculo a su infame asechanza la sensibilidad y delicadeza de tan excelente señora.

"Mudarra penetró a deshora en la habitación de la Condesa, que pálida y agitada, sintiendo a la vez vergüenza y terror, no tuvo ánimo para despedirle.

---

[d] El folletín era un suplemento de los periódicos que desarrollaba una novela normalmente efectista y de escaso valor literario. La palabra llegó a designar novelas de ese calibre, publicadas o no como suplementos o por entregas.

---

[49] momento;
[50] aquellos
[51] De repente
[52] salpicados por
[53] "La condesa sentía
[54] aquel
[55] se atrevía
[56] cosa
[57] una continua
[58] Aquel hombre no salía nunca de la casa:

"—No se asuste usía, señora Condesa —dijo con forzada[59] y siniestra sonrisa, que aumentó la turbación de la dama—; no vengo a hacer a usía daño alguno.

"—¡Oh, Dios mío! ¡Cuándo acabará este suplicio! —exclamó la dama[60], dejando caer sus brazos con desaliento—. Salga usted; yo no puedo acceder a sus deseos. ¡Qué infamia! ¡Abusar de ese modo de mi debilidad, y de la indiferencia de mi esposo, único autor de tantas[61] desdichas!

"—¿Por qué tan arisca señora Condesa? —añadió el feroz mayordomo—. Si yo no tuviera el secreto de su perdición en mi mano; si yo no pudiera imponer al señor Conde de ciertos particulares... pues... referentes a aquel caballerito... Pero, no abusaré, no, de estas terribles armas. Usted me comprenderá al fin, conociendo cuán desinteresado es el grande amor que ha sabido inspirarme.

"Al decir esto, Mudarra dio algunos pasos hacia la Condesa, que se alejó con horror y repugnancia de aquel monstruo.

"Era Mudarra un hombre como de cincuenta[62] años, moreno, rechoncho y patizambo, de cabellos ásperos y en desorden, grande y colmilluda la boca. Sus[63] ojos medio ocultos tras la frondosidad de largas, negras y espesísimas cejas[64], en aquellos instantes expresaban la más bestial[65] concupiscencia.

"—¡Ah puerco espín! —exclamó con ira al ver el natural despego de la dama—. ¡Qué desdicha no ser un mozalvete almidonado! Tanto remilgo[66] sabiendo que

---

[59] una forzada
[60] condesa,
[61] de todas estas
[62] unos cincuenta
[63] boca, y con los
[64] cejas, los cuales ojos
[65] bestial e impaciente
[66] repulgo

puedo informar al señor Conde... Y me creerá, no lo dude usía: el señor Conde tiene en mí tal confianza, que lo que yo digo es para él el mismo Evangelio... pues... y como está celoso... si yo le presento el papelito...

"—¡Infame! —gritó[67] la Condesa con noble arranque de indignación y dignidad—. Yo soy inocente; y mi esposo no será capaz de prestar oídos a tan viles calumnias. Y aunque fuera culpable prefiero mil veces ser despreciada por mi marido y por todo el mundo, a comprar mi tranquilidad a ese precio. Salga usted de aquí al instante.

"—Yo también tengo mal genio, señora Condesa —dijo el mayordomo devorando su rabia—; yo también gasto[68] mal genio, y cuando me amosco... Puesto que usía lo toma por la tremenda, vamos por la tremenda. Ya[69] sé lo que tengo que hacer, y demasiado condescendiente he sido hasta aquí. Por última vez propongo a usía que seamos amigos, y no me ponga en el caso de hacer un disparate... con que señora mía...[70]

"Al decir esto Mudarra contrajo la pergaminosa piel y los rígidos tendones de su rostro haciendo una[71] mueca parecida[72] a una sonrisa, y dio algunos pasos como para sentarse en el sofá junto a la Condesa. Ésta se levantó de un salto gritando:

"—No; ¡salga usted! ¡Infame! Y no tener quien me defienda... ¡Salga usted!"

"El mayordomo, entonces, era como[73] una fiera a quien se escapa la presa que ha tenido un momento antes entre sus uñas. Dio un resoplido, hizo[74] un gesto[75]

---

[67] exclamó
[68] tengo
[69] Yo
[70] condesa...
[71] para hacer la
[72] más parecida
[73] parecía
[74] y después de hacer
[75] un siniestro gesto

de amenaza y salió[76] despacio con pasos muy quedos. La Condesa[77], trémula y sin aliento, refugiada en la extremidad del gabinete, sintió las pisadas que alejándose se perdían en la alfombra de la habitación inmediata, y respiró al fin cuando le consideró lejos[78]. Cerró[79] las puertas y quiso dormir; pero el sueño huía de sus ojos, aún aterrados con la imagen del monstruo.

"Capítulo XI. —*El Complot*. —Mudarra, al salir de la habitación de la Condesa, se dirigió a la suya, y dominado por[80] fuerte inquietud nerviosa, comenzó a registrar cartas y papeles diciendo entre dientes: "Ya no me aguanto[81] más; me las pagará[82] todas juntas." Después se sentó, tomó la pluma, y poniendo delante una de aquellas cartas, y examinándola bien[83], empezó a escribir otra, tratando de remedar la letra. Mudaba la vista con febril ansiedad del modelo a la copia, y por último, después de gran trabajo escribió con caracteres enteramente iguales a los del modelo[84], la carta siguiente, cuyo sentido era de su propia cosecha: *Había prometido a usted una entrevista y me apresuro...*"

El folletín estaba roto y no pude leer más.

III

Sin apartar la vista del paquete, me puse a pensar en la relación que existía entre las noticias sueltas que oí de boca del Sr. Cascajares y la escena leída en aquel papelucho, folletín, sin duda, traducido de alguna desatinada

---

[76] amenaza salió
[77] La condesa, que permanecía
[78] fuera.
[79] Cerró todas
[80] por una
[81] Ya no puedo aguantar
[82] ha de pagar
[83] la miró bien y
[84] a los que tenía delante

novela[85] de Ponson du Terrail o de Montepin[e][86]. Será una tontería, dije para mí, pero es lo cierto que ya me inspira interés[87] esa señora Condesa, víctima de la barbarie[88] de un mayordomo imposible, cual no existe sino en la trastornada cabeza de algún novelista nacido para aterrar a las gentes sencillas. ¿Y qué haría el[89] maldito para vengarse? Capaz sería[90] de imaginar cualquiera atrocidad de esas que ponen fin a un capítulo de sensación. ¿Y el Conde, qué hará? Y aquel mozalvete de quien hablaron[91] Cascajares en el coche y[92] Mudarra en el folletín, ¿qué hará, quién será? ¿Qué hay entre la Condesa y ese incógnito caballerito? Algo daría por saber...

Esto pensaba, cuando alcé los ojos, recorrí con ellos el interior del coche, y ¡horror! vi una persona que me hizo estremecer de espanto. Mientras estaba yo embebido[93] en la interesante lectura del pedazo de folletín, el tranvía se había detenido varias veces para tomar o dejar algún viajero. En una de estas ocasiones había entrado aquel hombre, cuya súbita presencia me produjo tan grande impresión. Era él, Mudarra, el mayordomo en persona, sentado[94] frente a mí, con sus rodillas tocando mis rodillas. En un segundo le examiné de pies a cabeza y reconocí las facciones cuya descripción había leído.

---

[e] Pierre Alexis Ponson du Terrail (1829-1871), folletinista francés, creador del personaje de *Rocambole*. Xavier de Montepin (1823-1902), folletinista y dramaturgo francés.

[85] alguna de esas desatinadas novelas
[86] Terrail, que tanto ama *La Correspondencia* por un inexplicable secreto de afinidades literarias.
[87] siento cierto interés por
[88] ferocidad
[89] aquel
[90] es
[91] hablaron, primero
[92] y después
[93] yo estaba enfrascado
[94] que estaba sentado

No podía ser otro: hasta los más insignificantes detalles de su vestido indicaban claramente que era él. Reconocí la tez morena y lustrosa, los cabellos indomables[95], cuyas mechas surgían en opuestas direcciones como las culebras de Medusa, los ojos[96] hundidos bajo la espesura de unas agrestes cejas, las barbas[97], no menos revueltas e incultas que el pelo, los pies[98] torcidos hacia dentro como los de los loros, y en fin, la misma mirada[99], el mismo hombre en el aspecto, en el traje, en el respirar, en el toser, hasta en el modo de meterse la mano en el bolsillo para pagar.

De pronto le vi sacar una cartera, y observé que este objeto tenía en la cubierta una gran M dorada, la inicial de su apellido. Abrióla, sacó una carta y miró el sobre con sonrisa de demonio, y hasta me pareció que decía entre dientes:

"¡Qué bien imitada está la letra!" En efecto, era una carta pequeña, con el sobre garabateado por mano femenina. Lo[100] miró bien, recreándose en su infame obra, hasta que observó que yo con curiosidad indiscreta y descortés alargaba demasiado el rostro para leer el sobrescrito. Dirigióme[101] una mirada que me hizo el efecto de un golpe, y guardó su cartera.

El coche seguía corriendo, y en el breve tiempo necesario[102] para que yo leyera el trozo de novela, para que pensara un poco en tan extrañas cosas, para que viera al propio[103] Mudarra, novelesco[104], inverosímil, convertido en ser vivo y compañero mío en aquel viaje,

---

[95] indomables y bruscos,
[96] los mismos ojos
[97] las mismas barbas
[98] los mismos pies
[99] mirada y
[100] El lo
[101] Entonces me dirigió
[102] que ha sido necesario
[103] mismo
[104] novelesco e

había dejado atrás la calle de Alcalá[f], atravesaba la Puerta del Sol[g] y entraba triunfante en la calle Mayor[h], abriéndose paso por entre los demás coches, haciendo correr a los carromatos rezagados y perezosos, y ahuyentando a los peatones, que en el tumulto de la calle, y aturdidos por la confusión de tantos y tan diversos ruidos, no ven a la mole que se les viene encima sino cuando ya la tienen[105] a muy poca distancia.

Seguía yo[106] contemplando aquel hombre como se contempla un[107] objeto de cuya existencia real no estamos seguros, y no quité los ojos de su repugnante facha hasta que no le vi levantarse, mandar parar el coche y salir, perdiéndose luego entre el gentío de la calle.

Salieron y entraron varias personas y la decoración viviente del coche mudó por completo.

Cada vez era más viva la curiosidad que me inspiraba aquel suceso, que al principio podía considerar como forjado exclusivamente en mi cabeza por la coincidencia de varias sensaciones ocasionadas por[108] la conversación o por[109] la lectura, pero que al fin se me figuraba cosa cierta y de indudable realidad.

Cuando salió el hombre en quien creí ver el terrible mayordomo, quedéme[110] pensando en el incidente de la carta y me lo expliqué a mi manera, no queriendo ser en tan delicada cuestión menos fecundo que el novelista, autor de lo que momentos antes había leído. Mudarra,

---

[f] Calle principal que atraviesa Madrid de este a oeste.

[g] Célebre plaza en el centro entonces de la capital.

[h] Calle principal del Madrid de los Austrias, que une la calle de Bailén con la Puerta del Sol.

---

[105] ya está
[106] Yo seguía
[107] a un
[108] experimentadas en
[109] en
[110] me quedé

pensé, deseoso de vengarse de la Condesa ¡oh, infortunada señora![111] finge su letra y escribe una carta a cierto caballerito[112], con quien hubo esto y lo otro, y lo de más allá. En la carta le da una cita en su propia casa; llega el joven a la hora indicada y poco después el marido, a quien se ha tenido cuidado de avisar, para que coja *in fraganti* a su desleal esposa: ¡oh admirable recurso del ingenio! Esto, que en la vida tiene su pro y su contra[113], en una novela viene como anillo al dedo. La dama se desmaya, el amante se turba, el marido hace una atrocidad, y detrás de la cortina está el fatídico semblante del mayordomo que se goza en su endiablada venganza.

Lector yo de[114] muchas y muy malas novelas, di aquel giro a la que insensiblemente iba desarrollándose en mi imaginación por las palabras de mi[115] amigo, la lectura de un trozo de papel y la vista de un desconocido.

IV

Andando, andando seguía el coche y ya por[116] causa del calor que allí dentro se sentía, ya porque el movimiento pausado y monótono del vehículo produce cierto mareo que degenera en sueño, lo cierto es que sentí pesados los párpados, me incliné del costado izquierdo, apoyando el codo en el paquete de libros, y cerré los ojos. En esta situación continué viendo la hilera de caras de ambos sexos que ante mí tenía, barbadas unas, limpias de pelo las otras, aquéllas riendo, éstas muy acartonadas y serias. Después me pareció[117] que obedeciendo

---
[111] condesa!
[112] caballero
[113] sus más o menos,
[114] Yo, que he leído
[115] un
[116] El coche seguía andando, andando, y ya fuera a
[117] parecía

85

a la contracción de un músculo común, todas aquellas caras hacían[118] muecas y guiños, abriendo y cerrando los ojos y las bocas, y mostrándome alternativamente una serie de dientes que variaban desde los más blancos hasta los más amarillos, afilados unos, romos y gastados los otros. Aquellas ocho narices erigidas bajo diez y seis ojos diversos en[119] color y expresión, crecían o menguaban, variando de forma; las bocas se abrían en línea horizontal, produciendo mudas carcajadas, o se estiraban hacia adelante formando hocicos puntiagudos, parecidos al interesante rostro de cierto benemérito animal que tiene sobre sí el anatema de no poder ser nombrado.

Por detrás de aquellas ocho caras, cuyos horrendos visajes he descrito, y al través de las ventanillas del coche, yo veía la calle, las casas y los transeúntes, todo en veloz carrera, como si el tranvía anduviera con rapidez vertiginosa. Yo por lo menos creía[120] que marchaba más aprisa que nuestros ferrocarriles, más que los franceses, más que los ingleses, más que los norte-americanos; corría con toda la velocidad que puede suponer la imaginación, tratándose de la traslación de lo sólido.

A medida que era más intenso aquel estado letargoso, se me figuraba que iban desapareciendo las casas, las calles, Madrid entero. Por un instante creí que el tranvía corría por lo más profundo de los mares: al través de los vidrios se veían los cuerpos de cetáceos enormes, los miembros pegajosos de una multitud de pólipos de diversos tamaños. Los peces chicos[121] sacudían sus colas resbaladizas contra los cristales, y algunos miraban adentro con sus grandes y dorados ojos. Crustáceos de forma desconocida, grandes moluscos, madréporas, esponjas y una multitud de bivalvos grandes y

---

[118] empezaban a hacer
[119] de diverso
[120] A mí por lo menos me parecía
[121] pequeños

deformes cual nunca yo los había visto, pasaban sin cesar. El coche iba tirado por no sé qué especie de nadantes monstruos, cuyos remos, luchando[122] con el agua, sonaban como las paletadas de una hélice, tornillaban[123] la masa líquida[124] con su infinito voltear.

Esta visión se iba extinguiendo: después parecióme[125] que el coche corría[126] por los aires, volando en dirección fija y sin que lo agitaran los vientos. Al través de los cristales no se veía nada, más que espacio: las nubes nos envolvían a veces; una lluvia violenta y repentina tamborileaba en la imperial; de[127] pronto salíamos al espacio puro, inundado de sol, para volver de nuevo a penetrar en el vaporoso seno de celajes inmensos[128], ya rojos, ya amarillos, tan pronto de ópalo como de amatista, que iban quedándose atrás en nuestra marcha. Pasábamos luego[129] por un sitio del espacio en que flotaban masas resplandecientes de un finísimo polvo de oro: más adelante[130], aquella polvareda que a mí se me antojaba producida por el movimiento de las ruedas triturando la luz, era de plata, después[131] verde como harina de esmeraldas, y por último, roja como harina de rubís. El coche iba arrastrado por algún volátil apocalíptico, más fuerte que el hipogrifo y más atrevido que el dragón; y el rumor[132] de las ruedas y de la fuerza motriz recordaba el zumbido de las grandes aspas de un molino de viento, o más bien el de un abejorro del tamaño de un elefante. Volábamos por el espacio sin fin, sin lle-

---

[122] luchando incesantemente
[123] tornillando
[124] de agua
[125] extinguiendo, y depués me parecía
[126] iba
[127] imperial, y de
[128] inmensos celajes,
[129] Otras veces pasábamos
[130] otras veces
[131] otras
[132] perenne rumor

gar nunca; entre tanto la tierra quedábase abajo[133], a muchas leguas de nuestros pies; y en la tierra, España, Madrid, el barrio de Salamanca, Cascajares, la Condesa, el Conde, Mudarra, el incógnito galán, todos ellos.

Pero no tardé en dormirme profundamente; y entonces el coche cesó de andar, cesó de volar, y desapareció para mí la sensación de que iba en el tal coche, no quedando más[134] que el ruido monótono y profundo de las ruedas, que no nos abandona jamás en nuestras pesadillas dentro de un[135] tren o en el camarote de un vapor. Me dormí... ¡Oh infortunada Condesa! la vi tan clara como estoy viendo en este instante el papel en que escribo; la vi sentada junto a un velador, la[136] mano en la mejilla, triste y meditabunda[137] como una estatua de la melancolía. A sus pies estaba acurrucado un perrillo, que me pareció tan triste como su interesante[138] ama.

Entonces pude examinar a mis anchas a la mujer que yo[139] consideraba como la desventura en persona. Era de alta estatura, rubia, con grandes y expresivos ojos, nariz fina, y casi, casi grande, de forma muy correcta y perfectamente engendrada por las dos curvas de sus hermosas y arqueadas cejas. Estaba peinada sin afectación[140], y en esto, como en su traje, se comprendía que no pensaba[141] salir aquella noche. ¡Tremenda, mil veces tremenda noche! Yo observaba con creciente ansiedad la hermosa figura que tanto deseaba conocer, y me pareció que podía leer sus ideas en aquella noble frente donde la costumbre de la reconcentración mental había

---

[133] estaba allá bajo
[134] otra cosa
[135] dentro un
[136] con la
[137] pensativa
[138] desventurada e interesante
[139] a aquella mujer, a quien
[140] afectación ninguna,
[141] tenía intención de

trazado unas cuantas líneas imperceptibles, que el tiempo convertiría pronto en arrugas[142].

De repente se abre la puerta dando paso a[143] un hombre. La Condesa dio un grito de sorpresa y se levantó muy agitada.

—¿Qué es esto? —dijo—. Rafael. Usted... ¿Qué atrevimiento? ¿Cómo ha entrado usted aquí?

—Señora —contestó el que había entrado[144], joven de muy buen porte—. ¿No me esperaba usted? He recibido una carta suya...

—¡Una carta mía! —exclamó más agitada la Condesa—. Yo no he escrito[145] carta ninguna. ¿Y para qué había de escribirla?

—Señora, vea usted —repuso el joven sacando la carta y mostrándosela—; es su letra, su misma letra.

—¡Dios mío! ¡Qué infernal maquinación![146] —dijo la dama con desesperación—. Yo no he escrito esa carta. Es[147] un lazo que me tienden...

—Señora, cálmese usted... yo siento mucho...

—Sí; lo comprendo todo... Ese hombre infame... Ya sospecho cuál habrá sido su idea. Salga usted al instante... Pero ya es tarde; ya siento la voz de mi marido.

En efecto, una voz atronadora se sintió en la habitación inmediata, y al poco entró el Conde, que fingió sorpresa de[148] ver al galán[149], y después riendo con cierta afectación, le dijo[150]:

—¡Oh Rafael!, usted por aquí... ¡Cuánto tiempo!... Venía usted a acompañar a Antonia... Con eso nos acompañará a tomar el té.

---

[142] siniestras arrugas
[143] y aparece
[144] entrado, que era
[145] escrito a usted.
[146] ¿Qué infernal maquinación es ésta?
[147] ¡Ah! Es
[148] al
[149] joven,
[150] dijo:

La Condesa y su esposo cambiaron una mirada siniestra. El joven, en su perplejidad, apenas acertó a devolver al Conde su saludo. Vi que entraron y salieron criados[151]; vi que trajeron un servicio de té y desaparecieron después, dejando solos a los tres personajes. Iba[152] a pasar algo terrible.

Sentáronse: la Condesa parecía difunta[153], el Conde afectaba una hilaridad aturdida, semejante a la embriaguez, y el joven callaba, contestándole sólo con monosílabos. Sirvió el té, y el Conde alargó a Rafael una de las tazas, no una cualquiera, sino una determinada. La Condesa miró aquella taza con tal expresión de espanto, que pareció echar en ella todo su espíritu. Bebieron en silencio, acompañando la poción[154] con muchas variedades de las sabrosas[155] pastas *Huntley and Palmers*, y otras menudencias propias de tal[156] clase de cena. Después el Conde volvió a reír con la desaforada y ruidosa expansión que le era peculiar aquella noche, y dijo:

—¡Cómo nos aburrimos! Usted, Rafael, no dice una palabra. Antonia, toca algo. Hace tanto tiempo que no te oímos[157]. Mira... aquella pieza de Gottschalk[i] que se titula *Morte*... La tocabas[158] admirablemente. Vamos, ponte al piano.

La Condesa quiso hablar, érale[159] imposible articular palabra. El Conde[160] la miró de tal modo, que la infeliz

---

[i] Louis Moreau Gottschalk (1829-1869), pianista y compositor estadounidense, gozó de una gran popularidad en el siglo XIX.

---

[151] varios criados;
[152] Allí iba
[153] la condesa estaba pálida como una muerta,
[154] confortante poción
[155] las más elegantes y sabrosas
[156] aquella
[157] oigo tocar.
[158] tú la tocas
[159] hablar; pero le era
[160] Su marido

cedió ante la terrible expresión de sus ojos, como la paloma fascinada por el boa *constrictor*. Se levantó dirigiéndose al piano, y ya allí, el marido debió decirle[161] algo que la aterro más, acabando de ponerla bajo su infernal dominio. Sonó el piano, heridas a la vez multitud de cuerdas, y corriendo de las graves a las agudas, las manos de la dama[162] despertaron en un segundo los centenares de sonidos que dormían mudos en el fondo de la caja. Al principio era la música[163] una confusa reunión de sones que aturdía en vez de agradar; pero luego serenóse aquella tempestad, y un canto fúnebre y temeroso como el *Dies irae* surgió de tal desorden. Yo creía escuchar el son triste de un coro de cartujos, acompañado con el bronco mugido de los fagots. Sentíanse después[164] ayes lastimeros como nos figuramos han de ser los que exhalan las ánimas, condenadas en el purgatorio a pedir incesantemente un perdón que ha de llegar muy tarde.

Volvían luego los arpegios prolongados y ruidosos, y las notas se encabritaban unas sobre otras como disputándose cuál ha de llegar primero. Se hacían y deshacían los acordes, como se forma y desbarata la espuma de las olas. La armonía fluctuaba y hervía en una marejada[165] sin fin, alejándose hasta perderse, y volviendo más fuerte en grandes y atropellados remolinos.

Yo continuaba extasiado oyendo la[166] música imponente y majestuosa; no podía ver el semblante de la Condesa, sentada[167] de espaldas a mí; pero me la figuraba en tal estado de aturdimiento y pavor, que llegué a pensar que el piano se tocaba solo.

---

[161] el conde debió decirla
[162] condesa
[163] la música era
[164] Después aquello se extinguía, para sentirse
[165] un oleaje
[166] aquella
[167] que estaba

El joven estaba detrás de ella, el Conde a su derecha, apoyado en el piano. De vez en cuando levantaba ella[168] la vista para mirarle; pero debía encontrar expresión muy horrenda en los ojos de su consorte, porque tornaba a bajar los suyos y seguía tocando. De repente el piano cesó de sonar y la Condesa dio un grito.

En aquel instante sentí un fortísimo golpe en un hombro, me sacudí violentamente y desperté.

V

En la agitación de mi sueño había cambiado de postura y me había dejado caer sobre la venerable inglesa que a mi lado iba[169].

—¡Aaah! usted... *sleeping*... molestar... *me,* dijo con avinagrado mohín[170], mientras rechazaba mi paquete de libros que había caído sobre sus rodillas.

—Señora... es verdad... me dormí —contesté turbado al ver que todos los viajeros se reían de aquella escena.

—¡Ooo... yo soy... *going... to* decir al *coachman*... usted molestar... mi... usted, caballero... *very shocking* —añadió la inglesa en su jerga ininteligible—: *¡Ooob!* usted creer... *my body* es... su cama *for usted... to sleep. ¡Ooob! gentleman, you are a stupid ass.*

Al decir esto, la hija de la Gran Bretaña, que era de sí bastante amoratada, estaba lo mismo que un tomate. Creyérase[171] que la sangre agolpada a sus carrillos y a su nariz a brotar iba[172] por sus candentes poros. Me[173] mostraba cuatro dientes puntiagudos y muy blancos, como si me quisiera roer. Le pedí mil perdones por mi sueño descortés, recogí mi paquete y pasé revista a las nuevas

---

[168] ella levantaba
[169] venía
[170] semblante,
[171] Parecía
[172] iba a brotar
[173] poros, y me

caras que dentro del coche había. Figúrate, ¡oh cachazudo y benévolo lector! cuál sería mi sorpresa cuando vi frente a mí ¿a quién creerás? al joven de la escena soñada, al mismo D. Rafael en persona. Me restregué los ojos para convencerme de que[174] no dormía, y en efecto, despierto estaba, y tan despierto como ahora.

Era él mismo, y conversaba con otro que a su lado iba[175]. Puse atención y escuché con toda mi alma.

—¿Pero tú no sospechaste nada? —le decía el otro.

—Algo, sí; pero callé. Parecía difunta; tal era su terror. Su marido la mandó tocar el piano y ella no se atrevió a resistir. Tocó, como siempre, de una manera admirable, y oyéndola llegué a olvidarme de la peligrosa situación en que nos encontrábamos. A pesar de los esfuerzos que ella hacía para aparecer serena, llegó un momento en que le fue imposible fingir más. Sus brazos se aflojaron, y resbalando de las teclas echó la cabeza atrás y dio un grito. Entonces su marido sacó un puñal, y dando un paso hacia ella exclamó con furia: "Toca o te mato al instante." Al ver esto[176] hirvió mi sangre toda: quise echarme sobre aquel miserable; pero sentí en mi cuerpo una sensación que no puedo pintarte; creí[177] que repentinamente se había encendido una hoguera en mi estómago; fuego corría por mis venas; las sienes me latieron, y caí al suelo sin sentido.

—Y antes, ¿no conocistes los síntomas del envenenamiento? —le preguntó el otro.

—Notaba cierta desazón y sospeché vagamente, pero nada más. El veneno estaba bien preparado, porque hizo el efecto tarde y no me mató[178], aunque me ha dejado[179] una enfermedad para toda la vida.

---

[174] convencerme que
[175] que estaba junto a él.
[176] aquello
[177] parecía
[178] consiguió matarme
[179] aunque sí me ha dejado con

—Y después que perdiste el sentido, ¿qué pasó?

Rafael iba a contestar y yo le escuchaba como si de sus palabras pendiera un secreto de vida o muerte, cuando el coche paró[180].

—¡Ah! ya estamos en los Consejos[j]: bajemos —dijo Rafael.

¡Qué contrariedad! Se marchaban, y yo no sabía el fin de la historia.

—Caballero, caballero, una palabra —dije al verlos salir.

El joven se detuvo y me miró.

—¿Y la Condesa? ¿Qué fue de esa señora?[181] —pregunté con mucho afán.

Una carcajada general fue la única respuesta. Los dos jóvenes riéndose también, salieron sin contestarme palabra. El único ser vivo que conservó su serenidad de esfinge en tan cómica escena fue la inglesa, que indignada de[182] mis extravagancias, se volvió a los demás viajeros diciendo:

—¡Oooh! *A lunatic fellow*.

VI

El coche seguía, y a mí me abrasaba la curiosidad[183] por saber qué había sido de la desdichada Condesa. ¿La mató su marido? Yo me hacía cargo de las intenciones de aquel malvado. Ansioso de gozarse en su venganza, como todas las almas crueles[184], quería que su

---

[j] Sede administrativa, el Consejo de Estado, en la esquina de las calles Mayor y Bailén.

---

[180] se paró.
[181] la Condesa?
[182] que, llena de indignación al ver
[183] y yo más curioso cada vez
[184] crueles y despiadadas,

mujer presenciase, sin dejar de tocar, la agonía de aquel incauto[185] joven llevado allí por una vil celada de Mudarra.

Mas era imposible que la dama[186] continuara haciendo desesperados esfuerzos para mantener su serenidad, sabiendo que Rafael había bebido el veneno. ¡Trágica y espeluznante escena! —pensaba[187] yo, más convencido cada vez de la realidad de aquel suceso— ¡y luego dirán que estas cosas sólo se ven en las novelas!

Al pasar por delante de Palacio[k] el coche se detuvo[188], y entró una mujer que traía un perrillo en sus brazos. Al instante reconocí al perro que había visto recostado a los pies de la Condesa; era el mismo, la misma lana blanca y fina, la misma mancha negra en[189] una de sus orejas. La suerte quiso que aquella mujer se sentara a mi lado. No pudiendo yo[190] resistir la curiosidad, le pregunté:

—¿Es de usted ese perro tan bonito?[191]

—¿Pues de quién ha de ser? ¿Le gusta a usted?

Cogí una de las orejas del inteligente animal para hacerle una caricia; pero él, insensible a mis demostraciones de cariño, ladró, dio un salto y puso sus patas sobre las rodillas de la inglesa, que me volvió a enseñar sus dos dientes como queriéndome roer, y exclamó:

—¡Ooooh! usted... *unsupportable*.

—¿Y dónde ha adquirido usted ese perro? —pregunté sin hacer caso de la nueva explosión colérica de la mujer británica—. ¿Se puede saber?

---

[k] Se trata del Palacio Real, en la calle de Bailén.

[185] inocente e incauto
[186] Pero era imposible que la Condesa
[187] decía
[188] El coche pasaba por delante de Palacio, cuando se detuvo
[189] sobre
[190] lado; y yo no pudiendo
[191] ese perro? Es bonito.

—Era de mi señorita.

—¿Y qué fue de su señorita? —dije con la mayor ansiedad.

—¡Ah! ¿Usted la conocía? —repuso la mujer—. Era muy buena, *¿verdá usté?*

—¡Oh! excelente... Pero ¿podría yo saber[192] en qué paró todo aquello?

—De modo que usted está enterado, usted tiene noticias...[193]

—Sí, señora...[194] He sabido todo lo que ha pasado, hasta aquello del té... pues. Y diga usted ¿murió la señora?

—¡Ah! sí señor: está en la gloria.

—¿Y cómo fue eso? ¿La asesinaron, o fue a consecuencia del susto?

—¡Qué asesinato, ni qué susto! —dijo con expresión burlona—. Usted no está enterado. Fue que aquella noche había comido no sé qué, pues... y le hizo daño... Le dio un desmayo que le duró hasta el amanecer.

—Bah —pensé yo—[195] ésta no sabe una palabra[196] del incidente del piano y del veneno, o no quiere darse por entendida.

Después dije en alta voz:

—¿Con que fue de indigestión?

—Sí, señor. Yo le había dicho aquella noche: "señora: no coma usted esos mariscos"; pero no me hizo caso.

—Con que mariscos ¿eh? —dije con incredulidad—. Si sabré yo lo que ha ocurrido[197].

—¿No lo cree usted?

---

[192] ¿me explicará usted
[193] ¿usted tiene noticias...?
[194] ¿Pues no he de tener?
[195] dije para mí:
[196] Ésta, o no está enterada
[197] habido.

—Sí... sí —repuse aparentando creerlo—. ¿Y el Conde... su marido, el que sacó el puñal cuando tocaba el piano?[198]

La mujer me miró un instante y después soltó la risa en mis propias barbas.

—¿Se ríe usted...? ¡Bah! ¿Piensa usted que no estoy perfectamente enterado? Ya comprendo, usted no quiere contar los hechos como realmente son. Ya se ve, como habrá causa criminal...[199]

—Es que ha hablado usted de un conde y de una condesa.

—¿No era el ama de ese perro la señora Condesa, a quien el mayordomo Mudarra...

La mujer volvió a soltar la risa con tal estrépito, que me desconcerté diciendo para mi capote: Ésta debe de ser cómplice de Mudarra, y naturalmente ocultará todo lo que pueda.

—Usted está loco —añadió la desconocida.

—*Lunatic, lunatic. Me... suffocated...* ¡Oooh! ¡*My God!*

—Si lo[200] sé todo: vamos, no me lo oculte usted. Dígame de qué murió la señora Condesa.

—¡Qué condesa ni qué ocho cuartos, hombre de Dios! —exclamó la mujer riendo con más fuerza[201].

—¡Si creerá usted que me engaña[202] a mí con sus risitas! —contesté—. La Condesa ha muerto envenenada o asesinada; no me queda la menor duda.

En esto llegó el coche al Barrio de Pozas y yo al término de mi viaje. Salimos todos: la inglesa me echó una mirada que indicaba su regocijo por verse libre de mí, y

---

[198] ¡Y el Conde!
—¿Qué Conde?
—Su marido, el esposo de la señora Condesa, el que sacó el puñal cuando tocaba el piano.
[199] como en eso hay causa criminal...
[200] yo lo
[201] dijo la mujer volviéndose a reír.
[202] —¡Si me engañará usted

cada cual se dirigió a su destino. Yo seguí a la mujer del perro aturdiéndola con[203] preguntas, hasta que se metió[204] en su casa, riendo siempre de mi empeño en averiguar vidas ajenas[205]. Al verme solo en la calle, recordé el objeto de mi viaje y me dirigí a la casa donde debía entregar aquellos libros. Devolvílos a la persona que me los había prestado[206] para leerlos, y me puse a pasear frente al Buen Suceso[1], esperando a que saliese de nuevo el coche para regresar al otro extremo[207] de Madrid.

No podía apartar de la imaginación a la infortunada Condesa, y cada vez me confirmaba más en mi idea de que la mujer con quien últimamente hablé había querido engañarme, ocultando la verdad de la[208] misteriosa tragedia.

Esperé mucho tiempo, y al fin, anocheciendo ya, el coche se dispuso[209] a partir. Entré, y lo primero que mis ojos vieron fue la señora inglesa sentadita[210] donde antes estaba. Cuando me vio subir y tomar sitio a su lado, la expresión de su rostro no es definible; se puso otra vez como la grana[211], exclamando:

—¡*Ooob*!... usted... mi quejarme al *coachman*... usted reventar *me for it*.

---

[1] Iglesia del Buen Suceso, en la calle de la Princesa, entre las de Quintana y la del Buen Suceso.

[203] a
[204] entró
[205] en saber cómo había muerto la Condesa.
[206] [Así en la primera edición. La segunda edición, texto base de la presente, pone, equivocadamente, "pedido"].
[207] [Así en la primera edición; la segunda pone, descuidadamente, "al extremo"].
[208] aquella
[209] y al fin, cuando ya principiaba a anochecer, el coche se disponía
[210] sentada
[211] amoratada y llena de sofocación,

Tan preocupado estaba yo con mis confusiones, que sin hacerme cargo de lo que la inglesa me decía en su híbrido y trabajoso lenguaje, le contesté:

—Señora, no hay duda de que la Condesa murió envenenada o asesinada. Usted no tiene idea de la ferocidad de aquel hombre.

Seguía el coche, y de trecho en trecho deteníase[212] para recoger pasajeros. Cerca del palacio real entraron tres, tomando asiento enfrente de mí. Uno de ellos era un hombre alto, seco y huesudo, con muy severos ojos y un hablar campanudo que imponía respeto.

No hacía diez minutos que estaban allí, cuando este hombre se volvió a los otros dos y dijo:

—¡Pobrecilla! ¡Cómo clamaba[213] en sus últimos instantes! La bala le entró por encima de la clavícula derecha y después bajó hasta el corazón.

—¿Cómo? —exclamé yo repentinamente[214]—. ¿Con que fue de un tiro? ¿No murió de una puñalada?

Los tres me miraron con sorpresa.

—De un tiro, señor[215] —dijo con cierto desabrimiento el alto, seco y huesoso[216].

—Y aquella mujer sostenía que había muerto de una indigestión —dije interesándome más cada vez en aquel asunto—. Cuente usted ¿y cómo fue?

—¿Y a usted qué le importa? —dijo el otro con muy avinagrado gesto.

—Tengo mucho interés por conocer el fin de esa horrorosa tragedia. ¿No es verdad que parece cosa de novela?

—¿Qué novela ni qué niño muerto? Usted está loco o quiere burlarse de nosotros.

—Caballerito, cuidado con las bromas —añadió el alto y seco.

---

[212] se detenía
[213] se lamentaba
[214] repentinamente dirigiéndome a ellos.
[215] sí señor,
[216] dijo el alto, seco y huesoso, con cierto desabrimiento.

—¿Creen ustedes que no estoy enterado? Lo sé todo, he presenciado varias escenas de ese horrendo crimen. Pero dicen ustedes que la Condesa murió de un pistoletazo.

—Válgame[217] Dios: nosotros no hemos hablado de Condesa, sino de mi perra, a quien cazando disparamos inadvertidamente un tiro. Si usted quiere bromear, puede buscarme en otro sitio, y ya le contestaré como merece.

—Ya, ya comprendo: ahora hay empeño en ocultar la verdad, manifesté[218] juzgando que aquellos hombres querían desorientarme en mis pesquisas, convirtiendo en perra a la desdichada señora.

Ya preparaba el otro su contestación, sin duda, más enérgica de lo que el caso requería, cuando la inglesa se llevó el dedo a la sien, como para indicarles que yo no regía bien[219] de la cabeza. Calmáronse con esto, y no dijeron una palabra más en todo el viaje, que terminó para ellos en la Puerta del Sol. Sin duda me habían tenido miedo.

Yo continuaba tan dominado por aquella idea[220], que en vano quería serenar mi espíritu, razonando[221] los verdaderos términos de tan embrollada cuestión. Pero cada vez eran mayores mis confusiones, y la imagen de la pobre señora no se apartaba de mi pensamiento[222]. En todos los semblantes que iban sucediéndose dentro del coche, creía ver algo que contribuyera a explicar el enigma. Sentía yo[223] una sobreexcitación cerebral espantosa, y sin duda el trastorno interior debía pintarse en mi rostro, porque todos me miraban como se mira lo[224] que no se ve todos los días.

---

[217] Válganos
[218] dije
[219] no estaba bueno
[220] preocupación,
[221] razonando conmigo mismo
[222] imaginación.
[223] Yo sentía
[224] una cosa

## VII

Aún faltaba algún incidente que había de turbar más mi cabeza en aquel viaje fatal. Al pasar por la calle de Alcalá, entró un caballero con su señora: él quedó junto a mí. Era un hombre que parecía afectado de[225] fuerte y reciente impresión, y hasta creí que alguna vez se llevó el pañuelo a los ojos para enjugar las invisibles lágrimas, que sin duda corrían bajo el cristal verde oscuro de sus descomunales antiparras.

Al poco rato de estar allí, dijo[226] en voz baja a la que parecía ser su mujer:

—Pues hay sospechas de[227] envenenamiento: no lo dudes. Me lo acaba de decir D. Mateo. ¡Desdichada mujer!

—¡Qué horror! Ya me lo he figurado también —contestó su consorte—. ¿De tales[228] cafres qué se podía esperar?

—Juro no dejar piedra sobre piedra hasta averiguarlo.

Yo[229], que era todo oídos, dije[230] también en voz baja:

—Sí señor; hubo[231] envenenamiento. Me consta.

—¿Cómo, usted sabe? ¿Usted también la conocía? —dijo[232] vivamente el de las antiparras verdes, volviéndose hacia mí.

—Sí señor; y no dudo[233] que la muerte ha sido vio-

---

[225] de una
[226] aquel hombre dijo
[227] de que ha habido
[228] aquellos
[229] Entonces yo,
[230] exclamé
[231] ha habido
[232] me dijo
[233] no dude usted.

lenta, por más que quieran hacernos creer[234] que fue[235] indigestión.

—Lo mismo afirmo yo. ¡Qué excelente mujer! ¿Pero cómo sabe usted...?

—Lo sé, lo sé —repuse muy satisfecho de que aquel no me tuviera por loco.

—Luego, usted irá a declarar al juzgado; porque ya se está formando la sumaria.

—Me alegro, para que castiguen a esos bribones. Iré a declarar, iré a declarar, sí señor.

A tal extremo había llegado mi obcecación, que concluí por penetrarme de aquel suceso mitad soñado, mitad leído, y lo creí como ahora creo que es pluma esto con que escribo.

—Pues sí, señor; es preciso aclarar este enigma para que se castigue a los autores del crimen. Yo declararé: fue envenenada con una taza de té, lo mismo que el joven.

—Oye, Petronilla —dijo a su esposa el de las antiparras— con una taza de té.

—Sí, estoy asombrada —contestó la señora—. ¡Cuidado con lo que fueron a inventar esos malditos![236]

—La Condesa tocaba el piano[237].

—¿Qué Condesa? —preguntó aquel hombre interrumpiéndome.

—La Condesa, la envenenada.

—Si no se trata de ninguna condesa, hombre de Dios.

—Vamos; usted también es de los empeñados en ocultarlo.

—Bah, bah; si en esto no ha habido ninguna condesa ni duquesa, sino simplemente la lavandera de mi casa, mujer del guarda-agujas del Norte.

—¿Lavandera, eh? —dije en tono de picardía. —¡Si también me querrá usted hacer tragar que es lavandera!

---

[234] por más que digan ahora
[235] fue una
[236] hombres.
[237] —Sí, señor, con una taza de té. La condesa tocaba el piano...

El caballero[238] y su esposa me miraron con expresión burlona, y después se dijeron en voz baja algunas palabras. Por un gesto que vi hacer a la señora, comprendí que había adquirido el profundo convencimiento de que yo estaba borracho. Llenéme de resignación ante tal[239] ofensa, y callé, contentándome con despreciar en silencio, cual conviene a las grandes almas, tan irreverente suposición. Cada vez era mayor mi zozobra; la Condesa no se apartaba ni un instante de mi pensamiento, y había llegado a interesarme tanto por su siniestro fin, como si todo ello[240] no fuera elaboración enfermiza de mi propia fantasía, impresionada por sucesivas visiones y diálogos. En fin, para que se comprenda a qué extremo llegó mi locura, voy a referir el último incidente de aquel viaje; voy a decir con qué extravagancia puse término al doloroso pugilato de mi entendimiento empeñado en fuerte lucha con un ejército de sombras.

Entraba el coche por la calle de Serrano, cuando por la ventanilla que frente a mí tenía miré a la calle, débilmente iluminada por la escasa luz de los faros[241], y vi pasar a un hombre. Di un grito de sorpresa, y exclamé desatinado:

—Ahí va, es él, el feroz Mudarra, el autor principal de tantas infamias.

Mandé parar el coche, y salí, mejor dicho, salté a la puerta tropezando con los pies y las piernas de los viajeros; bajé a la calle y corrí tras aquel hombre, gritando:

—¡A ése, a ése, al asesino!

Júzguese cuál sería el efecto producido por estas voces en el pacífico barrio.

Aquel sujeto[242], el mismo exactamente que yo había visto en el coche por la tarde, fue detenido. Yo no cesaba de gritar:

---

[238] El hombre aquel
[239] aquella
[240] aquello
[241] faroles
[242] hombre

—¡Es el que preparó el veneno para la Condesa, el que asesinó a la Condesa!

Hubo un momento de indescriptible confusión. Afirmó[243] él que yo estaba loco; pero quieras que no los dos fuimos conducidos a la prevención. Después perdí por completo la noción de lo que pasaba. No recuerdo lo que hice aquella noche en el sitio donde me encerraron. El recuerdo más vivo que conservo[244] de tan curioso lance, fue el de haber despertado del profundo letargo en que caí, verdadera borrachera moral, producida, no sé por qué, por uno de los pasajeros fenómenos de enajenación que la ciencia estudia con gran cuidado como precursores de la locura definitiva.

Como es de suponer, el suceso[245] no tuvo consecuencias porque el antipático personaje que bauticé con el nombre de Mudarra, es un honrado comerciante de ultramarinos que jamás había envenenado a condesa alguna. Pero aún por mucho tiempo después persistía yo en mi engaño, y solía exclamar: "Infortunada condesa; por más que digan, yo siempre sigo en mis trece. Nadie me persuadirá de que no acabaste tus días a manos de tu iracundo esposo..."

Ha sido preciso que transcurran meses[246] para que las sombras vuelvan al ignorado sitio de donde surgieron volviéndome loco, y torne la realidad a dominar en mi cabeza. Me río siempre que recuerdo aquel viaje, y toda la consideración que antes me inspiraba la soñada víctima la dedico ahora, ¿a quién creeréis? a mi compañera de viaje en aquella angustiosa expedición, a la irascible inglesa, a quien disloqué un pie en el momento de salir atropelladamente del coche para perseguir al supuesto mayordomo[247].

---

[243] Dijo
[244] El primer recuerdo que conservo después
[245] aquello
[246] algunos meses
[247] [Termina la primera edición con la firma: "B. Pérez Galdós, octubre de 1871".]

# La pluma en el viento, o el viaje de la vida[1]
# Poe...[2]

### INTRODUCCIÓN

Sobre el apelmazado suelo[3] de un corral, entre un cascarón de huevo y una hoja de rábano, cerca del medio plato donde bebían los pollos y como a dos pulgadas del jaramago que se había nacido en aquel sitio sin pedir permiso a nadie, yacía una pequeña y ligerísima pluma, caída al parecer del cuello de cierta paloma vecina, que diez minutos antes se había dejado acariciar ¡oh femenil condescendencia! por un D. Juan que hacía estragos en los tejados de aquellos contornos.

El corral era triste, feo y solitario. Desde donde estaba la pluma no se veía otra cosa[4] que la copa[5] de algu-

---

[1] Texto base: *Torquemada en la hoguera*, Madrid, La Guirnalda, 1889, 171-204. Variantes de la primera edición en *La Guirnalda* (Madrid), 1 de marzo, 1873, 25-27; 16 de marzo, 1873, 33-35; 1 de abril, 1873, 41-43.
[2] Perdón ¡oh lector! iba a cometer la irreverencia de llamar a esto *poema* [nota de Galdós, que aparece en ambas ediciones cotejadas].
[3] la apelmazada tierra
[4] otra cosa, además de las buena gallináceas allí establecidas, mas
[5] las copas

nos castaños plantados fuera de la tapia, el campanario de la iglesia con su remate abollado, a manera de sombrero viejo, la vara enorme y deslucida[6] de un chopo inválido y casi moribundo, y las tejas de la casa adyacente, que en días de temporal regaban con abundante lloro el corral y la huerta. La vid, la zarza trepadora y la madreselva[7], apenas cubrían entre las tres toda la extensión de la tapia, erizada de vidrios rotos en su parte superior, que servía de baluarte inexpugnable contra zorras y chicuelos.

A esto se reducía el paisaje, amén del inmenso y siempre hermoso cielo, tan espléndido de día, como imponente y misterioso de[8] noche.

La pluma (¿por qué no hemos de darle vida?) yacía[9], como dijimos, en compañía de varios objetos bastante innobles, propios del lugar, y constantemente expuesta a ser hollada por la bárbara planta de los gansos, de los pollos y aun de otros animalejos menos limpios y decentes que tenían habitación en algún lodazal cercano.

No hay para qué decir que la pluma debía de estar muy[10] aburrida; pues suponiendo un alma en tan delicado, aéreo y flexible cuerpo, la consecuencia es que esta alma no podía vivir contenta en el corral descrito. Por una misteriosa armonía entre los elementos constitutivos de[11] aquel ser[12], si el cuerpo parecía un espectro de materia, el alma había sido creada[13] para volar y remontarse a las alturas[14], elevándose a la mayor distancia po-

---

[6] enorme y poco frondosa
[7] madreselva
[8] en la
[9] vida?), la pluma yacía,
[10] no podía estar más
[11] que constituían
[12] ser abandonado,
[13] cuyo cuerpo apenas parecía un espectro de materia, el alma de nuestra buena y querida pluma había crecido
[14] alturas;

sible sobre el suelo, en cuyo fango jamás debieran tocar los encajes casi imperceptibles de su sutil vestidura. Para esto había nacido ciertamente; pero en ella, como en nosotros los hombres[15], la predestinación continuaba siendo una vana palabra[16]. Estaba la pobre en el corral, lamentando su suerte, con la vista fija en el cielo, sin más distracción[17] que ver agitados por el viento los blancos festones de su ropa inmaculada, y diciendo en la ignota lengua de las plumas: "No sé[18] cómo aguanto esta vida fastidiosa. Más valdría cien veces morir."

Otras muchas cosas igualmente tristes dijo[19]; pero en el mismo instante[20] una ráfaga de viento que puso en conmoción todas las pajas y objetos menudos arrojados en[21] el corral, la suspendió[22], ¡oh inesperada alegría! alzándola sobre el suelo más de media vara. Por[23] breve espacio de tiempo estuvo fluctuando de aquí para allí[24], amenazando caer unas veces y remontándose otras, con gran algazara de los pollos, quienes al ver aquella cosa blanca que se paseaba por los aires con tanta majestad, iban tras ella aguardándola en su caída, con la esperanza de que fuera algo de comer. Pero el viento sopló más fuerte y haciendo[25] un fuerte remolino en todo el recinto del corral, la sacó fuera velozmente. Cuando ella se vio más alta que la tapia, más alta que la casa, que los castaños, que la cúspide del chopo, tembló toda de entusiasmo y admiración. Allá arribita[26], el viento la meció, sos-

---

[15] en los hombres
[16] una lógica misteriosa y no comprendida.
[17] consuelo
[18] —No sé
[19] dijo:
[20] momento
[21] por
[22] suspendió
[23] Por un
[24] allí
[25] describiendo
[26] arriba

teniéndola[27] sin violentas sacudidas; parecía balancearse en invisible hamaca o[28] en los brazos de algún cariñoso[29] genio. Desde allí ¡qué espectáculo! Abajo el corral con sus inquietos pollos escarbando sin cesar; la huerta, la casa, los castaños, el chopo, ¡qué pequeño lo que antes parecía tan grande! Después, toda la extensión del hermoso valle poblado de casas, de árboles, de flores, de ganados; a lo lejos las montañas con sus laderas cubiertas[30] de bosques, sus eminencias rojizas y azules y sus cúspides encaperuzadas con una blancura en la cual nuestra viajera creyó ver[31] enormes montones de plumas[32]; encima el cielo sin fin, el sol de la mañana dando vivos colores a todo el paisaje, garabateando el agua con rayos de luz, produciendo temblorosos[33] reflejos en[34] el follaje de los olmos, y reverberando en las sementeras pajizas, salpicadas aquí y allí de manchas de amapolas[35]. ¡Esto sí que se llama vivir! Tremenda cosa sería caer otra vez en el corral.

La pluma, en el colmo de su regocijo, no halló medio mejor de expresarlo que dando vueltas sobre su eje, para que se orearan bien sus miembros húmedos y ateridos: se bañó en el sol y se esponjó, ahuecando con cierta vanidad los flecos diminutos de que se componía su cuerpo. El sol penetraba por entre los mil intersticios de aquel encaje prodigioso[36], y nuestra viajera se vio vestida de hilos de cristal más tenues que los que tien-

---

[27] la sostuvo
[28] o puesta
[29] cariñoso y oculto
[30] flancos cubiertos
[31] y sus cúspides blancas empenachadas con una cosa que a nuestra viajera le parecían
[32] plumas:
[33] extraordinarios
[34] entre
[35] amapola.
[36] El sol, penetrando por entre los mil intersticios de aquel encaje prodigioso, determinaba reflejos infinitos

den las arañas de rama en rama, y cubierta[37] de diamantes, esmeraldas y rubíes que variaban de luces[38] a cada movimiento, y tan menudos[39], que los granos de arena parecerían montañas a su lado.

Extender la vista por[40] el valle, por las montañas, por el horizonte, y querer recorrerlo todo hasta el fin, fue en la pluma obra de un momento. Su estupor[41] y alborozo no tenían límites; y si pronto[42] la sorpresa la mantuvo en aquella altura, divagando[43], sin apartarse[44] de su situación primera, después, serenada un poco y sintiendo en su pecho (?) el fuego del entusiasmo, se lanzó en el inmenso espacio, en brazos del geniecillo. Desaparecieron corral, casa, aldea; la torre de la iglesia[45], como gigante despavorido, caminaba también con grandes zancajos hasta perderse de vista. En la agitación de aquel vuelo vertiginoso[46], la pluma subía a veces a tanta altura, que apenas podía distinguir los objetos[47]; otras descendía hasta rozar con la tierra, y contemplaba su imagen fugitiva en la superficie verdosa de los charcos[48]. A veces se remontaba tanto, que parecía confundirse[49] con las nubes y perderse en los inmensos océanos del espacio; a veces descendía tanto, que casi casi tocaba a la tierra[50];

---

[37] y se vio cubierta
[38] variaban
[39] menudos
[40] por todo
[41] asombro
[42] si por un momento
[43] divagando con aturdimiento,
[44] apartarse mucho
[45] se lanzó, dejándose arrastrar en el inmenso espacio, por el geniecillo en cuyos brazos iba. En un momento desapareció el corral, la casa, la aldea: el valle, como un panorama movible, huía bajo sus pies, y la torre de la iglesia.
[46] aquella marcha vertiginosa
[47] objetos,
[48] charcos de agua.
[49] ir a confundirse
[50] que parecía próxima a caer en la tierra;

y en su lenguaje ignoto decía al viento: "Bájame un poco, amigo, que me mareo en estas alturas"[51] o "levántame por favor, amiguito, que voy a caer en ese lodazal".

El viento, dócil vehículo, la subía y la bajaba, según su deseo, andando[52] siempre, y pasaban valles, ríos, montes, colinas, pueblos[53], sin parar nunca. En su viaje, la pluma no cesaba de admirar cuanto veía. Los pájaros pasaban cantando junto a ella; las mariposas se detenían[54], mirándola con asombro, no acertando a comprender si era cosa viva o un objeto arrastrado por el viento. Cuando iban cerca de[55] tierra y pasaban rozando por encima de zarzales y plantas espinosas, creeríase[56] que todas las púas se erizaban como garras para cogerla, y al volar[57] por encima de un charco, los gansos de la orilla volvían de medio lado la cabeza mirándola, y con la esperanza de verla caer, corrían graznando tras ella: "Súbeme, amiguito —gritaba— para no oír a estos bárbaros."

CANTO PRIMERO

Y subían hasta lo alto de la montaña: pasaban la divisoria[58], y recorrían otro valle, y así todo el camino, sin detenerse nunca. Tanto anduvieron, que la pluma, sintiendo satisfecha su curiosidad, se arremolinó[59], dio varias vueltas sobre sí misma, y dijo al genio que la conducía:

---

[51] alturas",
[52] deseo; pero andaban
[53] aldeas
[54] paraban
[55] Cuando su marcha era cercana a la
[56] parecía
[57] y cuando iban
[58] montaña,
[59] y deseando descansar un poco, se arremolinó,

"¿Sabes[60] que hemos corrido bastante? ¿No convendría elegir sitio[61] para descansar un rato? ¡Ay, amigo! Aunque deseaba salir del corral y recorrer el mundo, puedes creer que lo que a mí me gusta es la vida tranquila y reposada. Por un instante pensé que la felicidad es volar[62] de aquí para allí, viendo cosas distintas cada minuto, y recibiendo impresiones diferentes. Ya me voy convenciendo de que es mejor estarse una quietecita en un paraje[63] que no sea tan feo como el corral, viviendo sin sobresalto ni peligro. Allí veo, cerca del[64] río, unos grandes árboles, que me parecen el lugar más hermoso que hemos encontrado en nuestro viaje"[65].

Acercáronse y vieron, efectivamente, que a la sombra de aquellos árboles había el sitio más apacible y delicioso que podría ambicionar una pluma para pasar sus días. Césped[66] finísimo cubría el suelo; el río cercano corría con mansa corriente, ni tan rápida que arrastrara y revolviera la tierra de las verdes márgenes, ni tan pausada que se enturbiaran sus aguas: fácil era contar todas las piedrecillas del fondo, mas no la muchedumbre de peces que divagaban[67] por su trasparente cristal. Las ramas de los árboles, cerniendo la viva luz del sol, mantenían en templada penumbra el pequeño prado; y de allí habían huido todos los insectos importunos y sucios, así como todas las aves impertinentes y casquivanas[68]. Los pocos seres que allí estaban de paso o con residencia fija, eran lo más culto y distinguido de la creación:

---

[60] —¿Sabes [Optamos por el uso de comillas, según la edición base, por dar una sensación de ensueño infantil a las palabras "dichas" sin boca y no contestadas de la protagonista.]
[61] un sitio
[62] consistía en andar
[63] paraje,
[64] de un
[65] viaje.
[66] Un césped
[67] divagaban en desordenados ejércitos
[68] locas.

insectos vestidos[69] de oro y condecorados con admirables[70] pedrerías; aves sentimentales y discretas que cantaban sus amores en cortesano estilo, y sólo a ciertas horas de la mañana o de la tarde. Era el medio día, y todas callaban en lo alto de las ramas, entreteniendo el espíritu en abstractas[71] meditaciones.

"¡Fresco y bonito lugar es éste![72] —dijo la pluma, erizándose de entusiasmo al verse allí—. Aquí quiero pasar toda mi vida, toda, toda, lo repito con seguridad completa de no variar de propósito"[73].

Vagaba[74] a la sombra de los árboles, resbalando sobre el fresco césped, cuando vio que se acercaba una pastora, guiando dos docenas[75] de ovejas[76], con alguno que otro cordero[77], y un perro que les servía de custodia y compañía. La pastora se ocupaba, andando, en[78] tejer una corona de flores, que traía en la falda, y era tanta su hermosura, donaire y elegancia[79], que la pluma se quedó absorta[80].

Sentóse la joven, y la pluma remontándose de nuevo por los aires, empezó a dar vueltas en torno suyo, admirando de cerca y de lejos, ya la blancura del cutis, ya la expresión[81] y brillo de los ojos, ya los cabellos negros, ya sus labios encendidos[82], todas y cada una de las perfecciones de tan ejemplar criatura.

---

[69] cubiertos
[70] las más admirables
[71] sutiles
[72] —Bien decía yo que habíamos de encontrar un lugar como éste,
[73] propósito.
[74] Y vagaba
[75] hasta una docena
[76] ovejas
[77] cordero
[78] de
[79] y por su semblante, por su traje y por su ademán era tanta su hermosura y elegancia,
[80] absorta, no recordando haber visto jamás mujer parecida.
[81] hermosura
[82] rojos

"Aquí[83] me he de estar toda la vida —exclamaba la viajera[84] en su enrevesado[85] idoma—. Esto sí que es vivir. Nunca me cansaré de mirarla, aunque viva mil años. ¡Qué bien he hecho en establecerme aquí... y qué gran cosa es el amor! Gracias a Dios que he encontrado la felicidad. ¡Cuán dulcemente se pasa el tiempo mirándola[86], ahora y después y siempre! ¿Qué placer iguala al de pasar rozando[87] sus cabellos, y acariciarle la frente con mis flequitos?[88] ¿Qué mayor ambición puedo tener que dejarme resbalar por su cuello hasta escurrirme...[89] qué sé yo dónde, o esconderme[90] entre su ropa y su carne para estarme allí haciéndole cosquillas *per saecula saeculorum?*[91] Esto me vuelve loca... y de veras que estoy loca de amor. Aquí y sin apartarme de ella un instante he de pasar toda la vida"[92].

La pluma volaba y revolaba alrededor de la pastora, hasta que fue a posarse sutilmente sobre su hombro, y en él hizo mil morisquetas y remilgos con sus flecos[93]. Vio la muchacha aquel objeto blanco, que al principio juzgó ser cosa menos delicada caída de las ramas del árbol, y tomándola[94], la estrujó entre sus dedos y la arrojó lejos de sí con indiferencia desdeñosa[95]. Un rato después convocó[96] a su rebaño y se fue[97].

---

[83] —Aquí
[84] pluma
[85] ignoto
[86] mirándola sin cesar
[87] rozando por
[88] flecos?
[89] que la de dejarme rodar por su cuello hasta parar...
[90] la de esconderme
[91] para estarme allí *per saecula saeculorum?*
[92] vida.
[93] hombro.
[94] tomándola
[95] lejos de sí para no ocuparse más de tan insignificante asunto.
[96] la pastora convocó
[97] y desapareció.

Mucho tardó nuestra infortunada viajera en volver de su desmayo. Al abrir los ojos[98], en vano buscó al objeto de su tierna pasión; reconociendo[99] el sitio, sacudió sus encajes magullados y rotos, y dio al viento sus quejas en esta forma[100]:

"Ay, vientecillo, sácame de aquí, por las ánimas benditas, levántame[101], que me muero de tristeza. Quiero correr otra vez, pues ahora comprendo que la felicidad no existe en lo que yo creía. ¡Buena tonta he sido! El amor no es[102] más que fatigas y dolores. Basta de amor[103], que harto conozco ya lo que trae consigo. Volemos otra vez y vamos a donde[104] tú quieras, amiguito. De veras te digo que me cargan estos árboles y este río[105]; estoy ya hasta la coronilla de céspedes[106], prados, arroyos y pajarillos[107]. Démonos una vueltecita[108] por esos mundos. Levántame: quiero subir hasta las nubes. Eso es; así me gusta: súbeme todo lo que puedas[109]. Mira, allí a lo lejos se alcanza a ver una casa que ha de ser muy grande: ¿ves cómo brilla a los rayos del sol, cual si fuese de plata, y a su lado hay otra y otra, muchas, muchísimas casas? Sin duda aquello es lo que llaman una ciudad[110]. Eso, eso es lo que yo deseo ver. Gracias a Dios que encuentro lo que me gusta. Vámonos derechos allá, y dejémonos de montes y valles, que son lugares impropios para este genio mío... Ya, ya[111] se ve de cerca

---

[98] ojos
[99] reconoció
[100] forma.
[101] sácame de aquí, levántame,
[102] produce
[103] No quiero más amor,
[104] vamos donde
[105] río:
[106] hasta la corona de árboles,
[107] pájaros.
[108] Vamos a ver lo que hay
[109] subamos sin cesar.
[110] aquello es una ciudad.
[111] mío... ya

la ciudad. En aquel magnífico palacio que vimos primero nos hemos de meter. Corre, corre más, que me parece que no llegamos nunca[112]".

## Canto Segundo

Pronto se hallaron[113] muy cerca de un soberbio palacio de mármol, tan grande y bello que hasta el mismo genio misterioso[114], que conducía a nuestra amiga, se quedó absorto ante tanta[115] magnificencia. Oíanse por allí algazaras como de baile o festín, y músicas sorprendentes[116]. Flotaban banderas en los minaretes y azoteas, y por las ventanas se veía discurrir la gente alegre y bulliciosa[117].

"Adentro[118], amiguito —dijo la pluma—; colémonos por este balcón que está de par en par abierto"[119].

Así lo hicieron, encontrándose dentro de una gran sala en la cual había hasta cien personas sentadas alrededor de[120] vasta mesa, llena de ricos manjares y adornada de flores, todo puesto con arte y soberana magnificencia[121]. Era igual el número de hombres al de mujeres, y si[122] entre aquéllos los había de distintas edades, éstas eran todas jóvenes y hermosas. Los criados vestían riquísimos trajes, y un sinfín de músicos tocaban[123] armoniosas sonatas en lo alto de una gran tribuna.

---

[112] que no he de llegar.
[113] Avanzaron más y pronto estuvieron
[114] misterioso
[115] tan desmedida.
[116] Sonaban por allí cerca grandes algazaras como de baile o festín, y con esta algazara músicas sorprendentes.
[117] bulliciosa y divertida.
[118] —Adentro,
[119] abierto.
[120] de una
[121] mesa, donde halagando a un tiempo la vista y el olfato, se veían los manjares más ricos y gran cantidad de flores, todo puesto con tal arte, que parecía un festín de los dioses.
[122] aunque
[123] Los criados no estaban en menor número que los convidados, y había además una buena porción de músicos que tocaban

Los convidados estaban tendidos sobre cojines cubiertos de[124] vistosos tapices: ellas adornadas con flores, y tan ligera y graciosamente[125] vestidas, que su hermosura no podía menos de aparecer realzada con atavíos tan indiscretos[126]. Las carcajadas, las voces y la música, impresionando el oído; el aroma de las flores y el olor aperitivo de las comidas y licores[127], hiriendo el olfato; la viveza de las miradas, la variedad de colores, afectando la vista, producían en aquel recinto una fascinación que habría dado al traste con la fortaleza de todos los ermitaños de la Tebaida[a][128].

La pluma, divagando por la bóveda del salón, sintió[129] que desde la mesa subían a acariciar sus sentidos los dulces vapores de la mesa[130], y se embriagaba con la fragancia[131] de los vinos, escanciados sin cesar en copas de oro. Su entusiasmo y alegría no tenían límites, y la lengua se le soltó de tal modo, que no cesó de hablar en todo el día, diciendo a su compañero y conductor:

"Esto[132] sí que es delicioso, amiguito; esto sí que es vivir. ¡Bien te decía[133] yo que aquí habíamos de encontrar la felicidad; bien me lo anunciaba el corazón! Me están volviendo tarumba[134] las emanaciones de esas aves, de esas especias, de esas frutas, de esos licores que parecen llevar en sí gérmenes de vida y nos infun-

---

[a] Una de las tres divisiones del antiguo Egipto, adonde se retiraron los primeros ermitaños cristianos.

---

[124] con
[125] y tan ricamente
[126] con tales atavíos.
[127] licores
[128] que habría puesto a prueba la fortaleza de un ermitaño.
[129] sentía
[130] aquellos dulces vapores
[131] el perfume
[132] —Esto
[133] ¡Bien decía
[134] ¿Hay alguna cosa más agradable que

den aliento y júbilo[135]. Repara en la incitante[136] belleza de esas mujeres[137]: ¡qué miradas! ¡qué senos![138] ¡qué admirable configuración la de sus cuerpos! qué encantadora risa en[139] sus labios! Pero ¿no te vuelves loco como yo? Aquí he de estarme toda la vida ¿sabes?[140] No hay duda que la vida es el placer, y buenos tontos serán los que se anden por ahí discurriendo insulsamente por montes y valles. Y yo fui tan imbécil que vi la felicidad en el amor insípido[141] que me inspiró aquella pastora! ¡Qué fácilmente[142] nos equivocamos!... pero ya he conocido mi error[143], y tengo la seguridad de no equivocarme más. Es que ya voy teniendo mucha experiencia, no te creas[144], y de aquí en adelante ya sé lo que tengo que hacer. Gracias a Dios que encontré lo definitivo: aquí, aquí hasta que me muera[145]. ¡Qué placer, y qué embriaguez y qué mareo tan deliciosos![146] ¡Sublime es esto, y cuán[147] desgraciados los que no lo conocen!"

La comida avanzaba, y la locura de los comensales tocaba a su límite: las ánforas habían dado ya su última ofrenda de vino: los convidados las habían hecho llenar de nuevo, y hasta las mujeres aturdidas[148], o gritaban como furias o callaban con perezoso[149] recogimiento.

La pluma se sintió también atontada; empezó a dar vueltas y más vueltas en el aire hasta que poco a poco

---
[135] llevar en sí un elemento de vida para infundir aliento y alegría?
[136] extraordinaria
[137] mujeres;
[138] ¡qué respiración!
[139] la contracción de
[140] estarme toda la vida.
[141] ridículo
[142] ¡Con qué facilidad
[143] pero qué diablos; ya he conocido mi error,
[144] experiencia,
[145] toda la vida.
[146] delicioso!
[147] ¡Cosa sublime es esto, cuán
[148] atontadas
[149] misterioso

perdió la conciencia de lo que allí ocurría[150]. Conservando un resto de vago conocimiento, sintió que las voces se alejaban; que caían los muebles; que se rompían con estrépito los vasos; que callaban los músicos; que obscurecido el sol, lo sustituía una débil claridad de antorchas[151]; que éstas se extinguían después; que todo quedaba en silencio. Entonces se sintió caer[152], abandonada de su misterioso genio amigo: vio[153] las flores marchitas y pisoteadas por el suelo, los restos de la comida arrojados en desorden y exhalando repugnante olor; todo revuelto y disperso, y ningún ser vivo en la sala. En su desmayo juzgó que pasaban lentamente horas y más horas, que luego amanecía, y que por fin alguien daba señales de vida en aquel palacio, ayer del regocijo[154] y hoy de la tristeza. Los pasos se acercaban, y manos desconocidas intentaron[155] poner en orden los restos[156] del festín. Luego se sintió[157] arrastrada violentamente a impulsos de un objeto áspero: abrió los ojos, ya con la cabeza despejada, y vio que era impelida por una escoba. La barrían juntamente con multitud[158] de objetos despreciables, ajados, repugnantes y pestíferos; hojas de flores pisoteadas, pedazos de cristal aún mojados en vino, huesos de frutas aún cubiertos de saliva, cortezas de pan, espinas de salmón con alguna hilacha[159] de carne, una cinta manchada de salsa, fresas espachurradas, entre las cuales lucía un alfiler teñido del zumo rojizo[160],

---

[150] pasaba.
[151] que se oscurecía el sol para sustituirlo una débil claridad de luces artificiales;
[152] Entonces se sintió que caía
[153] parecióle ver
[154] de la alegría
[155] parecía que intentaban
[156] trastos
[157] Luego sintió que era
[158] una multitud
[159] algún jirón
[160] del zumo de aquellas

y que semejaba el puñal de un asesino; piltrafas de jamón, cascaritas[161] de hojaldre y algunos ojos de pescado que aún fijos a sus rotas[162] cabezas, parecían contemplar con asombro y terror semejante espectáculo.

Entre estos objetos, rodando todos en tropel, fue nuestra pluma empujada por la escoba hasta parar a un gran cesto, de donde la arrojaron[163] a un corral mil veces más inmundo que aquel de donde había salido. Al verse entre tanta basura, magullada, rota, sucia, oliendo a vino, a especias, a grasa, a saliva, empezó a lamentarse con estas patéticas frases:

"¡Ay[164], vientecillo de mi alma[165], levántame y sácame de aquí por Dios y todos los santos! Me muero en este montón de inmundicia; yo quiero ser libre y pura como antes. A fe que te has lucido; plumita. ¡Qué error tan grosero![166] En buena parte has[167] venido a concluir aquella brillante jornada de placer y felicidad. Que no me digan a mí que el placer lleva consigo otra cosa que degradaciones, bajezas, dolores y miserias. ¡Por un ratito[168] de gozo, cuánta amargura! Y gracias a Dios que he salido con vida. Afortunadamente[169] no seré yo quien vuelva a caer. Sácame de aquí, amigo, así te dé Dios todos los reinos de la tierra y del mar: sácame, o me muero en esta podredumbre"[170].

El geniecillo la levantó con rapidez a grandísima[171] altura, y allá arriba se[172] ahuecó toda, llena de contento,

---

[161] harapos
[162] aplastadas
[163] fue arrojada
[164] —¡Ay
[165] de mis pecados
[166] Ya conozco que he sido un animal. ¡Qué error tan grande!
[167] he
[168] momento
[169] que he salido de mi error; afortunadamente
[170] este lodazal.
[171] gran
[172] ella se

para purificarse y orear su cuerpo. Apartó la vista del palacio y de la ciudad, y ambos siguieron luego su camino sin saber a dónde iban.

"Ni[173] los campos tranquilamente fastidiosos; ni los palacios, que son mansión del hastío, me hacen a mí maldita gracia[174] —decía la pluma. —Por fuerza hemos de encontrar pronto lo que cuadra a mi genio. ¿Ves? O[175] yo me engaño mucho[176], o aquel gentío que ocupa la llanura que tenemos delante, nos[177] va a detener allí con el espectáculo de algún acto[178] sublime. Vamos pronto, que ya siento viva curiosidad. O yo no sé lo que son ejércitos, o lo que allí se divisa son dos que van a encontrarse y a reñir. ¡Sublime acontecimiento! ¡Bendito sea Dios que nos ha deparado ocasión de presenciar una batalla! He aquí una cosa que me entusiasma. Me pirro yo por las batallas[179]. ¡La gloria! Te digo que se me va la cabeza cuando hablo de esto. Tarde ha sido, amigo, pero al fin he encontrado la norma de mi destino. Mira, ya van a empezar. Coloquémonos encima de aquellos que parecen ser los caudillos de uno[180] de los dos ejércitos, y veamos la que se va a armar aquí"[181].

CANTO TERCERO

Efectivamente, dos grandes y poderosas huestes iban a chocar en aquella planicie[182]. ¡A qué describir el brillo de las armas, las empresas de los escudos, el ardor de

---

[173] —Ni
[174] me gustan para pasar la vida
[175] Y si no, o
[176] mucho;
[177] me
[178] alguna cosa
[179] ¡Una batalla!
[180] los que mandan uno
[181] lo que va a haber aquí.
[182] llanura.

los combatientes, el relinchar de los corceles y demás accidentes de la empeñada refriega?[183] La pluma, palpitando de emoción, vio los primeros encuentros, y no apartaba los ojos del que parecía ser el rey del ejército por quien más tarde se decidió la victoria. El tal rey llevaba un casco de oro, armadura de bruñido acero, y oprimía los lomos de soberbio caballo tordo[184]. Ninguno le igualaba en furor y osadía, razón por la cual su gente, entusiasmada con tal[185] ejemplo, arrollaba a los contrarios cual si fuesen manadas de carneros.

Nuestra viajera no sabía cómo expresar su frenético alborozo ante la sublime tragedia.

"¡La[186] gloria! ¡qué gran cosa es la gloria! —exclamaba, siguiendo lo más cerca posible al rey victorioso—. Estoy en mi centro[187], ésta es la vida, esto es lo que cuadra a mi genio, esto es la felicidad; gracias a Dios que he encontrado lo que quería. ¡Y fui tan imbécil que perdí el tiempo en frívolos amores y en livianos placeres! ¡La verdad es que se equivoca uno tontamente![188] Pero ya[189] voy teniendo experiencia, y no me equivocaré más[190]. La gloria es lo que más enaltece[191] el alma. Mira, amiguito mío, cómo vencen los de aquí. Ya van los otros en retirada. ¡Grande[192] y poderoso Rey![193] Daría la mitad de mi vida por ponerme encima de su casco, de aquel áureo yelmo[194], ante cuya cimera se inclinarán con pavura[195] todos los monarcas[196] y naciones de la tierra.

---

[183] de la batalla?
[184] de un soberbio caballo negro.
[185] el
[186] —¡La
[187] Esto es lo que a mí me gusta,
[188] tantas veces!
[189] Pero yo ya
[190] y estoy segura de no equivocarme más.
[191] lo que enaltece
[192] retirada; ¡grande
[193] rey!
[194] de aquel casco,
[195] respeto
[196] reyes

Vamos, esto me enajena; ¿no oyes cómo crujen las armas, cómo relinchan los caballos y cómo blasfeman los combatientes, encendidos en marcial coraje?[197] ¡Gloriosa muerte la de los unos y gloriosísima[198] victoria la de los otros!"

Ésta fue decisiva para el rey del áureo casco[199] y del caballo tordo[200]. Su ejército triunfante persiguió en veloz carrera al enemigo, y la pluma siguió la triunfal marcha[201] revoloteando sobre la cabeza del héroe. Corrían sin fatigarse hasta que llegó la noche. Luego se detuvieron, satisfechos de haber aniquilado en su fuga[202] al ejército contrario. Acamparon los vencederos, se armó la tienda del Rey, preparósele comida y lecho[203]; y en aquella hora de la reflexión y del reposo, pasada la exaltación primera, hasta la pluma bajó a la tierra cubierta de cadáveres, de sangre, de ruinas[204].

Entonces la viajera[205] sintió frío[206] glacial, extraordinaria fatiga[207] y una modorra que no pudo vencer evocando los recuerdos del épico combate[208]. En su letargo[209], creyó sentir los lamentos de los heridos, mezclados con horrorosas imprecaciones. No tardaron en venir[210] las madres, las hermanas, los tiernos hijos, sosteniéndose entre sí[211], porque el dolor aflojaba sus desmayados cuerpos, alumbrándose con triste linterna para

---

[197] en épico arrojo?
[198] gloriosa
[199] casco de oro
[200] negro.
[201] aquella marcha triunfal
[202] haber perseguido bastante
[203] se preparó su lecho y su comida,
[204] despojos.
[205] pluma
[206] un frío
[207] una fatiga extraordinaria
[208] del combate.
[209] letargo
[210] Después vinieron
[211] sosteniéndose unos a otros

buscar al padre, al hijo, al esposo, al hermano. Hombres[212] horribles, tipo[213] medio entre el sayón y el sepulturero, cavaban profunda y holgada fosa[214], donde eran arrojados[215] los infelices muertos de ambos ejércitos. Las santas mujeres buscaban aun entre aquellos despojos[216], mal cubiertos por la tierra[217], a los seres queridos, y hasta hubieran escarbado para sacarlos de nuevo, si las voces y los lamentos que más allá se oían no les dieran la esperanza de que en otro lugar estarían quizás los[218] que buscaban. Graznando lúgubremente[219] bajaron los buitres y demás aves que tienen su festín[220] en los campos de batalla; la lluvia encharcó el piso amasando lechos de fango y sangre para los pobres difuntos[221], y el frío remató a los heridos que esperaban escapar a la muerte. ¡Tremenda noche![222] Volviendo de su letargo, pudo observar la pluma[223] que cuanto había visto no era alucinación, sino realidad clarísima. Quiso huir[224], pero se detuvo sobrecogida porque en la cercana tienda del Rey[225] sonaron gritos y juramentos y[226] fuerte choque de armas. Varios hombres salieron de allí luchando, y una voz dijo: "muera el tirano," y otras exclamaron: "¡han asesinado al Rey!"[227] En efecto así era: el héroe victorioso había sido sacrificado[228] por sus ambiciosos gene-

---

[212] Unos hombres
[213] término
[214] una gran fosa,
[215] arrojados como sacos inútiles
[216] despojos
[217] tierra
[218] estarían los
[219] Graznando una especie de ronco *miserere*
[220] sus festines
[221] difuntos;
[222] Aquello era una desolación tremenda.
[223] La pluma volvió de su letargo y pudo observar
[224] huir de allí,
[225] rey
[226] juramentos, juntamente con
[227] rey!"
[228] asesinado

123

rales, ávidos de[229] repartirse el botín y apoderarse del reino.

"Viento[230] querido, amigo mío, sácame de aquí —gritó[231] la pluma agitando su fleco para volar—. Levántame; llévame por esos aires de Dios[232], que no quiero ver tantos horrores. ¡Maldita sea la gloria y malditos los pícaros[233] que la inventaron! Parece mentira que me haya dejado alucinar por tan craso disparate[234]. Ya ves que de la gloria[235] no se saca cosa alguna, si no es la desesperación, el odio, la envidia y todas las bajezas de la ambición[236]. ¡Cuánto más valen la[237] dulce modestia y una apacible obscuridad![238] Gracias a Dios que he salido de las tinieblas del error[239]. Tres veces me equivoqué[240]; pero al fin la luz ha entrado en mi cabeza, y ya tengo la certeza de no equivocarme más. ¡Cuán[241] claro veo ahora todo![242] ¡Qué bien considero y profundizo[243] la verdad de las cosas! No, no volveré a incurrir en tales tonterías[244]. Por supuesto[245], siempre es conveniente equivocarse para adquirir experiencia y estudiar y conocer la vida[246]. Felizmente, ya sé a qué atenerme. Dichosos

---

[229] que querían
[230] —Viento
[231] exclamó
[232] llévame por los aires
[233] y los crueles
[234] falsa idea.
[235] de gloria
[236] y todas las bajas pasiones.
[237] vale una
[238] oscuridad donde el alma puede entregarse a desarrollar sus naturales facultades.
[239] he salido de errores:
[240] tres veces me he equivocado;
[241] Cuán
[242] todo.
[243] ¡Qué bien me hago cargo de
[244] No, no me volveré a equivocar.
[245] Después de todo,
[246] adquirir experiencia y no volver a caer.

los que han pasado tantas amarguras y visto tantísimo[247] mundo... Pero si no tengo telarañas en los ojos, amigo vientecillo, allá a lo lejos se distingue una altísima torre que debe de ser[248] de alguna catedral. Sí, a medida que nos acercamos se va destacando la mole del edificio... No parece sino que Dios nos ha encaminado a este sitio para que nos arrepintamos de nuestras culpas y aprendamos que Él es[249] la única verdad, la única vida y el camino único[250], fuente de todas las cosas, consuelo de todas las aflicciones, asilo de todos los extraviados... ¡Ay! vamos pronto, que ya tengo deseo de entrar allí: ¿no oyes el repicar de[251] las campanas? ¿no ves cómo el sol perfila con rayos de oro las mil estatuas erigidas en los pináculos[252] y agujas que rematan el grandioso monumento por una y otra parte?[253] Date prisa y lleguemos pronto, amiguito; ¡qué pesado te has vuelto! A ver si encontramos un agujerito por donde introducirnos".

## Canto Cuarto

Dieron vueltas alrededor del templo, que era ojival y de[254] sorprendente hermosura, y al fin, hallando un vidrio roto[255], se colaron dentro sin pedir permiso al sacristán. Soberbio espectáculo se ofreció a las miradas de nuestros dos viajeros[256]. La vasta nave y sus haces de columnas delicadísimas, que remataban en palmeras, en-

---

[247] tanto
[248] debe ser
[249] que es
[250] el único camino,
[251] cómo repican
[252] los miles de santos puestos en las puntas
[253] que rematan el edificio por todas partes?
[254] que era un monumento ojival de
[255] y al fin hallando un vidrio roto
[256] El espectáculo que se ofreció a las miradas de nuestros dos viajeros es indescriptible.

tretejiéndose[257] para formar la bóveda; las ventanas rasgadas[258] en toda la extensión del pavimento[259] y cubiertas con el diáfano[260] muro de cristales de colores; la multitud de figuras representativas; la fauna; la flora; la riqueza[261] de los altares, las luces, los resplandecientes trajes de los sacerdotes, el incienso, formando azuladas nubes[262]; el son del órgano, a veces suave y apagado como la respiración de un niño que duerme, después fuerte y estentóreo como el resoplido de un gigante colérico[263], el coro grave y los rezos quejumbrosos[264], todo esto impresionó de tal modo a nuestra viajera, que estuvo un buen rato[265] pegada a la bóveda[266], sin atreverse a descender, sobrecogida de admiración, piedad y respeto[267].

"Me falta poco para llorar[268], amigo vientecillo —dijo—. Aunque un poco tardío, mi arrepentimiento es seguro. ¡Con cuánto gozo abro mis ojos[269] a la luz de la verdad! ¿Y habrá quien sostenga que puede haber dicha, reposo y paz[270] fuera de la religión sacratísima?[271] Santa y sublime fe: a[272] ti vengo fatigada de las luchas del mundo, el[273] alma llena de congojas y atormentada por el

---

[257] La vasta nave, formada de haces de columnas delicadísimas que se entretejían después como flexibles ramas de palmera
[258] labradas
[259] entrepaño,
[260] transparente
[261] la multitud de santos diminutos, y deformes animalejos difundidos como mil seres de una fauna prodigiosa por las paredes; el oro
[262] el incienso que formaba nubes de todos colores,
[263] encolerizado;
[264] el coro que entonaba el *Gloria,* el murmullo de los rezos, el recogimiento de los asistentes,
[265] espacio de tiempo
[266] bóveda
[267] muerta y sobrecogida de admiración y respeto.
[268] —Estoy a punto de llorar,
[269] ¡Cuán grande ha sido mi error! al fin mis ojos se abren
[270] sostenga que hay felicidad, reposo y paz
[271] de la religión?
[272] ¡Santa y sublime religión! A
[273] con el

recuerdo de mis pasados extravíos[274]. Inexperta y alucinada, juzgué que el mejor empleo y ocupación de mi ser era el amor, los goces o la incitante gloria, cosas ¡ay! de liviana realidad[275], que se desvanecen pasada la[276] ilusión primera. Mi alma está pura, y anhela reposarse en el bien[277]. Aborrezco el mundo; pienso sólo en Dios, imán de nuestros corazones, fuente de toda salud, principio de toda inteligencia[278]. Aquí, en este santo y bello asilo, creado por el arte y la fe, he de pasar lo que me resta de vida. Segurísima estoy ahora de no variar de inclinaciones ni de pensamiento[279]. Aquí, siempre aquí[280]. Dulce es, entre[281] todas las dulzuras, zambullir el pensamiento en la idea de Dios[282], adorarle, contemplarle, confundirnos[283] ante su presencia como granos de polvo o frágiles plumas que somos las criaturas. Vientecillo, puedes marcharte, que yo me quedo aquí para toda la vida. ¡Cuán feliz soy!"

Calló la pluma y se acurrucó con devota compostura en la punta de una de las espinas que ceñían la frente del dorado Cristo suspendido en lo más alto del retablo[284]. Cesaron los cantos, apagáronse[285] las luces. Rumores[286] extraños de misales que se cierran, de goznes

---

[274] y el pensamiento mortificado por cruelísimas dudas.

[275] En mi extravío, juzgué que la mejor ocupación de mi ser era el amor, el placer o la gloria, cosas de engañosa realidad

[276] su

[277] y no anhela sino descanso.

[278] no pienso más que en Dios, principal atractivo de la inteligencia.

[279] Aquí, en este santo y bello asilo estaré toda mi vida; ahora sí estoy segurísima de no arrepentirme nunca.

[280] Aquí siempre, siempre.

[281] sobre

[282] pensar en Dios,

[283] confundirse

[284] que ceñían la cabeza del Cristo dorado puesto en lo alto del retablo.

[285] Los cantos cesaron, se apagaron

[286] Ruidos

rechinantes[287], de papeles de música que se arrollan[288], de cortinas que se corren[289] tapando un santo, de llaves que crujen en la enmohecida cerradura, de acólitos que tropiezan, corriendo hacia la sacristía[290], de rosarios que se guardan, sustituyeron a la imponente salmodia de antes[291]; y las pisadas de los hombres[292] y las faldas de las mujeres levantaron ligera nube de polvo que subió a confundirse[293] con los desgarrados celajes del incienso[294], vagabundos aún por las altas bóvedas[295], como los jirones de nubes que corren por el cielo después de una tempestad.

Vino la noche, y los vidrios se obscurecieron, tomando tintas suaves y misteriosas[296]. La gran nave quedó por fin en completa sombra[297]; mas en lo alto de sus muros velaban[298], como espectros de moribundo resplandor, las pintadas efigies de cristal[299]. En el centro del lóbrego santuario lucía un punto de luz[300]: era la lámpara del altar, que como un alma despierta y vigilante oraba en el recinto. Su débil claridad apenas iluminaba los pies del Santo Cristo próximo[301], y el blanco cuerpo de un obispo de mármol que, tendido en su mausoleo[302], parecía como que a ratos[303] abría la boca para bostezar.

---

[287] que rechinan,
[288] enrollan
[289] que corren
[290] tropiezan camino de la sacristía,
[291] música de antes,
[292] devotos
[293] se fue a confundir
[294] del humo del incienso
[295] bóvedas
[296] tintas indecisas.
[297] oscuridad;
[298] de sus muros aun velaban
[299] resplandor los santos de vidrio.
[300] luz,
[301] cercano;
[302] que tendido en su sepultura
[303] intervalos

Pasaron horas y más horas, que por lo largas parecían noches empalmadas, sin días que las separasen, y la pluma acabó sus rezos y los volvió a empezar, y acabados de nuevo, y agotado todo el repertorio de oraciones que sabía, dijo otras que sacaba de su cabeza, hasta que al fin, no ocurriéndosele nada, aburrida de aburrirse, se dejó decir[304]:

"Vientecillo, me alegro de que no te hayas ido. Ven acá un momento: ¿sabes que siento así como ganas de dar un paseíto por ahí fuera?[305] No es que quiera abandonar este sitio; pues lo dicho, dicho: aquí he de estarme[306] toda la vida. Es que, hablando con sinceridad, esto es bastante triste, y no sé, no sé... las horas tienen una longitud desmesurada. Si me apuras te diré con mi habitual franqueza que me aburro soberanamente. ¿Por qué no hemos de salir a refrescarnos la cabeza y a ver el cielo? pues por mucha que sea nuestra devoción, no hemos de estar siempre reza que te reza, y conviene dar al ánimo esparcimiento para cobrar fuerzas y... ya me entiendes. Salgamos, que en realidad no tiene maldita gracia que nos estemos aquí hechos unos pasmarotes. Y repara que después que aquellos señores acabaron de cantar, esto está tan solo y obscuro que antes impone miedo que piedad. Larguémonos fuera un ratito, que una cosa es la fe y otra el saludable recreo del cuerpo y del alma"[307].

---

[304] Pasaron horas y más horas, y la pluma acabó sus oraciones, y las volvió a empezar, y las acabó de nuevo por tres o cuatro veces, hasta que al fin, aburrida de aburrirse, dijo:

[305] —Vientecillo, ven acá un momento. Sabes que tengo ganas de dar un paseíto por ahí fuera.

[306] sitio, pues aquí me he de estar

[307] Es que esto es un poco triste, y te lo diré con franqueza, me aburro a más no poder. Salgamos a dar una vuelta, que siempre no se ha de estar rezando, y conviene dar al ánimo esparcimiento para cobrar fuerzas y..... ya me entiendes. Salgamos, que esto está muy oscuro y muy triste. Después que aquellos señores dejaron de cantar, esto parece una caverna solitaria. Salgamos un ratito, nada más que un ratito.

## Canto Quinto

Salieron por donde habían entrado, y al hallarse fuera, la pluma prorrumpió en exclamaciones[308]:

"¡Oh, gracias a Dios que veo otra vez el profundo cielo, las altas estrellas y la luna![309] ¡Qué hermosura! Paréceme que hace[310] años que no he[311] visto este[312] admirable espectáculo siempre nuevo y seductor[313]. Mira, alarguemos nuestro paseíto, que en nada se admira tanto a Dios como en la naturaleza, ni nada es en ésta tan bello como la noche. Vaya, con franqueza, amigo viento: ¿no es esto más hermoso que el antro sombrío y estrecho de la catedral?[314] Compara aquella lámpara con estas luminarias celestiales[315] que tenemos encima de nuestras cabezas... Sigamos un poquitín más allá; que si no volviéramos, ya encontraríamos otra catedral en que meternos. Hay muchas, mientras que cielos no hay más que uno... ¡Cuánto se aprende viviendo![316] ¿Sabes lo que se me ha ocurrido? Pues que la religión es cosa admirable[317]; pero que[318] consagrarse enteramente a ella sin pensar en nada más, me parece una gran majadería[319].

---

[308] exclamaciones de este modo:
[309] —¡Oh, gracias a Dios que veo otra vez las esterllas, el cielo, la luna!...
[310] hacía
[311] había
[312] tan
[313] espectáculo.
[314] Alarguemos nuestro paseo. También se admira a Dios contemplando sus obras. ¡Bella y sublime es la naturaleza! ¡Cuánto más bonito no es esto ahora que el antro sombrío de la catedral!
[315] luminarias de la noche
[316] Sigamos un poco más allá, que aún tenemos tiempo de volver, y si no volviéramos ya encontraríamos otra catedral donde meternos. ¡Cómo se aprende viviendo!
[317] La religión es cosa admirable,
[318] pero
[319] me parece que no conviene.

Ya voy teniendo experiencia, y veo todas las cosas[320] con mucha[321] claridad. Para alabar a Dios y honrarle, me parece a mí que antes que pasarnos la vida metidas en las iglesias, debemos las plumas emplear constantemente nuestro pensamiento en conocer y apreciar las leyes por el mismo Dios creadas[322]. Yo, si quieres que te hable con el corazón en la mano[323], no tengo muchas ganas de volver a la catedral, fuera de que ya hemos perdido el camino y no lo encontraremos fácilmente[324]. ¿No te parece que debemos lanzarnos por esos espacios anchísimos buscando en ellos la razón de todas las cosas?[325] Siento tal curiosidad que no sé qué haría por satisfacerla[326]. ¡Saber! Ése es el objeto de nuestra vida; en saber consiste la felicidad. No negaré yo que la Fe es muy estimable; pero la Ciencia, amigo mío, ¡cuánto más estimable es![327] Por consiguiente, te confieso con toda ingenuidad que he variado de ideas; pero con el firme propósito de que sea ésta la última vez[328]. Quiero, a fe de pluma de origen divino, examinar cómo y por qué se mueven esos astros[329], a qué distancia están unos de otros; qué tamaño y qué cantidad de agua[330] tienen los mares; qué hay dentro de la tierra; cómo se hacen la lluvia, el rayo, el granizo[331];

---

[320] veo las cosas
[321] una
[322] Para alabar a Dios creo que en vez de estarse metida siempre en la iglesia reza que te reza, debe ocuparse el pensamiento en conocer y apreciar sus obras y sus leyes.
[323] con entera franqueza,
[324] catedral; además, ya hemos perdido el camino y no sabremos encontrarle...
[325] por ese espacio a averiguar todas las cosas?
[326] Siento una curiosidad por saberlo todo...
[327] La fe es estimable, pero la ciencia, ¡cuánto más estimable no es la ciencia!
[328] Por consiguiente, amigo, ya he variado de idea, y esta será la última vez.
[329] Yo quiero examinar cómo se mueven esos astros,
[330] qué tamaño
[331] cómo se hace la lluvia, y el rayo, y el granizo;

de qué diablos[332] está compuesto el sol; qué cosa es la luz y qué el calor, etc., etcétera[333]. Me da la gana de[334] saber todas esas[335] cosas. Gracias a Dios que he encontrado la verdadera y legítima ocupación de mi espíritu. Ni el amor pastoril[336], ni los placeres sensuales, ni la terrible y estúpida gloria, ni el misticismo estéril enaltecen al ser. ¡El conocimiento! ahí tienes la vida, la verdadera vida, amigo vientecillo[337]. Bendigo mis errores, de cuyas tinieblas saqué la luz de mi experiencia y la certeza del destino que tenemos las plumas. Llévame, amigo, llévame por ahí, pronto[338], que hay mucho que ver y mucho que estudiar".

Corrieron, volaron, y la pluma no se cansaba de sus observaciones especulativas. Estudió[339] la marcha de los astros y las distancias a que están[340] de la tierra; atravesó el inmenso Océano de una orilla a otra[341]; hízose cargo de la configuración y trazado de las costas[342]; midió el globo, fijando la atención en la diversidad de sus climas y habitantes; penetró en las cavernas profundas, donde existen los indescifrables documentos de la Mineralogía[343], y leyó el gran libro Geológico[344], en cuyas páginas o capas hablan idioma parecido al de los jeroglíficos[345] la multitud de fósiles, siglos muertos que tan bien saben contar el misterio de[346] las pasadas vidas; todo lo estu-

---

[332] de qué
[333] calor.
[334] Yo quiero
[335] estas
[336] sentimental
[337] ¡La ciencia! Aquí tenéis la vida... Por fin lo encontré.
[338] Bendigo mis errores, que me dieron experiencia y conocimiento claro de mi destino. Sigamos, amigo,
[339] Examinó
[340] estaban
[341] de una a otra orilla,
[342] de la configuración de sus costas;
[343] los insondables tesoros de la mineralogía,
[344] de la geología,
[345] el idioma de los jeroglíficos
[346] muerte de siglos que tan bien cuenta

dió, lo conoció y se lo metió en el magín[347], y entretanto no cesaba de repetir:

"¡Gran[348] cosa es la Ciencia! ¡Y cuánto me felicito de haber entrado por este camino, el único digno de nuestro noble origen![349] Pero lo que me enfada es que nunca llegamos al fin[350]: a medida que voy aprendiendo se me presentan nuevos misterios y enigmas[351]. Yo quisiera aprendérmelo[352] todo de una vez. Es mucho cuento este de que nunca se le ve el fondo al odre de la sabiduría[353]. ¡Ay! Vientecillo perezoso[354], corre más, a ver si conseguimos llegar[355] a un punto donde no haya más tierra, ni más mar, ni más cielo, ni más estrellas... Esto[356] no se acaba nunca. Corramos, volemos, que no ha de haber cosa que yo no vea ni examine, ni arcano que no se me revele[357]. He de saber cómo es Dios, cómo es el alma humana, de dónde salimos las plumas y a dónde volvemos, después de dar nuestro último vuelo en el viaje de la existencia"[358].

\* \* \*

Y así transcurrió un lapso de tiempo indeterminable, y ni se veía el fin de la Ciencia, ni la sed de saber encontraba donde saciarse por completo[359]. Ya habían recorri-

---

[347] y lo supo,
[348] —¡Gran
[349] nuestras nobles almas!...
[350] Pero ¡qué diantre! Nunca llego al fin;
[351] enigmas y misterios.
[352] saberlo
[353] de que nunca se llegue al fin.
[354] ¡Ay vientecillo!
[355] llegamos
[356] esto
[357] cosa que yo no sepa, ni misterio que se me oculte;
[358] yo he de saber cómo es Dios, dónde está, cómo es el alma humana, de dónde sale y a dónde vuelve cuando ha dado su último paso en el viaje de este mundo.
[359] Y así pasaron horas y más horas, y ni llegaba el fin de la ciencia, ni su sed de saber se saciaba nunca.

do toda la atmósfera que rodea nuestro planeta; y la buena pluma, cansada y aburrida, sin fuerzas para[360] avanzar más, giraba alrededor de[361] su eje con desorden y aturdimiento, como un astro que se vuelve loco y olvida la ley[362] de su rotación.

"¡Ay![363] vientecillo —exclamaba lánguidamente— ya[364] estoy confusa, ya estoy mareada. ¿De qué vale la ciencia[365], si al fin[366], después de tanto investigar[367], más me espanta lo que ignoro[368] que me satisface lo que sé? ¡Ay! compañero mío de desengaños, *sólo sé que no sé una condenada palabra de nada*[369]. Esto es para volverse una loca. Llévame a un sitio recóndito donde encuentre el consuelo del olvido[370]. Quiero[371] aniquilarme; quiero[372] reposar en completa calma[373], dando paz al pensamiento y a la imaginación siempre ambiciosa[374]. ¡Cuántas equivocaciones en tan breve tiempo![375] ¡Ni el amor, ni el placer, ni la gloria, ni la religión, ni la Ciencia[376] me satisfacen. El[377] lugar de paz y de contento perdurable[378] con que soñaba para pasar la vida, no se encuentra en parte alguna[379]. Experiencia lenta y doloro-

---

[360] no queriendo
[361] daba vueltas sobre
[362] la sublime ley
[363] —¡Ay
[364] —exclamaba en su incógnito lenguaje—. Ya
[365] ¿De qué me vale tanta ciencia
[366] fin
[367] tanto trabajo
[368] lo que no sé
[369] ¡Ay! querido amigo, *sólo sé que no sé nada*.
[370] Llévame a un sitio encantado donde lo olvido todo;
[371] yo quiero
[372] yo quiero
[373] calma
[374] y a la imaginación.
[375] ¡Cuántas veces me he equivocado!
[376] ciencia
[377] satisfacen; el
[378] eterno
[379] por ninguna parte.

sa[380], ¿de qué sirves? Si ese lugar que busco no existe por aquí, forzosamente ha de existir en alguna otra región[381]. Busquémoslo, amigo leal y ya inseparable...[382] Veo que no estás menos aburrido y desilusionado que yo[383]. ¡Ay! yo desfallezco[384]; apenas puedo sostenerme en tus brazos; todo me desagrada, el aire, la luz, los árboles, la[385] mar, el espacio, las estrellas, el sol."

Fijaron la vista en la tierra, de la cual muy cerca estaban[386], y vieron una como procesión que se dirigía a un[387] bosquecillo frondoso, entre cuya verdura se destacaban objetos[388] de blanquísimo mármol. Era un cementerio[389], y la procesión un entierro. Observaron nuestros viajeros que sobre la tierra había sido colocado[390] un ataúd pequeño y azul. Abriéronlo algunos de[391] los circunstantes, y todos los demás se agruparon[392] en derredor para ver las facciones de la muerta: era una niña como de diez años, coronada[393] de flores, las manecitas[394] cruzadas en actitud de rezar no se sabe qué, y semejante a un ángel de cera, tan bonito y puro, que al verle todos se admiraban de que se hubiera tomado el trabajo de vivir.

"Aquí[395], aquí quiero estar siempre, querido vientecillo. Suéltame[396], déjame caer", dijo la pluma desasiéndo-

---

[380] Experiencia dolorosa,
[381] por fuerza ha de estar en otro lado.
[382] Busquémosle, amigo inseparable.
[383] Veo que estás tan aburrido como yo.
[384] yo estoy desfallecida, exánime;
[385] el
[386] de que estaban muy cerca,
[387] a una especie de
[388] pequeños objetos
[389] Era éste un cementerio
[390] Nuestros viajeros observaron que era colocado sobre la tierra
[391] los
[392] circunstantes y todos se reunieron
[393] una niña de diez años coronada
[394] con sus manos
[395] —Aquí,
[396] suéltame:

se de los brazos de su amado[397] conductor, para caer dentro del[398] ataúd.

Éste se cerró, y el vientecillo, que empezaba a dar revoloteos para sacarla con maña, no pudo conseguirlo, y la pluma quedó dentro[399].

¿Acabarán con esto tus paseos[400], oh alma humana?

Abril de 1872[401]

---

[397] amable
[398] en el
[399] Éste se cerró y la pluma quedó dentro.
[400] viajes,
[401] B. Pérez Galdós.

## La Mula y el Buey (cuento de Navidad)[1]

### I

Cesó[2] de quejarse la pobrecita, movió la cabeza, fijando los tristes ojos en las personas que rodeaban su lecho, extinguióse poco a poco su aliento, y expiró. El Ángel de la Guarda, dando un suspiro, alzó el vuelo y se fue.

La infeliz madre no creía tanta desventura; pero el lindísimo rostro de Celinina se fue poniendo amarillo y diáfano como cera; enfriáronse sus miembros, y quedó rígida y dura como el cuerpo de una muñeca. Entonces llevaron fuera de la alcoba a la madre, al padre y a los más inmediatos parientes, y dos o tres amigas y criadas se ocuparon en cumplir el último deber con la pobre niña muerta.

La vistieron con riquísimo traje de batista[3], la falda blanca y ligera[4] como una nube, toda[5] llena de encajes y rizos que la asemejaban a espuma. Pusiéronle los zapa-

---

[1] Texto base: *Torquemada en la hoguera*, Madrid, La Guirnalda, 1889, 145-168. Variantes de la primera edición: *La Ilustración Española y Americana* (Madrid), 47 (22 diciembre, 1876), 383-386.
[2] Dejó
[3] con su mejor traje
[4] hermosa pieza blanca
[5] y toda

tos, blancos también[6] y apenas ligeramente[7] gastada la suela, señal de haber dado pocos pasos, y después tejieron, con sus admirables cabellos de color castaño oscuro, graciosas trenzas enlazadas con cintas azules. Buscaron flores naturales, mas no hallándolas, por ser tan impropia de ellas la estación, tejieron una linda corona con flores de tela, escogiendo las más bonitas y las que más se parecían a verdaderas rosas frescas traídas del jardín.

Un hombre antipático trajo una caja algo mayor que la de un violín, forrada de seda azul con galones de plata, y por dentro guarnecida de raso blanco. Colocaron dentro a Celinina, sosteniendo su cabeza en preciosa[8] y blanda almohada, para que no estuviese en postura violenta[9], y después[10] que la acomodaron bien en su fúnebre lecho, cruzaron sus manecitas, atándolas con una cinta, y entre ellas pusiéronle[11] un ramo de rosa blancas, tan hábilmente hechas por el artista, que parecían hijas del mismo Abril.

Luego las mujeres aquellas cubrieron de vistosos paños una mesa, arreglándola como un altar, y sobre ella fue colocada la caja[12]. En breve tiempo armaron unos al modo de doseles de iglesia, con ricas cortinas blancas que se recogían gallardamente a un lado y otro; trajeron de otras piezas cantidad de santos e imágenes[13], que ordenadamente distribuyeron sobre el altar, como formando la corte funeraria[14] del ángel difunto, y sin

---

[6] que eran blancos también
[7] tenían ligeramente
[8] una preciosa
[9] violenta postura
[10] una vez
[11] le pusieron
[12] Luego las buenas mujeres aderezaron una mesa, cubriéndola con vistosos paños de modo que se pareciese a un altar, y sobre ella fue puesta la caja.
[13] imágenes piadosas
[14] el cortejo funerario

pérdida de tiempo encendieron algunas docenas de luces en los grandes candelabros de la sala, los cuales en torno a Celinina derramaban tristísimas claridades. Después de besar repetidas veces las heladas mejillas de la pobre niña, dieron por terminada su piadosa obra.

II

Allá en lo más hondo de la casa sonaban gemidos de hombres y mujeres. Era el triste lamentar de los padres, que no podían convencerse de la verdad del aforismo[15] *angelitos al cielo* que los amigos administran como calmante moral en tales trances. Los padres creían entonces que la verdadera y más propia morada de los angelitos es[16] la tierra; y tampoco podían admitir la teoría[17] de que es mucho más lamentable y desastrosa la muerte de los grandes que la de los pequeños.

Sentían, mezclada a su dolor, la[18] profundísima lástima que inspira la agonía de un niño, y no comprendían[19] que ninguna pena superase a aquella que destrozaba sus entrañas.

Mil recuerdos e imágenes dolorosas les herían, tomando forma de agudísimos puñales que les traspasaban el corazón. La madre oía sin cesar la encantadora media lengua de Celinina, diciendo las cosas al revés, y haciendo de las palabras de nuestro idioma graciosas caricaturas filológicas que afluían de su linda boca como la música más tierna[20] que puede conmover el corazón de una madre. Nada caracteriza a un niño como su estilo, aquel genuino modo[21] de expresarse y decirlo todo

---

[15] de que fuera verdad el aforismo
[16] era
[17] la teoría expresada ardientemente por los amigos
[18] [Seguido] Ellos sentían mezclada a su dolor la
[19] veían
[20] tierna y melodiosa
[21] genuino y particularísimo

con cuatro letras, y aquella gramática prehistórica, como los primeros vagidos de la palabra en los albores de la humanidad, y su sencillo arte de declinar y conjugar, que parece la rectificación inocente de los idiomas regularizados[22] por el uso. El vocabulario de un niño de tres años, como Celinina constituye el verdadero tesoro literario[23] de las familias. ¿Cómo había de olvidar la madre aquella lengüecita de trapo, que llamaba al sombrero *tumeyo* y al garbanzo *babancho?*

Para colmo de aflicción, vio la buena señora por todas partes los objetos[24] con que Celinina había alborozado sus últimos días, y como éstos eran los que preceden a Navidad, rodaban por el suelo pavos de barro con patas de alambre, un San José sin manos[25], un pesebre con el niño Dios, semejante a una bolita de color de rosa, un Rey Mago montado en arrogante camello sin cabeza[26]. Lo que habían padecido[27] aquellas pobres figuras en los últimos días[28], arrastrados de aquí para allí, puestas en esta o en la otra forma, sólo Dios, la mamá[29] y el purísimo espíritu que había volado al cielo lo sabían.

Estaban las rotas esculturas impregnadas, digámoslo así, del alma de Celinina, o vestidas, si se quiere, de una singular claridad muy triste, que era la claridad de ella. La pobre madre, al mirarlas, temblaba toda[30], sintiéndose herida en lo más delicado y sensible de su íntimo ser. ¡Extraña alianza de las cosas! ¡Cómo lloraban aquellos pedazos de barro! ¡Llenos parecían de una aflicción intensa[31], y tan doloridos que su vista sola producía tan-

---

[22] desregularizados
[23] forma parte del tesoro
[24] viose la buena señora rodeada de los objetos
[25] sin cabeza
[26] patas
[27] trabajado
[28] ocho últimos días
[29] madre
[30] las miraba y temblaba toda
[31] ¡Cómo estaban llenos de una aflicción vivísima

ta amargura como el espectáculo de la misma criatura moribunda, cuando miraba³² con suplicantes ojos a sus padres y les pedía³³ que le quitasen aquel horrible dolor de su frente abrasada! La más triste cosa³⁴ del mundo era para la madre aquel pavo con patas de alambre clavadas en tablilla de barro, y que en sus³⁵ frecuentes cambios de postura había perdido el pico y el moco³⁶.

III

Pero si era aflictiva la situación de espíritu de la madre, éralo mucho más la del padre. Aquélla estaba traspasada de dolor; en éste el dolor se agravaba con un remordimiento agudísimo. Contaremos brevemente el peregrino caso, advirtiendo que esto quizás parecerá en extremo pueril a algunos; pero a los que tal crean les recordaremos que nada es tan ocasionado a puerilidades como un íntimo y puro dolor³⁷, de esos en que no existe mezcla alguna de intereses de la tierra, ni el desconsuelo secundario del egoísmo no satisfecho³⁸.

Desde que Celinina cayó enferma, sintió el afán de las poéticas fiestas que más alegran a los niños, las fiestas de Navidad. Ya se sabe con cuánta ansia desean la llegada de estos risueños días, y cómo les trastorna el febril anhelo de los regalitos, de los nacimientos y las esperanzas³⁹ del mucho comer y del atracarse de pavo, mazapán⁴⁰, peladillas y turrón. Algunos se creen capa-

---

³² mirando
³³ parecía esperar de ellos
³⁴ Más triste que todas las cosas
³⁵ los
³⁶ moco. [Aparte] Por fin, una mano caritativa, recogiendo los tristes objetos, los llevó fuera.
³⁷ un verdadero e íntimo dolor puro
³⁸ ni el desconsuelo secundario de los deseos no cumplidos o de los caprichos por satisfacer.
³⁹ las placenteras esperanzas
⁴⁰ mazapanes,

ces, con la mayor ingenuidad[41], de embuchar en sus estómagos cuanto ostentan la Plaza Mayor y calles adyacentes[42].

Celinina, en sus ratos de mejoría, no dejaba de la boca el tema de la Pascua, y como sus primitos, que iban a acompañarla, eran de más edad y sabían cuanto hay que saber en punto[43] a regalos y nacimientos, se alborotaba más la fantasía de la pobre niña oyéndoles, y más se encendían sus afanes de poseer golosinas y juguetes[44]. Delirando, cuando la metía en su horno de martirios la fiebre, no cesaba de nombrar lo que de tal modo ocupaba su espíritu, y todo era golpear tambores, tañer zambombas, cantar villancicos. En la esfera tenebrosa que rodeaba su mente no había sino pavos haciendo *clau clau;* pollos que gritaban *pío pío;* montones de turrón que llegaban al cielo formando un Guadarrama de almendras; nacimientos llenos de luces y que tenían lo menos cincuenta mil millones de figuras; ramos de dulce; árboles cargados de cuantos juguetes puede idear la más fecunda imaginación tirolesa; el estanque del Retiro lleno de sopa de almendras; besugos que miraban a las cocineras con sus ojos cuajados[45]; naranjas que llovían del cielo, cayendo en más abundancia que las gotas de agua en día de temporal, y otros mil prodigios que no tienen número ni medida.

IV

El padre, por no tener más chicos que Celinina, no cabía en sí de inquieto y desasosegado. Sus negocios le llamaban fuera de la casa; pero muy a menudo entraba

---

[41] buena fe,
[42] y sus inmediaciones.
[43] y sabían prodigios en todo lo concerniente
[44] poseer todo lo que la industria crea en esta quincena de locuras.
[45] atónitos ojos cuajados

en ella para ver cómo iba la enfermita. El mal seguía su marcha con alternativas traidoras[46]; unas veces dando esperanzas de remedio, otras quitándolas.

El buen hombre tenía presentimientos tristes. El lecho de Celinina, con la tierna persona agobiada en él[47] por la fiebre y los dolores, no se apartaba de su imaginación. Atento a lo que pudiera contribuir a regocijar el espíritu de la niña[48], todas las noches, cuando regresaba a la casa, le traía algún regalito de Pascua, variando siempre de objeto y especie; pero prescindiendo siempre de toda golosina. Trájole un día una manada de pavos, tan al vivo hechos[49], que no les faltaba más que graznar; otro día sacó de sus[50] bolsillos la mitad de la Sacra Familia, y al siguiente a San José con el pesebre y portal de Belén. Después vino con unas preciosas ovejas a quien conducían gallardos pastores, y luego se hizo acompañar de unas lavanderas que lavaban, y de un choricero que vendía chorizos, y de un Rey Mago negro, al cual sucedió otro de barba blanca y corona de oro. Por traer, hasta trajo una vieja que daba azotes en cierta parte a un chico por no saber la lección.

Conocedora Celinina, por lo que charlaban sus primos[51], de todo lo necesario a la buena composición de un nacimiento, conoció que aquella obra estaba incompleta por la falta de dos figuras muy principales, la mula y el buey. Ella no sabía lo que significaban la tal mula ni el tal buey; pero atenta a que todas las cosas fuesen perfectas, reclamó una y otra vez del solícito padre el par de animales que se había quedado en Santa Cruz.

---

[46] traidoras alternativas:
[47] tristes, y el lecho de Celinina, con la tierna persona agobiada en él
[48] Atento a lo que, regocijando el espíritu de su hija, pudiera contribuir a curarla,
[49] labrados,
[50] los
[51] Celinina, sabedora por las instrucciones y el continuo charlar de sus primos,

Él prometió traerlos, y en su corazón hizo propósito firmísimo de no volver sin ambas bestias; pero aquel día, que era el 23, los asuntos y quehaceres se le aumentaron de tal modo que no tuvo un punto de reposo. Además de esto, quiso el Cielo que se sacase la lotería, que tuviera noticia de haber ganado un pleito, que dos amigos cariñosos le embarazaran toda la mañana... en fin, el padre entró en la casa sin la mula, pero también sin el buey.

Gran desconsuelo mostró Celinina al ver que no venían a completar su tesoro las dos únicas joyas que en él faltaban. El padre quiso al punto remediar su falta; mas la nena[52] se había agravado considerablemente durante el día; vino el médico, y como sus palabras no eran tranquilizadoras, nadie pensó en bueyes, mas tampoco en mulas.

El 24 resolvió el pobre señor no moverse de la casa. Celinina tuvo por breve rato un alivio tan patente que todos concibieron esperanzas, y lleno de alegría dijo el padre: "Voy al punto a buscar eso."

Pero como cae rápidamente un ave, herida al remontar el vuelo a lo más alto[53], asi cayó Celinina en las honduras[54] de una fiebre muy intensa. Se agitaba trémula y sofocada en los brazos ardientes de la enfermedad, que la constreñía sacudiéndola para expulsar la vida. En la confusión de su delirio, y sobre el revuelto oleaje de su pensamiento, flotaba[55], como el único objeto salvado de un cataclismo, la idea fija del deseo que no había sido satisfecho, de aquella codiciada mula y de aquel suspirado[56] buey, que aún proseguían en estado de esperanza.

---

[52] niña
[53] Pero como un ave herida después de haber remontado el vuelo a lo más alto, cae rápidamente,
[54] honduras siniestras
[55] En la confusión de su delirio, flotaba,
[56] anhelado

El papá salió medio loco, corrió por las calles; pero en mitad de una de ellas se detuvo y dijo: "¿Quién piensa ahora en figuras de nacimiento?"

Y corriendo de aquí para allí, subió escaleras, y tocó campanillas, y abrió puertas sin reposar un instante hasta que hubo juntado siete u ocho médicos, y les llevó a su casa. Era preciso salvar a Celinina.

V

Pero Dios no quiso que los siete u ocho (pues la cifra no se sabe a punto fijo) alumnos de Esculapio[a] contraviniesen la sentencia que él había dado, y Celinina fue cayendo, cayendo más a cada hora, y llegó a estar abatida, abrasada, luchando con indescriptibles congojas, como la mariposa que ha sido golpeada y tiembla sobre el suelo con las alas rotas. Los padres se inclinaban junto a ella con afán insensato, cual si quisieran con la sola fuerza del mirar detener aquella existencia que se iba, suspender la rápida desorganización humana, y con su aliento renovar el aliento de la pobre mártir que se desvanecía en un suspiro.

Sonaron en la calle tambores y zambombas y alegre chasquido de panderos. Celinina abrió los ojos, que ya parecían cerrados para siempre, miró a sus padres, y con la mirada tan sólo y un grave murmullo[57] que no parecía venir ya de lenguas de este mundo, pidió a su padre lo que éste no había querido traerle. Traspasados de dolor padre y madre quisieron engañarla, para que tuviese una alegría en aquel instante de suprema aflicción, y presentándole los pavos, le dijeron: "Mira, hija de mi alma[58], aquí tienes la mulita y el bueyecito"[59].

---

[a] Dios de la Medicina, hijo de Apolo.

[57] breve son
[58] hija mía
[59] la mula y el buey

Pero Celinina, aun acabándose[60], tuvo suficiente claridad en su entendimiento para ver que los pavos no eran otra cosa que pavos, y los rechazó con agraciado gesto. Después siguió con la vista fija en sus padres, y ambas manos en la cabeza señalando sus agudos dolores. Poco a poco fue extinguiéndose en ella aquel acompasado son, que es el último vibrar de la vida, y al fin todo calló, como calla la máquina del reloj que se para; y la linda Celinina fue un gracioso bulto, inerte y frío como mármol, blanco y trasparente como la purificada cera que arde en los altares.

¿Se comprende ahora el remordimiento del padre? Porque Celinina[61] tornara a la vida, hubiera él[62] recorrido la tierra entera para recoger todos los bueyes y todas, absolutamente todas las mulas que en ella hay[63]. La idea de no haber satisfecho aquel inocente deseo era la espada más aguda y fría que traspasaba[64] su corazón. En vano con el raciocinio quería arrancársela; pero ¿de qué servía la razón, si era tan niño entonces como la que dormía en el ataúd, y daba[65] más importancia a un juguete que a todas las cosas de la tierra y del cielo?

VI

En la casa se apagaron al fin los rumores de la desesperación, como si el dolor, internándose en el alma, que es su morada propia, cerrara las puertas de los sentidos para estar más solo y recrearse en sí mismo.

Era Noche-buena, y si todo callaba en la triste vivienda recién visitada de la muerte, fuera, en las calles de la

---

[60] aun muriendo
[61] Si Celinina
[62] él hubiera
[63] que la pueblan.
[64] atravesaba
[65] y su espíritu en aquella ocasión lastimosa daba

ciudad⁶⁶, y en todas las demás casas, resonaban placenteras bullangas de groseros instrumentos músicos, y vocería de chiquillos y adultos cantando la venida del Mesías. Desde la sala donde estaba la niña difunta, las piadosas mujeres que le hacían compañía oyeron espantosa algazara, que al través del pavimento del piso superior llegaba hasta ellas, conturbándolas en su pena y devoto recogimiento. Allá arriba, muchos niños chicos, congregados con mayor número de niños grandes y felices papás y alborozados tíos y tías, celebraban la Pascua, locos de alegría ante el más admirable nacimiento que era dado imaginar, y atentos al fruto⁶⁷ de juguetes y dulces que en sus ramas llevaba un frondoso árbol con mil vistosas candilejas alumbrado.

Hubo momentos en que con el grande estrépito de arriba, parecía que retemblaba el techo de la sala, y que la pobre muerta se estremecía en su caja azul, y que las luces todas oscilaban, cual si, a su manera, quisieran dar a entender también que estaban algo peneques⁶⁸. De las tres mujeres que velaban se retiraron dos; quedó una sola, y ésta, sintiendo en su cabeza grandísimo peso, a causa sin duda del cansancio producido por tantas vigilias⁶⁹, tocó el pecho con la barba y se durmió.

Las luces siguieron oscilando y moviéndose mucho, a pesar de que no entraba aire en la habitación. Creeríase que invisibles alas se agitaban en el espacio ocupado por el altar. Los encajes del vestido de Celinina se movieron también, y las hojas de sus flores de trapo anunciaban el paso de una brisa juguetona o de manos muy suaves. Entonces Celinina abrió los ojos.

Sus ojos negros llenaron la sala con una mirada viva y afanosa que echaron⁷⁰ en derredor y de arriba abajo.

---

⁶⁶ ciudad alborozada
⁶⁷ copioso fruto
⁶⁸ que estaban alegres.
⁶⁹ por las vigilias de noches anteriores
⁷⁰ con una mirada tan viva como afanosa que echó

Inmediatamente después, separó las manos sin que opusiera resistencia la cinta que las ataba, y cerrando ambos puños se frotó con ellos los ojos, como es costumbre en los niños al despertarse[71]. Luego se incorporó con rápido movimiento, sin[72] esfuerzo alguno, y mirando al techo, se echó a reír; pero su risa, sensible a la vista, no podía oírse. El único rumor que fácilmente se percibió[73] era una bullanga de alas vivamente agitadas, cual si todas las palomas del mundo estuvieran entrando y saliendo en la sala mortuoria y rozaran[74] con sus plumas el techo y las paredes.

Celinina se puso en pie, extendió los brazos hacia arriba, y al punto le nacieron unas alitas cortas y blancas. Batiendo con ellas el aire, levantó el vuelo y desapareció.

Todo continuaba lo mismo; las luces ardiendo[75], derramando en copiosos chorros la blanca cera sobre las arandelas; las imágenes en el propio sitio[76], sin mover brazo ni pierna ni desplegar sus[77] austeros labios; la mujer sumida[78] plácidamente en su sueño que debía saberle a gloria; todo seguía lo mismo, menos la caja azul, que se había quedado vacía.

VII

¡Hermosa fiesta la de esta noche[79] en casa de los señores de ***!

Los tambores atruenan la sala. No hay quien haga comprender a esos endiablados chicos que se divertirán

---

[71] cuando se despiertan.
[72] movimiento y sin esfuerzo
[73] percibía
[74] y pasaran rozando
[75] ardían
[76] estaban en el mismo sitio,
[77] los
[78] continuaba sumida
[79] hay esta noche

más[80] renunciando a la infernal bulla de aquel instrumento de guerra. Para que ningún humano oído quede en estado de funcionar al día siguiente, añaden al tambor esa invención del Averno[b] llamada zambomba, cuyo ruido semeja a gruñidos de Satanás. Completa la sinfonía el pandero, cuyo atroz chirrido de caldereteria vieja alborota los nervios más tranquilos. Y sin embargo, esta discorde algazara sin melodía y sin ritmo, más primitiva[81] que la música de los salvajes, es alegre en aquesta singular noche, y tiene cierto sonsonete[82] lejano de coro celestial.

El Nacimiento no es una obra de arte a los ojos de los adultos; pero los chicos encuentran tanta belleza en las figuras, expresión tan mística en el semblante de todas ellas, y propiedad tanta en sus trajes, que no creen haya salido de manos de los hombres obra más[83] perfecta, y la atribuyen a la industria peculiar de ciertos ángeles dedicados a ganarse la vida trabajando en barro. El portal de corcho, imitando[84] un arco romano en ruinas, es monísimo, y el riachuelo representado por[85] un espejillo con manchas verdes que remedan[86] acuáticas hierbas y el musgo de las márgenes, parece que corre por la mesa adelante[87] con plácido murmurio. El puente por do pasan los pastores es tal, que nunca se ha visto el cartón tan semejante a la piedra, al contrario de lo que pasa en muchas obras de nuestros ingenieros modernos, los cuales hacen puentes de piedra que parecen de

---

[b] Lago de Italia, considerado en la mitología la entrada de los infiernos.

---

[80] mejor
[81] mucho más rústica
[82] sonsonete o dejo
[83] tan
[84] que imita
[85] y el riachuelo que pasa por delante y debe su existencia a
[86] imitan
[87] abajo

cartón. El monte que ocupa el centro se confundiría con un pedazo de los Pirineos, y sus lindas casitas, más pequeñas que las figuras, y sus árboles figurados con ramitas de evónimus, dejan atrás a la misma Naturaleza.

En el llano es donde está lo más bello y las figuras más características: las lavanderas que lavan en el arroyo; los paveros y polleros conduciendo[88] sus manadas; un guardia civil que lleva dos granujas presos; caballeros que pasean en lujosas carretelas junto al camello de un Rey Mago, y Perico el ciego tocando la guitarra en un corrillo donde curiosean los pastores que han vuelto del Portal. Por medio a medio, pasa un tranvía lo mismito que el del barrio Salamanca, y como tiene dos *rails* y sus ruedas, a cada instante le hacen correr de Oriente a Occidente con gran asombro del Rey Negro, que no sabe qué endiablada máquina es aquélla.

Delante del Portal hay una lindísima plazoleta, cuyo centro lo ocupa una redoma de peces, y no lejos de allí vende un chico[89] *La Correspondencia*[c], y bailan gentilmente dos majos. La vieja que vende buñuelos y la castañera de la esquina son las piezas más graciosas de este maravilloso pueblo de barro, y ellas solas atraen con preferencia las miradas de la infantil muchedumbre. Sobre todo, aquel chicuelo andrajasoso que en una mano tiene un billete de lotería[90], y con la otra le roba bonitamente las castañas del cesto a la tía Lambrijas, hace desternillar de risa a todos.

---

[c] Periódico madrileño fundado en 1859 por Manuel María de Santa Ana. Llegó a tener la mayor tirada de cualquier periódico madrileño, hasta ser desbancado por *El Imparcial*. Desarrolló un eficaz sistema de venta callejera, y sus vendedores, niños y muchachos, llegaron a ser un personaje típico de la capital.

---

[88] que conducen
[89] un chico vende
[90] un puñado de billetes del Pardo

En suma, el Nacimiento *número uno* de Madrid es el de[91] aquella casa, una[92] de las más principales, y ha reunido en sus salones a los niños más lindos y más juiciosos de veinte calles a la redonda.

VIII

Pues, ¿y el árbol? Está formado de ramas de encina y cedro[93]. El solícito amigo de la casa que lo ha compuesto con gran trabajo, declara que jamás salió de sus manos obra tan acabada y perfecta. No se pueden contar los regalos pendientes de sus hojas. Son, según la suposición de un chiquitín[94] allí presente, en mayor número que las arenas del mar. Dulces envueltos en cáscaras de papel rizado; mandarinas, que son los niños de pecho de las naranjas; castañas arropadas en mantillas de papel de plata; cajitas que contienen glóbulos de confitería homeopática[95]; figurillas diversas a pie y a caballo, cuanto Dios crió para que lo perfeccionase luego la Mahonesa o lo vendiese Scropp, ha sido puesto allí por una mano tan generosa como hábil. Alumbran aquel árbol de la vida candilejas en tal abundancia que, según la relación de un convidado de cuatro años, hay allí más lucecitas[96] que estrellas en el cielo.

El gozo de la caterva infantil no puede compararse a ningún sentimiento humano: es el gozo inefable de los coros celestiales en presencia del Sumo Bien y de la Belleza Suma. La superabundancia de satisfacción casi les hace juiciosos, y están como perplejos, en seráfico arrobamiento, con toda el alma en los ojos, saboreando

---

[91] nada existe más bonito en todo Madrid que el nacimiento de
[92] que es
[93] de encina y de pino.
[94] niño
[95] tesoros homeopáticos de confitería;
[96] lucecillas

de antemano lo que han de comer, y nadando, como los ángeles bienaventurados, en éter puro de cosas dulces y deliciosas, en olor de flores y de canela, en la esencia increada del juego y de la golosina[97].

IX

Mas de repente sintieron un rumor que no provenía de ellos. Todos miraron al techo, y como no veían[98] nada, se contemplaban los unos a los otros, riendo. Oíase gran murmullo de alas rozando contra la pared y chocando en el techo. Si estuvieran ciegos, habrían creído que todas las palomas de todos los palomares del universo se habían metido en la sala. Pero no veían nada, absolutamente nada.

Notaron, sí, de súbito, una cosa inexplicable y fenomenal. Todas las figurillas del Nacimiento se movieron, todas variaron de sitio sin ruido. El coche del tranvía subió a lo alto de los montes, y los Reyes se metieron de patas en el arroyo. Los pavos se colaron sin permiso dentro del Portal, y San José salió todo turbado, cual si quisiera saber el origen de tan rara confusión. Después, muchas figuras quedaron tendidas en el suelo. Si al principio las traslaciones se hicieron sin desorden, después se armó una baraúnda tal que parecían andar por allí cien mil manos afanosas de revolverlo todo. Era un cataclismo universal en miniatura. El monte se venía abajo, faltándole sus cimientos seculares; el riachuelo variaba de curso, y echando fuera del cauce sus espejillos, inundaba espantosamente la llanura[99]; las casas hundían el tejado en la arena; el Portal se estremecía cual si fuera combatido de horribles vientos, y como se apagaron

---

[97] alegría.
[98] vieron
[99] el llano;

muchas luces, resutó nublado el sol y oscurecidas las luminarias del día y de la noche.

Entre el estupor que tal fenómeno producía, algunos pequeñuelos reían locamente y otros lloraban. Una vieja supersticiosa les dijo:

—¿No sabéis quién hace este trastorno? Hácenlo los niños muertos que están en el cielo, y a los cuales permite Padre Dios, esta noche, que vengan[100] a jugar con los Nacimientos.

Todo aquello tuvo fin, y[101] se sintió otra vez el batir de alas alejándose.

Acudieron muchos de los presentes a examinar los estragos, y un señor dijo:

—Es que se ha hundido la mesa y todas las figuras se han revuelto.

Empezaron a recoger las figuras y ponerlas[102] en orden. Después del[103] minucioso recuento y de reconocer una por una todas las piezas, se echó de menos algo. Buscaron y rebuscaron; pero sin resultado. Faltaban la Mula y el Buey.

X

Ya cercano el día, iban los alborotadores camino del cielo[104], más contentos que unas Pascuas, dando brincos por esas nubes, y eran millones de millones, todos preciosos, puros, divinos, con alas blancas y cortas que batían más rápidamente que los más veloces[105] pájaros de la tierra. La bandada que formaban era más grande que cuanto pueden abarcar los ojos en el espacio visi-

---

[100] que esta noche vengan
[101] y después
[102] y a ponerlo todo
[103] de un
[104] iban camino del cielo,
[105] rápidos

153

ble, y cubría la luna y las estrellas, como cuando el firmamento se llena de nubes.

—A prisa, a prisa, caballeritos, que va a ser de día —dijo uno— y el Abuelo[106] nos va a reñir si llegamos tarde. No valen nada los nacimientos de este año... ¡Cuando uno recuerda aquellos tiempos...!

Celinina iba con ellos, y como por primera vez andaba en aquellas altitudes, se atolondraba un poco.

—Ven acá —le dijo uno—, dame la mano y volarás más derecha... Pero ¿qué llevas ahí?

—Esto[107] —repuso Celinina oprimiendo contra su pecho dos groseros animales[108] de barro—. Son pa mí, pa mí[109].

—Mira, chiquilla, tira esos muñecos[110]. Bien se conoce que sales ahora de la tierra. Has de saber que, aunque en el Cielo tenemos juegos eternos y siempre deliciosos, el Abuelo[111] nos manda al mundo esta noche para que enredemos un poco en los Nacimientos. Allá arriba se divierten también esta noche, y yo creo que nos mandan abajo porque les mareamos con el[112] gran ruido que metemos... Pero si Padre Dios nos deja bajar y andar por las casas, es a condición de que no hemos de coger nada; y tú has afanado[113] eso.

Celinina no se hacía cargo de estas poderosas razones, y apretando más contra su pecho los dos animales, repitió[114]:

—Pa mí, pa mí[115].

---

[106] Padre Dios
[107] La Mula y el Buey
[108] muñecos
[109] barro—. Los he deseado tanto, que dije "pensar que me he de ir al Cielo sin ellos es pensar en lo imposible."
[110] —Mira, hijita, te ruego que tires esos muñecos.
[111] Padre Dios
[112] les mareamos un poco a causa del
[113] cogido
[114] dijo:
[115] —Yo no los suelto.

—Mira, tonta[116] —añadió el otro—, que si no haces caso nos vas a dar un disgusto. Baja en un vuelo, y deja eso, que es de la tierra y en la tierra debe quedar[117]. En un momento vas y vuelves, tonta. Yo te espero en esta nube.

Al[118] fin Celinina cedió, y bajando, entregó a la tierra su hurto.

## XI

Por eso observaron que el precioso cadáver de Celinina, aquello que fue su persona visible, tenía en las manos, en vez del ramo de flores, dos animalillos[119] de barro. Ni las mujeres que la velaron, ni el padre, ni la madre, supieron explicarse esto; pero la linda niña, tan llorada de todos, entró en la tierra apretando en sus frías manecitas la Mula y el Buey.

Diciembre de 1876

---

[116] niña
[117] y a la tierra debe volver.
[118] Por
[119] una mula y un buey

## La princesa y el granuja[1]

### I

Pacorrito Migajas era un gran personaje. Alzaba del suelo poco más de tres cuartas, y su edad apenas pasaba de los siete años[2]. Tenía la piel curtida del sol y del aire, y una carilla avejentada que más bien le hacía parecer enano que niño. Sus ojos eran negros y vividores, con grandes pestañas como alambres y resplandor de pillería[3]. Pero su boca daba miedo de puro fea, y sus orejas, al modo de aventadores[4], antes parecían pegadas que nacidas. Vestía gallardamente una camisa de todos colores, por lo sucia, y pantalón hecho de remiendos, sostenido con un solo tirante[5]. En invierno abrigábase con una chaqueta que fue de su señor abuelo[6], la cual[7], después de cortadas las mangas por el codo, a Pacorrito le venía que ni pintada para gabán. En el cuello le daba

---

[1] Texto base: *Torquemada en la hoguera,* Madrid, La Guirnalda, 1889, 279-314. Variantes de la primera edición en la *Revista Cántabro-Asturiana* (Santander), 1 (1877), 87-92, 126-128, y 137-145.
[2] cuartas a pesar de que su edad frisaba en los siete años.
[3] La primera edición omite "y resplandor de pillería".
[4] abanicos
[5] Vestía gallardamente una camisa sin color, y un pantalón hecho de remiendos y sostenido con un solo tirante.
[6] de su abuelo,
[7] y que

varias vueltas a manera de serpiente, un guiñapo[8] con aspiraciones a bufanda, y cubría la mollera[9] con una gorrita que afanó[10] en el Rastro. No usaba zapatos, por serle esta prenda de grandísimo estorbo, ni tampoco medias, porque le molestaba el punto.

La familia de Pacorrito Migajas no podía ser más ilustre. Su padre, acusado de intentar un escalo por la alcantarilla, fue[11] a tomar aires a Ceuta, donde murió. Su madre[12], una señora muy apersonada que[13] por muchos años tuvo puesto de castañas en la Cava de San Miguel, fue también metida en líos de justicia, y después de muchos embrollos, y dimes y diretes con jueces y escribanos, me la empaquetaron para el penal de Alcalá[14]. Aún quedaba a Pacorrito su hermana; pero ésta, abandonando su plaza en la Fábrica de Tabacos, corrió a Sevilla en amoroso seguimiento de un cabo de artillería[15], y ésta es la hora en que no ha vuelto. Estaba, pues, Migajas solo en el mundo, sin más familia que él mismo, sin más amparo que el de Dios, ni otro guía que su propia voluntad.

## II

¿Pero creerá el pío lector que Pacorrito se acobardó al verse solo? Ni por pienso[16]. Había tenido ocasión, en su breve existencia, de conocer los vaivenes del mundo, y algo de lo falso y mentiroso que encierra esta vida

---

[8] le daba varias vueltas un guiñapo
[9] y la cholla la cubría
[10] arrambló
[11] acusado de haber hecho un escalo por la alcantarilla, había ido
[12] Su madre, que era
[13] y que
[14] para Alcalá.
[15] se fue a Sevilla en seguimiento de un sargento de ingenieros,
[16] Nada de eso.

miserable[17]. Llenándose de energía[18], afrontó la situación como un héroe. Afortunadamente, tenía buenas[19] relaciones con diversa gente de su estofa y aun con hombres barbudos que parecían dispuestos a protegerle, y bulle que bulle, aquí me meto y allí me saco, consiguió dominar su triste[20] estado.

Vendía fósforos, periódicos y algún billete de Lotería[21], tres ramos mercantiles[22] que explotados con inteligencia podían asegurarle honradas ganancias; así es que a Pacorrito nunca le faltaban cuatro cuartos en el bolsillo para sacar de un apuro a un compañero[23], o para obsequiar a las amigas.

No le inquietaban gran cosa[24] ni las molestias del domicilio ni las exigencias[25] del casero. Sus palacios eran el Prado en verano, y en invierno los portales de la casa Panadería. Varón sobrio y enemigo de pompas mundanas, se contentaba con un rincón cualquiera donde[26] pasar la noche. Comía, como los pájaros, lo que encontraba, sin que jamás se apurase por esto, a causa de la conformidad religiosa que existía en su alma, y de su instintiva fe en los misteriosos auxilios de la Providencia, que a ningún ser grande ni chico desampara.

Los que esto lean creerán que Migajas[27] era feliz. Parece natural que lo fuese. Si carecía de familia, gozaba de preciosísima libertad, y como sus necesidades eran

---

[17] Él había tenido ocasión en su breve existencia de conocer los vaivenes del mundo, las injurias del destino y una gran parte de lo falso y mentiroso que encierra la vida.
[18] Llenóse de energía y
[19] grandes
[20] mísero
[21] y billetes del Pardo y de las Escuelas católicas,
[22] ramos de la industria
[23] amigo,
[24] No inquietaban gran cosa a Migajas
[25] impertinencias
[26] para
[27] Pacorrito Migajas

escasas[28], vivía holgadamente de su trabajo, sin deber nada a nadie; sin que le quitaran el sueño cuidados ni ambiciones[29]; pobre, pero tranquilo; desnudo el cuerpo, pero lleno de paz sabrosa el espíritu. Pues a pesar de esto, el señor de Migajas[30] no era feliz. ¿Por qué? Porque estaba enamorado hasta las gachas, como suele decirse[31].

Sí, señores, aquel Pacorrito tan pequeño y tan feo y tan pobre y tan solo, amaba. ¡Ley inexorable de la vida[32], que no permite a ningún ser, cualquiera que sea, redimirse del despótico yugo de[33] amor!

Amaba nuestro héroe con soñador idealismo, libre de todo pensamiento impuro, a veces con ardoroso fuego que en sus venas ponía un hervor de todos los demonios[34]. Su corazón volcánico tenía sensaciones de todas clases para el objeto amado, ora dulces y platónicas como las de Petrarca[a], ora arrebatadas como las de Romeo[b][35].

¿Y quién había inspirado a Pacorrito pasión tan terrible? Pues una dama que arrastraba vestidos de seda y terciopelo con vistosas pieles, una dama de cabellos rubios, que en bucles descendían sobre su alabastrino

---

[a] Francesco Petrarca, poeta italiano (1304-1374). Su *Cancionero*, libro de poemas de amor, tuvo una gran influencia en la lírica europea.

[b] Amante desgraciado en la tragedia de William Shakespeare, *Romeo y Julieta*.

---

[28] muy pocas,
[29] ambiciones ni disgustos;
[30] Pacorrito Migajas
[31] como se suele decir.
[32] del mundo,
[33] del yugo del
[34] Amaba nuestro héroe con delirio, a veces con exaltado idealismo, libre de todo pensamiento impuro, a veces con ardoroso fuego.
[35] las de Romeo, y si por lo ideológico remedaba al Dante, por lo sutilmente cariñoso se parecía a Abelardo.

cuello. La tal solía gastar quevedos de oro, y a veces estaba sentada al piano tres días seguidos[36].

### III

Sabed[37] cómo la conoció Pacorro y quién era aquella celestial hermosura.

Extendía el chico la esfera de sus operaciones mercantiles por la mitad de una de las calles que afluyen a la Puerta del Sol, calle muy concurrida y con hermosas tiendas, que de día ostentan en sus escaparates mil prodigios de la industria, y por las noches se iluminan con la resplandeciente claridad del gas[38]. Entre estas tiendas, la más bonita es una que pertenece a un alemán, siempre llena de bagatelas preciosísimas[39] destinadas a grandes y pequeños. Es el bazar de la infancia infantil y de la adulta[40]. Por Carnaval se llena de caretas burlescas; en[41] Semana Santa de figuras piadosas; hacia[42] Navidad de Nacimientos y árboles cargados de juguetes, y por Año Nuevo de magníficos objetos para regalos.

La pasión frenética[43] de Pacorrito empezó cuando el alemán puso en su vitrina[44] una encantadora colección de damas vestidas con los ricos trajes que imagina la fantasía parisiense[45]. Casi todas tenían más de media

---

[36] su alabastrino cuello, una dama que solía gastar quevedos de oro, y a veces tocaba el piano.
[37] Véase
[38] Puerta del Sol. Es esta calle muy concurrida y tiene hermosas tiendas que de día adornan sus escaparates con mil prodigios de la industria, y por la noche se iluminan con la resplandeciente claridad del gas.
[39] alemán y que está llena de chucherías preciosísimas
[40] [Esta frase falta en la primera edición.]
[41] por
[42] por
[43] volcánica
[44] escaparate
[45] vestidas de raso y terciopelo, con los más ricos trajes que puede imaginar la fantasía parisiense.

161

vara de estatura. Sus rostros eran de fina[46] y purificada cera, y ningún carmín de frescas rosas se igualaba al rubor de sus castas mejillas[47]. Sus azules ojos de vidrio brillaban inmóviles con[48] más fulgor que la pupila humana. Sus cabellos, de suavísima[49] lana rizada, podían compararse, con más razón que los de muchas damas, a los rayos del sol; y las fresas de Abril, las cerezas de Mayo y el coral de los hondos mares, parecerían cosa fea[50] en comparación de sus labios rojos.

Eran tan juiciosas que jamás se movían del sitio en que las colocaban. Sólo crujía el gozne de madera de sus rodillas, hombros y codos, cuando el alemán las sentaba al piano, o las hacía tomar los lentes para mirar a la calle. De resto no daban nada que hacer, y jamás se les oyó decir[51] esta boca es mía.

Entre ellas había una ¡ay qué hembra! la más hermosa, la más alta, la más simpática, la más esbelta, la mejor vestida[52], la más señora. Debía de ser mujer de elevada categoría, a juzgar por su ademán grave y pomposo, y cierto airecillo de protección que a maravilla le sentaba[53].

—¡Gran mujer! —dijo Pacorrito la primera vez que la vio; y más de una hora estuvo plantado ante el escaparate, contemplando tan seductora belleza[54].

---

[46] de la más fina
[47] de sus mejillas.
[48] brillaban con
[49] finísima
[50] y el coral de los mares
[51] dijeron
[52] había una que era la más hermosa, la más alta, la más bien vestida,
[53] y cierto aire de protección que le sentaba a maravilla.
[54] y por más de una hora estuvo junto al escaparate, contemplando tan acabada hermosura.

IV

Nuestro personaje se hallaba en ese estado particular de exaltación y desvarío[55] en que aparecen los héroes de las novelas amatorias. *Su cerebro hervía; en su corazón se enroscaban culebras mordedoras; su pensamiento era un volcán; deseaba la muerte; aborrecía la vida; hablaba sin cesar consigo mismo; miraba a la luna; se remontaba al quinto cielo*[56], etc.

¡Cúantas veces le sorprendió la noche en melancólico éxtasis[57] delante del cristal, olvidado de todo, hasta de su propio comercio y modo de vivir! Mas no era por cierto muy desairada la situación del buen Migajas, quiero decir, que era hasta cierto punto correspondido en su loca pasión. ¿Quién puede medir la intensidad amorosa de un corazón de estopa o serrín?[58] El mundo está lleno de misterios. La ciencia es vana y jamás llegará a lo íntimo de las cosas. ¡Oh, Dios! ¿será posible algún día demarcar fijamente la esfera de lo inanimado?[59] ¿Lo inanimado, dónde empieza?[60] Atrás los pedantes que, deteniéndose delante de una piedra o de un corcho[61], le dicen: "Tú no tienes alma." Sólo Dios sabe cuáles son las verdaderas dimensiones de ese Limbo invisible[62] donde yace todo lo que no ama.

Bien seguro estaba Pacorrito de haber hecho tilín a la dama. Ésta le miraba, y sin[63] moverse ni pestañear ni abrir la boca, decíales mil cosas deleitables, ya dulces como la esperanza, ya tristes como el presentimiento de

---

[55] aletargamiento y exaltación
[56] se volvía loco,
[57] arrobamiento
[58] de palo?
[59] fijar un límite a la esfera de lo inanimado?
[60] Lo inanimado no existe.
[61] deteniéndose ante una piedra
[62] inmenso
[63] Bien seguro estaba Pacorrito de que la dama le miraba, y aun sin

sucesos infaustos. Con esto se encendía más y más en el corazón del amigo Migajas la llama que le devoraba, y su atrevida mente[64] concebía dramáticos[65] planes de seducción, rapto y aun de matrimonio[66].

Una noche, el amartelado galán acudió puntual a la cita. La señora estaba sentada al piano, las manos[67] suspendidas sobre las teclas y el divino rostro vuelto hacia la calle. El granuja y ella se miraron. ¡Ay! ¡Cúanto idealismo, cuánta pasión[68] en aquella mirada! Los suspiros sucedieron a los suspiros, y las ternezas a las ternezas, hasta que un suceso imprevisto cortó el hilo de tan dulce comunicación[69] truncando de un golpe la felicidad de los amantes. Fue como esas súbitas catástrofes que hieren mortalmente los corazones, originando suicidios[70], tragedias y otros lamentables casos.

Una mano penetró en el escaparate, por la parte de la tienda, y cogiendo a la señora por la cintura se la llevó dentro. Al asombro de Migajas sucedió una pena tan viva que deseó morirse en aquel mismo instante. ¡Ver desaparecer al objeto amado, cual[71] si se lo tragara la insaciable tumba, y no poder detener aquella existencia que se escapa, y no poder seguirla aunque fuera al mismo infierno! ¡Desgracia superior a las fuerzas de un mortal! Migajas estuvo a punto de caer al suelo[72]; pensó en el suicidio; invocó a Dios y al diablo...

—¡La han vendido! —murmuró sordamente.

---

[64] mente atrevida
[65] sublimes
[66] matrimonio, ¡que tanto puede la fuerza incontrastable del sentimiento!
[67] sentada al piano con las manos
[68] cuánto frenesí
[69] comunicación amorosa,
[70] catástrofes providenciales que hieren mortalmente los corazones, dando origen a suicidios,
[71] como
[72] ¡Ah! Esto era superior a las fuerzas de un mortal, y Pacorrito, a pesar de su inmensa energía, se sintió desfallecer.
Estuvo a punto de caer al suelo;

Y se arrancó los cabellos, y se arañó el rostro; y en las pataletas de su desesperación[73] se le cayeron al suelo los fósforos, los periódicos y los billetes de Lotería[74]. ¡Intereses del mundo, no valéis lo que un suspiro![75]

## V

Repuesto al cabo de su violenta emoción, el rapaz[76] miró hacia el interior de la tienda, y vio a unas niñas y a dos o tres personas mayores hablando con el alemán. Una de las chicas sostenía en sus brazos a la dama de los pensamientos de Migajas. Hubiérase lanzado éste con ímpetu salvaje dentro del local; pero se detuvo, temeroso de que[77] viendo su facha estrambótica, le adjudicaran una paliza o le entregasen[78] a una pareja.

Fijo en la puerta, consideraba[79] los horrores de la trata de blancos, de[80] aquella nefanda institución tirolesa, en[81] la cual unos cuantos duros deciden la suerte de honradas criaturas, entregándolas a la destructora ferocidad de niños mal criados. ¡Ay! ¡Cuán miserable le parecía a Pacorrito la naturaleza humana!

Los que habían comprado a la señora salieron de la tienda y entraron en un coche de lujo. ¡Cómo reían los tunantes! Hasta el más pequeño, que era el más mimoso, se permitía tirar de los brazos a la desgraciada muñeca, a pesar de tener él para su exclusivo goce variedad de juguetillos propios de su edad. Las personas

---

[73] y a causa de las convulsiones de su desesperación
[74] billetes del Pardo.
[75] [Esta útima frase no consta en la primera edición.]
[76] Pacorrito
[77] pero se contuvo, poniendo un freno a su ardoroso afán, por temor a que
[78] entregaran
[79] pensaba en
[80] en
[81] por

165

mayores también parecían muy satisfechas de la adquisición.

Mientras el lacayo recibía órdenes, Pacorrito, que era hombre de resoluciones heroicas y audaces[82], concibió la idea de[83] colgarse a la zaga del coche. Así lo hizo, con la agilidad cuadrumana que emplean los granujas cuando quieren pasear en carruaje[84] de un cabo a otro de la Villa.

Alargando el hocico hacia la derecha, veía asomar por la portezuela uno de los brazos de la dama sacrificada[85] al vil metal. Aquel brazo rígido y aquel puño de rosa hablaban enérgico lenguaje a la imaginación de Migajas, que[86] en medio del estrépito de las ruedas oía estas palabras:

—¡Sálvame, Pacorrito mío, sálvame!

VI

En el pórtico de la casa grande[87] donde se detuvo el coche, cesaron las ilusiones del granuja, porque un criado le dijo que si manchaba el piso con sus pies enlodados[88], le rompería el espinazo. Ante esta abrumadora[89] razón, Migajas se retiró[90], lleno el corazón de un ardiente[91] anhelo de venganza.

Su fogoso[92] temperamento le impulsaba a seguir adelante, arrojándose en brazos de la fortuna y en las tinie-

---

[82] audaces y heroicas,
[83] concibió un plan que consistía en
[84] coche
[85] la señora vendida
[86] y
[87] gran casa
[88] si manchaba con sus pies enlodados el piso del vestíbulo,
[89] incontestable
[90] se retiró con el alma destrozada
[91] rabioso
[92] ardiente

blas de lo imprevisto. Su alma se adaptaba a las ruidosas y dramáticas aventuras[93]. ¿Qué hizo el muy pillo?[94] Pues concertarse[95] con los que iban a recoger la basura a la casa donde estaba en esclavitud su adorada, y por tal medio, que podrá no ser poético, pero que revela agudeza de ingenio y un corazón como la copa de un pino[96], Migajas se introdujo en el palacio.

¡Cómo le palpitaba el corazón cuando subía y penetraba en la cocina! La idea de estar cerca de *ella* le confundía de tal suerte, que más de una vez se le cayó la espuerta de la mano, derramándose en la escalera. Pero de ningún modo podía saciar la ardiente sed de sus ojos, que anhelaban ver a la hermosa dama. Sintió[97] lejanos chillidos de niños juguetones, pero nada más. La gran señora por ninguna parte aparecía.

Los criados de la casa, viéndole tan pequeño y tan feo, le hacían mil burlas[98]; mas uno de ellos, que era algo compasivo, le daba golosinas. Una mañana muy fría[99], el cocinero, ya fuese por lástima, ya por maldad, le dio a beber un vino áspero y picón como demonios[100]. El granuja[101] sintió dulcísimo calor en todo el cuerpo y un vapor ardiente que a la cabeza le subía[102]. Sus piernas flaqueaban, sus brazos desmayados caían con abandono voluptuoso. Del pecho le brotaba una risa juguetona, que iba afluyendo de su boca, cual[103] arroyo sin fin, y Pacorrito reía y se agarraba con ambas manos a la pared para no caer.

---

[93] Era un alma a propósito para las grandes y dramáticas aventuras.
[94] [Esta frase no consta en la primera edición.]
[95] Así es que se concertó
[96] y un corazón como un templo,
[97] Pacorrito sentía
[98] se burlaban de él,
[99] en que hacía mucho frío,
[100] le dio a beber de un vino áspero y muy picón.
[101] Pacorrito
[102] que le subía a la cabeza.
[103] como un

Un puntapié vigoroso, aplicado en semejante parte[104], modificó un tanto la risa, y puesta[105] la mano en la parte dolorida, Pacorrito salió de la cocina. Su cabeza seguía trastornada. Él no sabía a donde le conducían[106] sus pasos. Corrió tambaleándose y riendo de nuevo; pisó fríos ladrillos, y después suave[107] entarimado, y luego tibias alfombras.

De repente sus ojos se detuvieron en un objeto que en el suelo yacía[108]. ¡Cielos![109]... Migajas exhaló un rugido de dolor, y cayó de rodillas.

Allí, tendida como un cadáver[110], los vestidos rasgados y en desorden, partida la frente alabastrina, roto uno de los brazos, desgreñado el pelo, estaba la señora de sus pensamientos. ¡Lastimoso cuadro que partía el corazón!

Nuestro héroe[111], durante un rato, no pudo articular palabra[112]. La voz se ahogaba en su garganta. Estrechó contra su corazón aquel frío cuerpo inanimado, cubriéndolo de besos ardientes. La señora tenía abiertos los ojos, y miraba con melancólica dulzura a su fiel adorador[113]. A pesar de sus horribles heridas y del lastimoso estado de su cuerpo, la noble dama vivía. Pacorrito lo conoció en la luz singular de sus quietos ojos[114] azules, que despedían llamaradas de amor y gratitud[115].

—Señora, ¿quién os trajo a tan triste estado? —exclamó en tono patético, angustioso[116].

---

[104] sacudiéndole todo
[105] con
[106] se dirigían
[107] un suave
[108] que yacía sobre el suelo.
[109] [No está esta palabra en la primera edición.]
[110] Allí, arrojada en el suelo, con
[111] Pacorrito,
[112] una palabra.
[113] con dulce expresión de pena a su interesante adorador.
[114] sus ojos
[115] agradecimiento.
[116] exclamó Migajas en tono patético, que demostraba la angustia de su alma.

Pero de pronto[117], al dolor agudísimo sucedió la ira, y Pacorrito pensó tomar venganza de aquel descomunal agravio.

Como en el mismo instante sintiera pasos, cargó en sus brazos a la gentil dama, echando[118] a correr con ella fuera de la casa. Bajó la escalera, atravesó el patio, salió a la calle con tanta velocidad, que no se podía decir que corría, sino que volaba. Su carrera era como la del pájaro que, al robar un grano, oye el tiro del cazador, y sintiéndose ileso, quiere poner entre su persona y la escopeta toda la distancia posible.

Corrió por una, dos, tres, diez calles, hasta que, creyéndose bastante lejos[119], descansó, poniendo sobre sus rodillas el precioso objeto de su insensato amor.

### VII

Vino la noche, y Pacorrito vio con placer las dulces sombras que envolvían el atrevido rapto, protegiendo sus honestos amores. Examinando atentamente las heridas del descalabrado cuerpo de su adorada, observó que no eran de gravedad, aunque por los agujeros del cráneo se le verían los sesos si los tuviera, y toda la estopa del corazón se salía a borbotones por diferentes heridas[120]. El traje[121] estaba hecho jirones, y parte de la cabellera se había quedado en el camino durante la veloz corrida. Inundósele el alma de pena al considerar[122] que carecía de fondos para hacer frente a situación tan apurada. Con el abandono de su comercio se le habían

---

[117] Pero luego
[118] y echó
[119] bastante lejos y bastante solo,
[120] [Desde "aunque" hasta "heridas" falta en la primera edición.]
[121] vestido
[122] [Párrafo aparte] Entonces Pacorrito sintió una pena profunda, considerando

vaciado los bolsillos, y una mujer amada, mayormente si no está bien de salud, es fuente inagotable de gastos. Migajas se tentó aquella parte de su andrajosa ropa donde solía tener la calderilla, y no halló ni tampoco un triste chavo[123].

"Ahora —pensó— ahora necesitaré casa, cama, la mar de médicos y cirujanos, modista[124], mucha comida, un buen fuego... y nada tengo".

Pero como estaba tan fatigado, recostó la cabeza sobre el cuerpo de su ídolo[125] y se durmió como un ángel.

Entonces, ¡oh prodigio! la señora se fue reanimando, y levantándose al fin, mostró a Pacorrito su risueño semblante, su noble frente sin ninguna herida, su cuerpo esbelto sin la más leve rotura, su vestido completo y limpio, su cabellera rizosa y perfumada, su sombrero coquetón, que adornaban diminutas flores; en suma, se mostró perfecta y acabadamente hermosa, tal como la conoció el muchacho en la vitrina[126].

¡Ay! Migajas se quedó deslumbrado, atónito, suspenso, sin habla. Púsose de rodillas y adoró a la señora como a una divinidad. Entonces, ella tomó la mano al granuja, y con voz entera, más[127] dulce que el canto de los ruiseñores, le dijo:

—Pacorrito, sígueme, ven conmigo. Quiero demostrarte mi agradecimiento y el sublime amor que has sa-

---

[123] Migajas se tentó aquella parte de su andrajosa ropa donde solía tener el dinero y no halló nada. No hacía más que suspirar.

[124] —Ahora— dijo, ahora serían precisos una casa, una cama, médico, un buen cirujano, una modista,

[125] inclinó la cabezas sobre el cuerpo de su dama

[126] Entonces la señora se reanimó, y levantándose mostró a Pacorrito su semblante alegre, su noble frente sin ninguna herida, su cuerpo esbelto sin la más leve rotura, su vestido completo y limpio lo mismo que estaba en la tienda, su cabellera rizada y llena de seductores perfumes, su sombrero coquetón adornado con diminutas flores, en fin, se mostró perfecta y acabadamente hermosa, tal como la conoció Migajas en el escaparate.

[127] y más

bido inspirarme[128]. Has sido constante, leal, generoso y heroico, porque me has salvado del poder de aquellos vándalos que me martirizaban[129]. Mereces mi corazón y mi mano. Ven, sígueme y no seas bobo, ni te creas inferior a mí porque estás vestido de pingos[130].

Observó Migajas[131] la deslumbradora apostura de la dama, el lujo con que vestía, y lleno de pena exclamó:

—Señora, ¿a dónde he de ir yo con esta facha?

La hermosa dama no contestó, y tirando de la mano a Pacorrito, le llevó por misteriosa región de sombras[132].

VIII

El granuja[133] vio al cabo una gran sala iluminada y llena de preciosidades, cuya forma no pudo precisar bien en el primer momento. Al poco rato, comenzó a percibir con claridad[134] mil figurillas diversas, como las que poblaban[135] la tienda donde había conocido a su adorada[136]. Lo que más llamó su atención fue ver que salieron a recibirles, luciendo sus flamantes vestidos, todas las damas que acompañaban en el escaparate a la gran señora[137].

La cual[138] contestó con una grave y ceremoniosa[139] cortesía a los saludos de todas ellas. Parecía ser de supe-

---

[128] Quiero demostrarte mi agradacemiento y el grande amor que te tengo.
[129] esclavizaban.
[130] harapos.
[131] [Párrafo aparte] Pacorrito observó
[132] lo llevó por una región de sombras.
[133] Migajas
[134] percibir con claridad y distinguió
[135] llenaban
[136] a la gran señora.
[137] todas las damas que acompañaban a aquélla en el escaparate.
[138] La gran señora
[139] reverenciosa

rior condición, algo como princesa, reina o emperatriz[140]. Su gesto soberano y su gallardo continente sin altanería, revelaban dominio[141] sobre las[142] demás. Al instante presentó a Pacorrito. Éste[143] se quedó todo turbado y más rojo que una amapola cuando la Princesa, tomándole de la mano, dijo:

—Presento a ustedes al Sr. D. Pacorro de las Migajas[144], que viene a honrarnos esta noche.

Al pobre chico se le cayeron las alas del corazón cuando observó el desmedido lujo que allí reinaba, comparándolo con su pobreza, sus pies desnudos[145], sus calzones sujetos con un tirante y su chaqueta cortada por los codos.

—Ya adivino lo que piensas —manifestó la Princesa con disimulo—. Tu traje no es el más conveniente para una fiesta como la de esta noche. En rigor de verdad, no estás presentable[146].

—Señora, mi pícaro sastre —murmuró Pacorrito, creyendo que una mentirilla pondría a salvo su decoro—, no me ha acabado la condenada ropa[147].

—Aquí te vestiremos —indicó la noble dama[148].

Los lacayos de aquella extraña mansión eran monos pequeños y graciosísimos. De pajes hacían unos loros diminutos, de esos que llaman *Pericos,* y varias pajaritas[149] de papel. Éstas[150] no se apartaban un momento de la señora.

---

[140] algo como reina o princesa o emperatriz.
[141] cierto dominio
[142] los
[143] Pacorrito, y éste
[144] Sr. D. Pacorrito Migajas,
[145] cuando después de observar el desmedido lujo que allí reinaba miró sus pies desnudos,
[146] [La primera edición omite esta última oración.]
[147] la ropa.
[148] la gran señora.
[149] varios gallitos
[150] Éstos

La servidumbre se ocupó al punto de arreglar un poco la desgraciada figura del buen Migajas. Con unas fosforeras doradas y muy monas en forma de zapatos le calzaron al momento. Por gorguera[151] le pusieron medio[152] farolillo de papel encarnado, y de una jardinera de mimbres hiciéronle[153] una especie de sombrerete pastoril, con graciosas flores adornado. Al cuello le colgaron a modo de condecoraciones, la chapa[154] de un kepis[155] elegantísimo, una fosforera redonda que parecía reloj y el tapón de cristal de un frasquito de esencias. Las pajaritas[156] tuvieron la buena ocurrencia de ponerle en la cintura, a guisa de espada o daga, una lujosa plegadera[157] de marfil. Con estas y otras invenciones para ocultar sus haraposos vestidos, el vendedor de periódicos[158] quedó tan guapo que no parecía el mismo. Mucho se vanaglorió[159] de su persona cuando le pusieron ante el[160] espejo de un estuche de costura para que se mirase. Estaba el chico deslumbrador[161].

## IX

En seguida principió el baile. Varios canarios cantaban en sus jaulas valses y habaneras[162], y las cajas de música tocaban solas, así como los clarinetes y cornetines[163], que se movían a sí mismos sus llaves con gran

---

[151] golilla
[152] un media [sic]
[153] le hicieron
[154] tapa
[155] tintero
[156] Los gallos de papel
[157] un lujoso cuchillo-plegadera
[158] Pacorrito
[159] Verdaderamente se ensorbeció
[160] delante del
[161] Estaba deslumbrador.
[162] polkas
[163] pitos

destreza[164]. Los violines también se las componían de un modo extraño para pulsarse a sí propios sus cuerdas, y las trompetas se soplaban unas a otras[165]. La música era un poco discordante; pero Migajas, en la exaltación de su espíritu[166], la hallaba encantadora.

No es necesario decir que la Princesa bailó con nuestro héroe. Las otras damas tenían por pareja a militares[167] de alta graduación, o a soberanos[168] que habían dejado sus caballos a la puerta. Entre aquellas figuras interesantísimas[169] se veía[170] a Bismarck[c], al Emperador de Alemania[d], a Napoleón[e] y a otros grandes hombres. Migajas no cabía en su pellejo de puro orgulloso.

Pintar las emociones de su alma cuando se lanzaba a las vertiginosas[171] curvas del vals con su amada en brazos, fuera[172] imposible. La dulce respiración de la Princesa y sus cabellos de oro[173] acariciaban blandamente la

---

[c] Otto von Bismarck (1815-1898), primer ministro de Prusia y canciller del imperio alemán, fomentó la unidad de Alemania y extendió su poderío político y militar, notablemente con las victorias militares sobre Austria (1866) y Francia (1870-01).

[d] Guillermo I de Hohenzollern (1797-1888), rey de Prusia en 1861, emperador de Alemania de 1871-1888.

[e] Napoleón Bonaparte (1769-1821), primer cónsul (1799), cónsul vitalicio (1802) y emperador (1804) de Francia. Su brillante genio militar salvó el joven régimen revolucionario, y luego extendió el poderío francés por gran parte de Europa, hasta su derrota definitiva en Waterloo, en 1815.

---

[164] maestría.
[165] [Falta esta oración.]
[166] a causa del gozo de su espíritu,
[167] generales
[168] Falta "o a soberanos".
[169] delicadísimas
[170] veían
[171] voraginosas
[172] era
[173] de la princesa, sus cabellos de oro, agitados por el movimiento,

cara[174] de Pacorrito, haciéndole cosquillas y[175] causándole cierta embriaguez[176]. La mirada amorosa de la gentil dama o un suave quejido de cansancio acababan de enloquecerle.

En lo mejor del baile, los monos anunciaron que la cena estaba servida, y al punto se desconcertó el cotarro[177]. Ya nadie pensó más que en comer, y al bueno de[178] Migajas se le alegraron los espíritus, porque, sin perjuicio de la espiritualidad de su amor, tenía un hambre de mil demonios[179].

## X

El comedor era precioso y la mesa magnífica; las vajillas y toda la loza de lo mejor que se ha fabricado para muñecas, y multitud de ramilletes esparcían su fragancia y mostraban sus colores en pequeños búcaros, en hueveras, y algunos en dedales[180].

Pacorrito ocupó el asiento a[181] la derecha de la Princesa. Empezaron a comer. Servían los pericos y las pajaritas[182] tan bien y con tanta precisión como los soldados que maniobran en una parada a la orden de su general. Los platos eran exquisitos, y todos crudos o fiambres[183]. Si la comida no disgustó a Migajas al comenzar, pronto[184] empezó a producirle cierto empacho, aun antes de

---

[174] las mejillas
[175] Falta: "haciéndole cosquillas y".
[176] una especie de embriaguez.
[177] se desconcertó todo.
[178] a nuestro
[179] porque tenía un hambre de mil demonios, a pesar de la viveza de su amor.
[180] Falta: "y algunos en dedales".
[181] el primer asiento de
[182] los gallitos de papel
[183] exquisitos; pero Migajas observó que todo era frío y friambre.
[184] Si esto no le disgustó al principio, después

haber tragado como un buitre[185]. Componían el festín pedacitos de mazapán, pavos más chicos que pájaros y que se engullían de un solo bocado, filetes y besugos como almendras, un principio[186] de cañamones y un pastel de alpiste *a la canaria,* albóndigas de miga de pan *a la perdigona,* fricasé de ojos de faisán en salsa de moras silvestres, ensalada de musgo, dulces riquísimos y frutas de todas clases, que los pericos habían cosechado en un tapiz donde estaban bordadas, siendo los melones como uvas y las uvas como lentejas.

Durante la comida, todos charlaban por los codos[187], excepto Pacorrito, que por ser muy corto de genio no desplegaba sus labios. La presencia de aquellos personajes de uniforme y entorchados le tenía perplejo, y se asombraba mucho de ver tan charlatanes y retozones a los que en el escaparate estaban tiesos y mudos[188] cual si fuesen de barro.

Principalmente el llamado Bismarck no paraba. Decía mil chirigotas[189], daba manotadas sobre la mesa, y arrojaba a la Princesa bolitas[190] de pan. Movía sus brazos como atolondrado, cual si los[191] goznes de éstos tuviesen un hilo, y oculta mano tirase de él[192] por debajo de la mesa.

—¡Cómo me estoy divirtiendo! —decía el canciller—. Querida Princesa, cuando uno se pasa la vida adornando una chimenea, entre un reloj, una figura de bronce y un tiesto de begonia, estas fiestas le rejuvenecen y le dan alegría para todo el año[193].

---

[185] de haber comido mucho
[186] un rico compuesto
[187] hablaban mucho,
[188] circunspectos
[189] gracias y chuscadas,
[190] migajas
[191] en los
[192] y una mano extraña tirase del hilo
[193] le rejuvenecen, aunque sólo sea una vez al año.

—¡Ay! dichosos mil veces —dijo la señora con melancólico acento—[194] los que no tienen otro oficio que adornar chimeneas y entredoses. Ésos se aburren, pero no padecen como nosotras, que vivimos en continuo martirio, destinadas a servir de juguete a los hombres chicos[195]. No podré pintar a usted, señor de Bismarck, lo que se sufre[196] cuando uno nos tira del brazo derecho, otro del izquierdo, cuando éste nos rompe la cabeza y aquél nos descuartiza, o nos pone de remojo, o nos abre en canal[197] para ver lo que tenemos dentro del cuerpo.

—Ya lo supongo —contestó[198] el canciller abriendo los brazos y cerrándolos repetidas veces[199].

—¡Oh, desgraciados, desgraciados! —exclamaron en coro los Emperadores, Espartero[f] y demás personajes.

—Y menos desgraciada yo —añadió la dama—, que encontré un protector amigo en el valeroso y constante Migajas, que supo librarme del bárbaro suplicio[200].

Pacorro[201] se puso colorado hasta la raíz del pelo.

—Valeroso y constante —repitieron a una las muñecas todas, en tono de admiración.

—Por eso —continuó la Princesa— esta noche[202], en que nuestro Genio Creador nos permite reunirnos para celebrar el primer día del año, he querido obsequiarle, trayéndole conmigo, y dándole mi mano de esposa, en

---

[f] Baldomero Espartero (1793-1879), general y político español.

---

[194] con acento patético—,
[195] a los chicos.
[196] padece
[197] aquel nos descuartiza o abre en canal
[198] dijo
[199] y volviéndolos a cerrar.
[200] —Y menos desgraciados los que como yo —añadió la dama—, encontraron un protector y amigo en el valeroso y constante Pacorrito Migajas, que me libró de tan bárbaro suplicio.
[201] Migajas
[202] Por eso esta noche —continuó la princesa—,

señal de alianza y reconciliación entre el linaje[203] muñequil y los niños juiciosos y compasivos[204].

## XI

Cuando esto decía, el señor de Bismarck miraba a Pacorrito con expresión[205] de burla tan picante y maligna, que nuestro insigne héroe se llenó de coraje[206]. En el mismo instante, el tuno del canciller[207] disparó una bolita de pan con tanta puntería que por poco deja[208] ciego a Migajas. Pero éste, como era tan prudente y el prototipo de la circunspección[209], calló y disimuló.

La Princesa le dirigía miradas de amor y gratitud.

—¡Cómo me estoy divirtiendo! —repitió Bismarck dando palmadas con sus manos de madera[210]—. Mientras llega la hora de volver junto al reloj y de[211] oír su incesante tic-tac, divirtámonos, embriaguémonos, seamos felices. Si el caballero Pacorrito quisiera pregonar *La Correspondencia*[g], nos reiríamos un rato.

—El señor de Migajas —dijo la Princesa mirándole con benevolencia—, no ha venido aquí a divertirnos. Eso no quita que le oigamos con gusto pregonar *La Correspondencia* y los fósforos, si quiere hacerlo.

Hallaba el granuja[212] esta proposición tan contraria a

---

[g] Véase la nota c de "La Mula y el Buey".

---

[203] la raza
[204] honrados.
[205] una expresión
[206] ira
[207] el canciller
[208] casi dejó
[209] un prototipo de hidalga circunspección
[210] papel mascado,
[211] a
[212] Pacorrito hallaba

su dignidad y decoro, que se llenó de aflicción y no supo qué contestar a su adorada[213].

—¡Que baile! —gritó el canciller con desparpajo—, que baile encima de la mesa. Y si no lo quiere hacer, pido que se le quiten los adornos que se le han puesto, dejándole cubierto[214] de andrajos y descalzo, como cuando entró aquí.

Migajas sintió que afluía toda su sangre al corazón[215]. Su cólera impetuosa[216] no le permitió pronunciar[217] una sola sílaba.

—No seáis cruel, mi querido Príncipe —dijo la señora sonriendo—. Por lo demás, yo espero quitarle al buen Migajas esos humos que está echando.

Una carcajada general acogió estas palabras, y allí eran[218] de ver todas[219] las muñecas, y los más célebres generales y emperadores del mundo[220], dándose simultáneamente cachiporrazos en la cabeza como las figuras de Guignol.

—¡Que baile! ¡Que pregone *La Correspondencia!* —clamaron todos.

Migajas se sintió desfallecer. Era en él tan poderoso el sentimiento de la dignidad[221], que antes muriera que pasar por la degradación que se le proponía. Iba a contestar, cuando el maligno canciller tomó una paja larga y fina, sacada al parecer de una cestilla de labores, y mojando la punta en saliva se la metió por una oreja a Pacorrito con tanta presteza, que éste no se enteró de la grosera familiaridad hasta que hubo experimentado la sacudida nerviosa que tales chanzas[222] ocasionan.

---

[213] no sabía que contestar a la princesa.
[214] lleno
[215] sintió que toda su sangre afluía a su corazón.
[216] La cólera de su alma impetuosa
[217] decir
[218] era
[219] a todas
[220] y a los grandes generales y emperadores
[221] En él el sentimiento de la dignidad era tan poderoso
[222] bromas

Ciego de furor, echó mano al cinto y blandió la plegadera[223]. Las damas[224] prorrumpieron en gritos y la Princesa se desmayó. Pero no aplacado con esto el fiero Migajas[225], sino, por el contrario, más rabioso, arremetió contra los insolentes, y empezó a repartir estacazos[226] a diestra y siniestra, rompiendo cabezas[227] que era un primor. Oíanse alaridos, ternos[228], amenazas: hasta los pericos graznaban, y las pajaritas[229] movían sus colas de papel en señal de pánico[230].

Un momento después, nadie se burlaba del bravo Migajas[231]. El canciller andaba recogiendo[232] del suelo sus dos brazos y sus dos piernas (caso raro que no puede explicarse), y todos los emperadores se habían quedado sin nariz. Poco a poco, con saliva y cierta destreza ingénita, se iban curando todos los desperfectos, que esta ventaja tiene la cirujía muñequil. La Princesa, repuesta de su desmayo con las esencias que en un casco de avellana le trajeron sus pajes, llamó aparte al granuja[233], y llevándole a su camarín reservado, le habló a solas de esta manera:

## XII

—Ínclito[234] Migajas, lo que acabas de hacer, lejos de amenguar el amor que puse en ti, lo aumenta, porque

---

[223] el cuchillo-plegadera
[224] damas todas
[225] no aplacado con esto Migajas,
[226] tizonazos
[227] cabezas y brazos
[228] Oíanse alaridos de dolor, gritos,
[229] los gallitos
[230] alarma.
[231] de Migajas.
[232] recogía
[233] a Migajas
[234] —Querido

me has[235] probado tu valor indómito, triunfando con facilidad de toda esa caterva[236] de muñecos bufones, la peor casta de seres que conozco. Movida por los dulces afectos que me impulsan hacia ti, te propongo ahora solemnemente que seas mi esposo, sin pérdida de tiempo.

Pacorrito cayó de rodillas.

—Cuando nos casemos[237] —continuó la señora—, no habrá uno solo de esos emperadorcillos y cancilleretes[238] que no te acate y reverencie como a mí misma, porque has de saber que yo soy la Reina de todos los que en aquesta parte del mundo existen, y mis títulos no son usurpados, sino transmitidos por la divina Ley muñequil que estableciera el Supremo Genio que nos creó y nos gobierna[239].

—Señora, señora mía —dijo, o quiso decir Migajas—[240]; mi dicha es tanta que no puedo expresarla.

—Pues bien —manifestó la señora con majestad—. Puesto que quieres ser mi esposo, y por consiguiente, Príncipe y señor de estos monigotiles reinos[241], debo advertirte que para ello es necesario que renuncies a tu personalidad humana.

—No comprendo lo que quiere decir Vuestra Alteza.

—Tú perteneces al linaje humano, yo no. Siendo distintas nuestras naturalezas, no podemos unirnos. Es preciso que tú cambies la tuya por la mía, lo cual puedes hacer fácilmente con sólo quererlo. Respóndeme pues. Pacorrito Migajas, hijo del hombre, ¿quieres ser muñeco?[242]

---

[235] porque has
[236] grey
[237] —Cuando seas mi esposo
[238] emperadores y cancilleres
[239] sino adquiridos por nacimiento y en virtud de la constitución muñequil establecida por el Supremo Genio Creador que nos gobierna.
[240] dijo Migajas,
[241] Falta: "y...reinos".
[242] Respóndeme, pues, Pacorrito Migajas, ¿quieres ser muñeco?

La singularidad de esta pregunta tuvo en suspenso al granuja durante breve rato[243].

—¿Y qué es eso de ser muñeco? —preguntó al fin.

—Ser como yo. La naturaleza nuestra[244] es quizás más perfecta que la humana. Nosotros carecemos de vida, aparentemente[245]; pero la tenemos grande en nosotros mismos. Para los imperfectos sentidos de los hombres, carecemos de movimiento, de afectos y de palabra; pero no es así. Ya ves cómo nos movemos, cómo sentimos y cómo hablamos. Nuestro destino no es, en verdad, muy lisonjero por ahora, porque servimos para entretener a los niños de tu linaje, y aun a los hombres del mismo[246]; pero en cambio de esta desventaja, somos eternos.

—¡Eternos!

—Sí, nosotros vivimos eternamente. Si nos rompen esos crueles chiquillos, renacemos de nuestra destrucción[247] y tornamos a vivir, describiendo sin cesar un tenebroso círculo desde la tienda a las manos de los niños, y de las manos de los niños a la fábrica tirolesa, y de la fábrica a la tienda, por los siglos de los siglos.

—¡Por los siglos de los siglos! —repitió Migajas absorto.

—Pasamos malísimos ratos, eso sí[248] —añadió la señora—; pero en cambio[249] no conocemos el morir, y nuestro Genio Creador nos permite reunirnos en ciertas festividades para celebrar las glorias de la estirpe[250], tal como lo hacemos esta noche. No podemos evadir ninguna de las leyes de nuestra naturaleza; no nos es dado pasar[251] al reino humano, a pesar de que a los hombres

---

[243] a nuestro héroe durante buen rato.
[244] muñequil
[245] vida aparente,
[246] a los niños de los hombres y aun a los hombres mismos:
[247] Si nos destrozan, renacemos de nuestras cenizas
[248] Falta: "eso sí".
[249] en cambio de eso
[250] de nuestra raza
[251] no podemos pasar

se les permite venir al nuestro, convirtiéndose en monigotes netos[252].

—¡Cosa más particular![253] —exclamó Migajas lleno de asombro.

—Ya sabes todo lo necesario para la iniciación muñequillesca[254]. Nuestros dogmas son muy sencillos. Ahora medítalo y responde a mi pregunta: ¿quieres ser muñeco?

La Princesa tenía unos desplantes[255] de sacerdotisa antigua, que cautivaron[256] más a Pacorrito.

—Quiero ser muñeco —afirmó[257] el granuja con aplomo.

Y al punto la Princesa trazó[258] unos endiablados signos en el espacio, pronunciando palabrotas que Pacorro no sabía si eran latín, chino o caldeo[259], pero que de seguro serían tiroles. Después la dama dio un estrecho abrazo al bravo Migajas, y le dijo:

—Ahora, ya eres mi esposo. Yo tengo poder para casar, así como lo tengo para recibir neófitos en nuestra gran Ley[260]. Amado Principillo[261] mío, bendito seas por los siglos de los siglos.

Toda la corte de figurillas entró de repente, cantando con música de canarios y ruiseñores: "Por los siglos de los siglos."

---

[252] a pesar de que a los hombres es dado venir al nuestro convirtiéndose en verdaderos muñecos.
[253] extraña!
[254] muñequil.
[255] un aire
[256] cautivó
[257] contestó
[258] hizo
[259] pronunciando varias palabrotas que Pacorrito no sabía si eran latín o caldeo;
[260] institución.
[261] esposo

## XIII

Discurrieron por los salones en parejas. Migajas daba el brazo a su consorte[262].

—Es lástima —dijo ésta—, que nuestras horas de placer sean tan breves![263] Pronto tendremos que volver a nuestros puestos.

El Serenísimo[264] Migajas experimentaba, desde el instante de su transformación, sensaciones peregrinas[265]. La más extraña era haber perdido por completo el sentido del paladar y la noción del alimento. Todo lo[266] que había comido era para él como si su estómago fuese una cesta o una caja y hubiera encerrado en ella mil manjares de cartón que ni se dijerían, ni alimentaban, ni tenían peso, sustancia, ni gusto[267].

Además, no se sentía dueño de sus movimientos[268], y tenía que andar con cierto compás difícil[269]. Notaba en su cuerpo una gran dureza, como si todo en él fuese hueso, madera o barro[270]. Al tentarse, su persona sonaba a porcelana. Hasta la ropa era dura, y nada diferente del cuerpo.

Cuando, solo ya con su mujercita[271], la estrechó entre sus brazos, no experimentó sensación alguna de placer divino ni humano, sino el choque áspero de dos cuerpos duros y fríos. Besóla en las mejillas y las encontró heladas. En vano su espíritu, sediento de goces, llamaba

---

[262] a la princesa.
[263] tan cortas.
[264] Pacorrito
[265] sensaciones muy extrañas.
[266] aquello
[267] gusto, ni sustancia.
[268] sentía que no era dueño de sus movimientos
[269] molesto.
[270] fuera hueso, barro o cartón.
[271] Cuando se quedó solo con la princesa y

con furor a la naturaleza. La naturaleza en él era cosa de cacharrería[272]. Sintió[273] palpitar su corazón como una máquina de reloj. Sus pensamientos subsistían, pero todo lo restante era insensible materia[274].

La Princesa se mostraba muy complacida.

—¿Qué tienes, amor mío? —preguntó a Pacorrito viendo su expresión de desconsuelo.

—Me aburro soberanamente, chica —dijo el galán, adquiriendo confianza[275].

—Ya te irás acostumbrando. ¡Oh, deliciosos instantes! Si durarais mucho, no podríamos vivir.

—¡A esto llama delicioso tu Alteza! —exclamó Migajas—. ¡Dios mío, qué frialdad, qué dureza, qué vacío[276], qué rigidez![277]

—Tienes aún los resabios humanos, y el vicio de los estragados[278] sentidos del hombre. Pacorrito, modera tus arrebatos o trastornarás con tu mal ejemplo a todo el muñequismo viviente[279].

—¡Vida, vida, sangre, calor, pellejo![280] —gritó Migajas con desesperación, agitándose como un insensato—. ¿Qué es esto que pasa en mí?

La Princesa le estrechó en sus brazos, y besándole con sus rojos labios de cera, exclamó:

—Eres mío, mío, por los siglos de los siglos.

En aquel instante oyóse gran bulla y muchas voces que decían: "¡La hora, la hora!"

Doce campanadas saludaron la entrada del Año Nuevo. Todo desapareció de súbito a los ojos de Pacorrito:

---

[272] era una piedra.
[273] Sentía
[274] Sus pensamientos subsistían, pero nada más. Lo restante era todo lo que puede ser un muñeco.
[275] —Me aburro soberanamente, princesa —dijo el galán.
[276] vacío espantoso
[277] rigidez de muerte.
[278] escandalosos
[279] a todo el imperio muñequil.
[280] nervios!

Princesa, palacio, muñecos, emperadores, y se quedó solo.

### XIV

Se quedó solo y en obscuridad profunda.

Quiso gritar y no tenía voz. Quiso moverse y carecía de movimiento. Era piedra[281].

Lleno de congoja esperó. Vino por fin el día, y entonces Pacorrito se vio en su antigua forma; pero todo de un color, y al parecer de una misma materia, cara, brazos[282], ropa, cabello y hasta los periódicos que en la mano tenía[283].

"Ya no me queda duda —exclamó llorando por dentro—. Soy mismamente como un ladrillo"[284].

Vio que frente a él había un gran cristal con algunas letras del revés. A un lado, multitud de figurillas y objetos de capricho le acompañaban[285].

"¡Estoy en el escaparate!... ¡Horror!"[286]

Un mozo le tomó cuidadosamente en la mano, y después de limpiarle el polvo, volvió a ponerle[287] en su sitio.

Su Alteza Serenísima[288] vio que en el pedestal donde estaba colocado, había una tarjeta con esta cifra: *240 reales.*

"Dios mío, es un tesoro lo que valgo. Esto al menos le consuela a uno".

---

[281] Quiso gritar y no tenía movimiento. Se sentía piedra.
[282] manos,
[283] que tenía en la mano.
[284] Soy de barro.
[285] le hacían compañía.
[286] ¡Horror! —pensó.
[287] lo volvió a poner
[288] Pacorrito

Y la gente se detenía por la parte afuera del cristal, para ver la graciosa escultura de barro amarillo representando un vendedor de periódicos y cerillas[289]. Todos alababan la destreza del artista; todos se reían observando la chusca fisonomía[290] y la chabacana figura del gran Migajas[291], mientras éste, en lo íntimo de su insensible barro[292], no cesaba de exclamar con angustia:

"¡Muñeco, muñeco, por los siglos de los siglos!"[293]

Enero de 1879 [sic][294]

---

[289] representando un chico en actitud de ofrecer periódicos y cajas de fósforos.
[290] viendo la expresiva fisonomía
[291] de Pacorrito Migajas
[292] en el fondo de su barro
[293] ¡¡Muñeco, muñeco, por los siglos de los siglos!!
[294] B. Pérez Galdós
31 de Diciembre de 1876 [fecha original]

# Theros[1]

## I

El tren partió de la estación, machacando con sus patas de hierro las placas giratorias, como si gustara de expresar con el ruido la alegría que le posee al verse libre. Echaba sin interrupción y a compás bocanadas de humo, como los chicos cuando fuman su primer cigarro, y al mismo tiempo repartía a uno y a otro lado salivazos de vapor, asemejándose a un jactancioso perdonavidas[2] o a demonio travieso. Ni siquiera volvía la cabeza para saludar a los empleados de la línea, ni a las señoras y caballeros que poblaban el andén. Descortés y sin otro afán que perderse de vista, dejó atrás los almacenes, los muelles y oficinas de la *pequeña velocidad,* el cocherón, los talleres, la casilla del guarda agujas[3], y se deslizó por la *Cortadura*[4], un brazo de tierra cuya mano tiene la misión de asir a Cádiz para que no se lo lleven las olas.

---

[1] Texto base: *La sombra,* Madrid, La Guirnalda, 1890, 233-257. Variantes de la primera edición publicada con el título "El verano", en *Almanaque de la Ilustración Española y Americana para 1878,* V, Madrid, Aribau (sucesores de Rivadeneyra), 1877, 54-57.
[2] perdonavidas,
[3] guarda-agujas,
[4] Cortadura,

Corriendo por allí[5], veíamos el mar de Levante, las turbulentas aguas y el nebuloso horizonte, que bien podríamos[6] llamar *el campo de Trafalgar*[a]; veíamos por otro lado la bahía, en cuya margen se asientan sonriendo alegres ciudades y villas[7]; veíamos también a Cádiz[8], que daba vueltas lentamente cual fatigada bolera, y tan pronto se nos presentaba por la derecha como por la izquierda.

Después, el tren pisó las charcas salobres de la Isla, abriéndose paso por entre montes de sal. Franqueó los famosos caños en cuyos bordes España y Francia han dirimido sus últimas contiendas[b]; cruzó las célebres aguas en que flotó el manto del último rey de los godos[c], y se dirigió tierra adentro avivando el anhelante paso. Llevábale sin duda tan aprisa el exquisito olor de las jerezanas bodegas, que más cerca estaban a cada minuto, y por último, la inquieta maquinaria dio resoplidos estrepitosos, husmeó el aire, cual si quisiera oler el zumo almacenado entre las cercanas paredes, y se detuvo.

Estábamos en la más colosal taberna que han visto los siglos[9], llena de lo más fino, delicado y corroborante que en materia de néctares existe. Al llegar a aquel punto del globo, ningún viajero puede permanecer indiferente. Ve un glorioso campo de batalla sembrado de despojos, los mutilados miembros[10] de la sobriedad ven-

---

[a] El campo de Trafalgar, cabo de España al noroeste del estrecho de Gibraltar, fue sitio de la victoria de la flota inglesa sobre las marinas francesa y española, en 1805.

[b] Sin duda, referencia a Trocadero, fuerte de la bahía de Cádiz tomado por los franceses en 1823.

[c] Rodrigo, último rey visigodo, derrotado en 711 por los musulmanes en la batalla de Guadalete.

---

[5] allí
[6] podemos
[7] villas,
[8] y también a Cádiz,
[9] siglos:
[10] despojos; los despojos, el cadáver, los mutilados miembros

cida y destrozada por su formidable enemigo. El triunfo de éste es completo. Su insolente orgullo ha poblado de emblemáticos trofeos el campo. Millones de vides coronan de verdes pámpanos la tierra. Toneles hacinados se alzan en pilas, o ruedan[11] como borrachos que han perdido la cabeza. Todo es bulla, animación, mareo.

No se puede resistir a la tentación del hijo de Noé[d]. Es del color del oro y tiene el sabor de la lisonja. Beberlo es tragarse un rayo de sol. Es el jugo absoluto de la vida, que lleva en sus luminosas partículas fuerza, ingenio, alegría, actividad. Su delicado aroma se parece a un presentimiento feliz[12], su gusto estimula la conciencia corporal. Engaña al tiempo, borra los años y aligera las cargas que nos hacen doblar el fatigado cuerpo. Lleva en sí un espíritu poderoso que se une al nuestro, y juntos forman una especie de seráfico genio, el cual, si se ensoberbece, puede trocarse en demonio.

Yo fui de los seducidos, y antes de que el tren partiera[13] me llené el cuerpo de rayos de sol. Poco después admiraba las viñas, respetables madres de aquel insigne vencedor de las naciones, cuando sentí que me tocaban el hombro.

Sorprendióme esto, porque me creía solo en el coche; volvíme con presteza y,

## II

...en efecto, era una mujer; quiero decir, que al volverme[14] vi a una mujer. Al partir de Jerez hallábame solo en el coche. ¿Cómo, cuándo, por dónde había entrado aquella señora? He aquí un punto difícil de aclarar, ma-

---

[d] Aquí parece referirse no a ningún hijo del patriarca hebreo, sino al vino mismo, ya que Noé planta una viña (Génesis, 9, 20).

---

[11] ruedan,
[12] feliz;
[13] partiera,
[14] volverme,

yormente cuando mi cabeza, forzoso es declararlo[15], no gozaba del beneficio de una perspicacia completa.

"Caballero..."[16].

A esta palabra siguieron otras que no pude entender bien. Tengo idea de haber dicho:

"Señora..."[17].

Pero no estoy seguro de lo que tras esta palabra balbucieron mis torpes labios, aunque debió ser alguna frase de cortesía.

Es[18] indudable que yo estaba aturdido, no sé en realidad por qué, como no fuera por el maldito zumo de oro que había alojado en mí. Hallábame cortado y absorto, y seguramente contribuiría mucho a esto el aspecto singularísimo y por mí nunca visto de aquella persona.

Causábame estupefacción indecible su persona y su traje, del cual no podía apartar los asombrados ojos: y en verdad, no es fácil imaginar atavíos mas originales. No debía sostenerse[19] que el traje de la dama fuese extravagante, sino que no tenía traje alguno.

Tengo idea de haber dicho a medias palabras, teñida de rubor la cara y apartando los ojos:

"Señora, tenga usted la bondad de vestirse... Ese traje[20], mejor dicho, esa desnudez no es lo más a propósito para viajar en pleno día dentro de un coche del ferrocarril"[21].

Echóse a reír[22]. Era de una hermosura sobrehumana.

Yo recordaba vagamente haberla visto en pintura, no sé dónde, en techos rafaelescos[e], en cartones, dibujos,

---

[e] Alusión a los frescos del Vaticano hechos por el pintor de la escuela romana, Rafael Sanzio (1483-1520).

---

[15] confesarlo,
[16] —Caballero...
[17] —Señora...
[18] "Es" a renglón seguido, sin abrir párrafo nuevo.
[19] No podía decirse
[20] la bondad de vestirse... del traje,
[21] dentro del coche de un ferro-carril.
[22] Ella se echó a reír.

quizás en las célebres *Horas*[f], en relieves de Thorvaldsen[g], en alguna región, no sé cuál, poblada por la imaginación creadora de los dioses del arte.

Nada de cuanto modelaron griegos, ni de cuanto cincelaron florentinos, puede superar a la incomparable estructura de su cuerpo. Su rostro era como el que la tradición artística da a todas las ninfas acuáticas y terrestres, a las diosas que fueron, a las jubiladas matronas simbólicas que durante siglos han representado en doradas techumbres el pensamiento humano[23]. Más perfecta belleza no vi jamás; pero no era fácil contemplarla, porque sus ojos eran como pedazos del mismo sol, que deslumbraban y ofendían quemando la vista, de tal modo que perdería la suya[24] el observador si se obstinara en mirar sin vidrios ahumados la hermosa imagen. De sus cabellos no diré sino que me parecieron hilos del más fino oro de Arabia, perfumados de aroma campesino[25], y que en ellos[26] se entretejían amapolas y espigas en preciosa[27] guirnalda.

Su vestido era, más que tal vestido, una especie de túnica caliginosa, una flotante[28] neblina que la envolvía,

---

[f] Probablemente alude al grupo esculpido por Fidias en el Partenón, donde aparecen Helios, Dioniso, Deméter, Perséfone e Iris, atendiendo el nacimiento de Atenas. Las tres asistentes se han identificado según algunas interpretaciones con las Horas, diosas griegas, hijas de Zeus y Temis, que guardaban las puertas del cielo, identificadas también como diosas de las estaciones.

[g] Albert Bertel Thorvaldsen (1770-1844), escultor danés, conocido por sus temas clásicos.

---

[23] Su rostro era como el que las tradiciones del arte dan a todas las ninfas acuáticas y terrestres, a las diosas que fueron y a las jubiladas matronas simbólicas que durante siglos han representado entre doradas archivoltas el pensamiento de los hombres.
[24] los suyos
[25] perfumados con delicado aroma campesino,
[26] él
[27] graciosa
[28] vaporosa

193

ocultando o dejando ver, según las posturas de la dama, esta o la otra parte de su cuerpo[29]. No tenía yo noticia de aquella singularísima manera de presentarse en sociedad, y si he de hablar claro[30], el atavío de mi noble compañera de viaje parecióme en el primer momento escandaloso y desenvuelto en gran manera. Pero bastaron algunos minutos de observación para formar juicio más favorable. En las divinas formas, en la actitud graciosa y natural de la viajera, así como en sus palabras y ademanes, resplandecían[31] la castidad más perfecta y la más irreprensible decencia.

III

Y eso que la señora, sino era el mismo fuego, lo parecía. Dígolo, porque echaba[32] de su cuerpo un calor tan extraordinario, que desde su misteriosa entrada en el vagón empecé a sudar cual si estuviera en el mismo[33] hogar de la máquina.

—Señora —le dije respetuosamente, limpiando el copioso sudor de mi rostro—, permítame usted que me aleje todo lo posible de su persona, porque, o yo no entiendo de verano, o es usted la misma Canícula en cuerpo y alma.

Sonrió[34] con bondad, y rebuscando en cierto morralillo que a la espalda traía, ofrecióme un abanico. Felizmente yo llevaba espejuelos azules[35] con los que pude resguardar mi vista de los flamígeros ojos de la señora. A pesar de estas precauciones, cuando el tren se preci-

---

[29] de su bello cuerpo.
[30] de decir verdad
[31] había
[32] despedía
[33] mismísimo
[34] Ella sonrió
[35] azules,

pitó por las llanuras de la izquierda[36] del Guadalquivir, la irradiación calorífica de mi compañera aumentó de tal modo, que destrocé el abanico sin poder refrescarme. Las perspectivas, ora interesantes, ora comunes del viaje, aburríanme soberanamente. Los pinos valsaban en mareantes círculos ante mi vista[37]; marchaban en columna cerrada[38] los olivos de Utrera, como ordenados ejércitos que van al combate, sin que estos juegos de óptica[39], ni el variado espectáculo de las sucesivas estaciones, ni la cercana presencia de Sevilla, que desde el último confín visible nos saludaba con su Giralda[h], aplacaran mi mal humor.

Sevilla nos vio llegar al fin junto a sus achicharrados muros, que quemaban como calderas puestas al fuego. Reposaba la placentera ciudad bajo mil toldos, adormeciéndose en la fresca umbría de sus patios. Las cien torres, presididas por la veleidosa mujer de bronce que da vueltas[40], a ciento veintidós varas del suelo, desafiaban al furioso sol. Cual condenados, cuyo itinerario de expiación ha sido invertido, subían a los infiernos[41].

No pude contenerme, y dije a la dama:

—Presumo que usted se quedará en esta estación que tan bien cuadra a su temperamento.

—No señor —repuso con la timidez de una novicia—. Voy a Madrid.

Y diciéndolo, se acercó a mí. Creí hallarme de súbito en la proximidad de un incendio, porque no era ya calor, sino llamaradas insoportables, lo que el misterioso cuerpo de la endemoniada ninfa despedía.

---

[h] Torre afamada de la catedral de Sevilla.

---

[36] orilla izquierda
[37] vista,
[38] en largas hileras
[39] graciosos juegos de la óptica,
[40] vueltas
[41] *subían a los infiernos.*

—Señora, señora, por amor de Dios —exclamé—. Es muy doloroso para un caballero huir... Es un desaire, una grosería, pero...

Me hubiera arrojado por la ventanilla si la rapidez de la locomoción no me lo impidiese. Felizmente, la misma que tan sin piedad me achicharraba, brindóme con refrescos, que sacó no sé de dónde, y esto me hizo más tolerable su plutónica respiración y aquel tufo de infierno que de su hermoso cuerpo emanaba[42].

Íbamos por la alegre comarca que separa las Dos famosas Hermanas andaluzas[i][43] a orillas del florido río, entre naranjales y olivos, saludando cada dos o tres leguas a un pueblo amigo[44], tal como Lora, Peñaflor, Palma. Ya cerca de Córdoba, mi sofocación puso a prueba mi paciencia, pues sintiendo que los sesos me burbujaban como si hirvieran, y que mi sangre se iba pareciendo a un metal derretido, tomé la resolución de librarme de la molesta compañera que desde Jerez traía[45], y al punto, una vez parado el tren, apresuréme a poner en ejecución mi pensamiento, dando parte del caso a los empleados de la vía.

No sé por qué se reían de mí aquellos malditos, oyéndome formular mis justas quejas. Podría colegirse que yo me habría expresado en frases incongruentes y desatinadas[46]. Era para reventar de cólera. El mismo jefe de la estación tratóme como a un loco cuando le dije:

—Sí señor, sí señor. Va en mi coche una señora que echa fuego por los ojos, y por todo el cuerpo un calor

---

[i] Sevilla y Córdoba.

---

[42] emanaba como de un femenino volcán.
[43] dos famosas hermanas andaluzas,
[44] a un buen amigo,
[45] que desde Jerez había traído,
[46] expresado en incongruente discurso, diciendo cosas insensatas y desatinadas.

tan vivo que se podrían asar chuletas y freír pescado sobre las palmas de sus manos[47]. Esto no se debe permitir... Es un abuso, un escándalo. Me quejaré al inspector del Gobierno, al Gobernador, al Gobierno mismo.

Movióles la curiosidad, más que otra cosa, a registrar el departamento. En él continuaba la dama. Yo la vi... era ella misma sin duda; pero no ya con aquellos ligerísimos ropajes que tanto llamaron mi atención, sino vestida con el habitual modo de nuestras damas. Sus ojos picarescos y vivos no deslumbraban ya[48]; su cuerpo no tenía rastro de haber pasado por el infierno; llevaba en la cabeza el vulgar sombrerillo adornado de espigas, mas todo conforme al arte de las modistas, sin nada que trajese a la memoria el tocador de las diosas.

## IV

Mudo y perplejo la contemplé, y no es dudoso que me deshice en cumplimientos y excusas, achacando a desvanecimiento de mi cabeza la increíble[49] equivocación en que había[50] incurrido; mas apenas marchó el tren camino de las sierras, volvio la dama a presentarse en su primera forma y desnudez[51], con los mismos cendales vaporosos que contorneaban sus bellas formas, con el mismo ornato de rústicas espigas en la cabellera de oro[52], los mismos ojos que no se podían mirar, y la propia[53] irradiación abrasadora de su cuerpo. El calor que despedía era ya un calor ecuatorial, intolerable,

---

[47] sobre una de sus manos.
[48] Sus ojos eran picarescos y vivos, mas no deslumbraban;
[49] extraoardinaria
[50] en que yo había
[51] en su primera forma, en la misma desnudez,
[52] con el mismo ornato de rústicas espigas, con la propia cabellera de oro,
[53] misma

un fuego[54] que derretía mi persona, como si fuese de cera[55]. Quise saltar del coche, llamar, vocear, pedir socorro; mas ella me detuvo. Caí[56] exánime, sin fuerzas, todo sudoroso, desmayado, sin aliento; creo que mis facultades se alteraron profundamente[57]; perdí la noción de todas las cosas, se nubló mi juicio, y apenas pude formular este pensamiento angustioso[58]: "Estoy en las calderas infernales."

Arrojado cual cuerpo muerto sobre los cojines[59], aspiraba con ansia el rarificado aire[60]. La diabólica[61] aparición llegóse a mí[62]: sostuvo mi cabeza, dióme a beber no sé qué delicado y refrigerante licor que facilitó el trabajo de mis pulmones, difundiendo cierta[63] frescura por todo mi cuerpo, y entonces me sentí mejor; mis excitados nervios se dilataron, dándome algún reposo[64]; y al aclarárseme los sentidos[65], pude oír el discurso que con dulce voz me dirigió la señora, y que si mi memoria no me es infiel, fue de este modo[66].

V

"Yo soy la plenitud la vida, la cúspide del año natural; soy la ley de madurez que preside al cumplimiento de todas las cosas, la[67] realización de cuantos cona-

---

[54] calor
[55] como se derrite la cera junto a la llama.
[56] Yo caí
[57] visiblemente;
[58] y apenas pude formular un penamiento, diciendo para mí:
[59] el asiento,
[60] el ardiente y rarificado aire.
[61] endemoniada
[62] mí;
[63] ligera
[64] dándome placentero reposo;
[65] y aclarándoseme los sentidos como al despertar de un sueño,
[66] modo:
[67] cosas. Soy la

tos[68] bullen en el seno infinito de la Naturaleza. Antes de mí, todo es germen, esfuerzo, crecimiento, aspiración[69]; después de mí[70], todo decae y muere. Soy el logro supremo y la victoria que se llama *fruto,* victoria admirable de las múltiples fuerzas que luchan con la muerte. Por mí vive todo lo que vive. Sin mí la Creación[71] sería en vez de gloria y triunfo, una especie de bostezo perenne, el fastidio de los elementos al verse sin objeto. En el hombre, soy la edad del discernimiento y del trabajo; en la mujer, la fecundidad y el amor conyugal; en la Naturaleza, el desarrollo de todos los seres que al verse completos se recrean en sí mismos, apreciando por su propia magnificencia la magnificencia del Creador. Mis cabellos son el sol; mis ojos la luz; mi cuerpo el ardoroso ambiente que al pasar reparte la existencia; mi sombra el rocío que bautiza las nuevas vidas; mi habitación es el cielo con sus admirables ritmos; mi trono, el cenit. Soy la sazón universal.

"En mi curso infinito, guíame el dedo de Dios[72]. Cuando aparezco, ya está todo preparado. Bástame sonreír para que el mundo se llene de frutos. El labrador me espera con ansia, porque mi benignidad o mi cólera deciden su suerte[73]. Doile abundantes mieses y regalados frutos[74]; le anuncio los mostos que llenarán sus tinajas; multiplico sus ganados y sus colmenas; aumento para el pescador los inmensos rebaños de los mares, y al industrioso le ofrezco días largos, al enfermo alivio, al sano alborozo, expansión al rico, consuelo al miserable[75].

---

[68] de todos los conatos que
[69] aspiración:
[70] mí
[71] Por mí vive todo lo que vive, por mí tiene razón de ser la creación, que sin mí
[72] "En mi curso infinito guíame el dedo de Dios que va marcando la hora de las fructificaciones.
[73] porque de mi benignidad o de mi cólera depende su suerte.
[74] abundantes mieses, regalados frutos;
[75] al miserable, consuelo.

"Celébranme los hombres de todas castas, y los que cultivan la tierra festejan mis clásicos días destinados al comercio, a la amistad, a los campesinos banquetes, a las regocijadas bodas[76]. San Antonio, San Juan, San Pedro, el Carmen, Santiago, Santa Ana, San Lorenzo, la Virgen de Agosto, San Roque, la Virgen de Septiembre son en el orden religioso mis triunfales fechas.

"Mis días son fecundos y la vida se duplica en ellos, porque avivo las pasiones de los hombres y exaltando su entusiasmo[77], les llevo a las acciones más osadas. Acúsanme de incitar a las revoluciones y de seducir a las muchedumbres, agitando en mis manos ardientes[78] la bandera roja de la emancipación. Me vituperan por triunfos[79] populares, y yo, sin pronunciar sentencia sobre esto, tan sólo digo que derribé la Bastilla[j], que destruí al vencedor de Europa[k] no lejos de estos sitios por donde vamos, que también aquí salvé al mundo cristiano de las huestes de Mahoma. Yo abolí la Inquisición en España; yo detuve a los turcos a[80] las puertas de Viena; yo he realizado mil y mil altísimos hechos cuyo número no puede contarse, pues son más que las vueltas que en todo el curso[81] de nuestro viaje dan las ruedas del coche en que velozmente caminamos."

---

[j] La Bastilla, cárcel parisiense que fue tomada por los revolucionarios el 14 de julio de 1789.

[k] Referencia a Napoleón bonaparte, cuyo ejército, bajo Dupont, fue derrotado en Bailén, en julio de 1808, por las tropas españolas.

---

[76] "Celébranme los hombres de todas castas, y los que cultivan la tierra cantan mis días bendiciéndome. Junto a los repletos graneros se regocijan en mis clásicos días destinados al comercio, a la amistad, a los campesinos y joviales banquetes, a las regocijadas bodas.
[77] exaltando su entusiasmo hasta un alto grado,
[78] manos de fuego
[79] por mis triunfos
[80] en
[81] discurso

## VI

Y era la verdad que caminaba con rapidez, traspasando ya la fragosa sierra que es muro de Castilla. Había caído mansamente la tarde[82], y con la mudanza del cielo la señora aplacaba[83] sus insoportables ardores, como fragua[84] en que mueren durmiéndose las brasas. Sus ojos seguían brillando, mas no con el resplandor del sol, sino con claridad[85] blanquecina semejante a la de la luna. Su cuerpo despedía tibieza grata, que poco a poco se iba trocando en frescura[86]. De este modo, la repulsiva diosa, cuyo contacto sofocaba, se convertía en el ser más bello y amable que imaginarse puede, y todo convidaba a reposar a su lado con sosiego y descuido[87], viendo rodar las horas y los astros, sintiendo pasar el aire rico en fragancias.

Sus miradas me causaban dulce[88] arrobamiento. Vi[89] en sus pupilas algo semejante al plateado reflejo de un lago tranquilo, y su sonrisa me sumergía en dulce éxtasis. En sus labios observé[90] no sé que cosa semejante a celestiales puertas que se abrían.

Así pasamos toda la noche, recorriendo de un cabo a otro la tierra ilustre que sirvió de campo a[91] la imaginaria

---

[82] noche,
[83] había aplacado
[84] una fragua
[85] con una dulce claridad
[86] Su cuerpo despedía grata tibieza, que poco a apoco se iba trocando en deliciosa frescura, y el más regalado aroma de flores y praderas era su aliento.
[87] y todo en ella convidaba a reposar con sosiego y descuido a su lado,
[88] el más dulce
[89] arrobamiento, viendo
[90] éxtasis, haciéndome considerar en sus labios
[91] para

contienda de lo ideal con el positivismo¹. Pero la noche recogía sus obscuridades para huir a punto que salían a saludarnos los primeros árboles de Aranjuez, no lejos de donde celebran pacto de amistad eterna Tajo y Jarama.

Rueda que rueda y silba que silba, entre polvo y ruido⁹², llegamos al fin a Madrid, donde mi compañera de viaje, profundamente aficionada a mi persona, no quiso dejarme⁹³, y me siguió en el coche⁹⁴, y se aposentó en mi mismo cuarto⁹⁵, y se sentó a mi mesa, vuelta ya a su primitivo estado, o sea a la desnudez abrasadora en que se apareció⁹⁶, pero conservando siempre aquel natural fantástico que la hacía invisible para todos, excepto para mí.

Por el día, hízome sudar la gota gorda, y me sofocaba con sólo acercar a mí las yemas de sus candentes dedos⁹⁷; mas llegada la noche, recobró su constitución tibia y placentera, alcanzando de mí las amistades que no podía concederle a la luz del sol⁹⁸.

Lo más extraño es que habiéndola invitado a comer⁹⁹ en los Jardines del Buen Retiro^m, la bendita señora descubrió de súbito unas mañas que me pusieron en gran desasosiego, y fue que en mitad del yantar, pretextando que su naturaleza¹⁰⁰ lo exigía, empezó a menudear copas y a vaciar botellas con tanta presteza, que aquélla no era señora¹⁰¹, sino más bien una bacante.

---

¹ La Mancha, tierra de Don Quijote.
^m Hermoso y grande parque en el centro de Madrid.

---

⁹² ruido
⁹³ dejarme
⁹⁴ coche
⁹⁵ cuarto
⁹⁶ apareció;
⁹⁷ Por el día hízome sudar y me sofocó con sólo acercarse o tocarme con las yemas de sus candentes dedos;
⁹⁸ en mitad del día.
⁹⁹ habiéndola obsequiado con una comida
¹⁰⁰ naturaleza volcánica
¹⁰¹ mujer,

## VII

No bien habíamos concluido de comer, cuando la dama, enteramente transformada por todo aquel líquido[102] que había metido entre pecho y espalda, empezó a hacer los más desaforados desatinos que pueden verse. Agitó primero las palmas de las manos, al modo de abanico, haciendo correr un aire cálido y seco que tostaba. Después rompió a reír con carcajadas estrepitosas de insensato[103], y cayó espantosa lluvia[104], que puso como nuevos a los parroquianos de aquel hermoso sitio, obligándoles a dispersarse. Corrió después la niña con tanta rapidez que parecía vendaval[105], rompiendo las bombas de vidrio, alzando las faldas a[106] las señoras, arrebatando sus sombreros a los galanes, desgarrando el telón del teatro, doblando los árboles, haciendo gemir las ramas y cubriendo de hojas los mecheros del gas. No he visto dispersión tan[107] precipitada, pánico tan[108] horrible ni confusión más grande. ¡Y cómo reía la pícara al ver tales extragos! Yo procuraba calmarla, mas esto no era posible. Temí que la llevaran a la prevención por sus diabluras[109]; pero la muy tunanta tuvo la suerte (como todos los pillos) de que no la viera la policía.

Después que desató sobre Madrid la importuna lluvia que tanto molestó a los paseantes, sopló a diestro y siniestro, y he aquí que comienza[110] un frío seco y displicente que hace[111] tiritar a todo el mundo. Estirando los

---

[102] enteramente trastornada por todo aquel menjurje
[103] con carcajadas de insensato,
[104] lluvia
[105] un vendaval,
[106] de
[107] más
[108] más
[109] por las diabluras que había hecho tan descaradamente;
[110] comienza a sentirse
[111] hacía

cuellos de sus ligeros gabancillos[112], y abrigándose con pañuelos de la mano a falta de otra cosa, los madrileños corrían a sus casas, y gruñendo murmuraban: "¡Qué demonio de clima! ¡Maldito sea Madrid y quien aquí puso la corte de España!"

La misma autora de tantos desastres andaba con capa aquella noche burlándose de los cortesanos y de su cólera. Yo no pude contenerme y le eché en cara su conducta[113], diciéndole que no me parecía propio de personas bien educadas molestar al prójimo y turbar diversiones lícitas.

Echóse a reír de nuevo, y me dijo que en Madrid no pasaba semana[114] sin hacer[115] alguna travesura de aquel jaez; que la alegría de la capital y su constante humor de bromas era contagiosa, por lo cual ella no podía resistir a la tentación de dar chascos; que se complacía en deshacer las fiestas, en trastornar el tiempo, en soltar los fríos del Norte después de sofocantes horas, y que se divertía mucho viendo el descontento de la gente madrileña. Añadió que no pudiendo eximirse de asistir a francachelas y comilonas, la obligaban a empinar el codo, y que una vez alterado el sentido, hacía las mayores locuras, casi sin darse cuenta de ellas.

Yo le dije que la veía camino de Leganés[n] si se repetían sus pesadas bromas; pero ella, riendo de mi enfado[116], me contestó que al[117] día siguiente el calor sería más insoportable.

Así fue en efecto, por lo cual tomé las de Villadiego hacia el Norte, metiéndome en el tren al pie de la mon-

---

[n] Manicomio madrileño en el pueblo del mismo nombre.

---

[112] gabancillos
[113] conducta
[114] día
[115] sin que hiciese
[116] riendo más con mis simplezas,
[117] el

taña[118] del Príncipe Pío[o]: y he aquí que no había andado dos metros la máquina, cuando mi compañera y amiga tomaba asiento junto a mí.

## VIII

—Madrid es feliz —le dije—, si usted le abandona.
—No, porque allí dejo mis delegados, que son como yo misma.

Excuso decir que la señora, transformada por la noche, era la más grata compañera de viaje que puede concebirse. De tiempo en tiempo sus ojos despedían lívidos relámpagos, lo que me puso algo intranquilo; pero no pasó de ahí, y a la claridad que difundían sus miradas por el espacio[119], vi el Escorial[p], monte de arquitectura al pie de otro monte; vi los extensos pinares, cuyo baileteo al paso[120] de minueto me recordaba[121] los olivos de Andalucía, traspasamos la alta sierra en cuyo término Santa Teresa ha dejado su imperecedera memoria sobre un caserío amurallado que parece montón[122] de ruinas[q].

Arévalo, Medina, los graneros y las eras de Castilla, nos vieron pasar, y sobre el suelo amarilleaba la paja[123] recién separada del grano. Pasábamos por los dormidos pueblos, que ni al estrépito del tren despertaban, y

---

[o] La estación del Norte.
[p] San Lorenzo de El Escorial, monasterio construido por Felipe II, en el pueblo de El Escorial, en la falda del Guadarrama.
[q] Se trata de la ciudad amurallada de Ávila, ciudad natal de Santa Teresa de Jesús (1515-1587).

---

[118] Montaña
[119] que difundían por todo el espacio sus miradas,
[120] y pasos
[121] recordaron
[122] montón
[123] paja,

cuando avanzó la noche y aumentó el silencio de los campos, nuestro inmenso vehículo articulado parecía un gran perro fantástico que corría ladrando de provincia en provincia.

Valladolid la dormida[124] se quedó a mano izquierda, obscura[125], grande, glacial, acariciada por su amante Pisuerga[r], que anhela despertarla[126] y apenas lo consigue. Atravesamos luego los frescos viñedos y deliciosas huertas de Dueñas la troglodita, que vive en cuevas. Vino al poco rato Venta de Baños, que es un mesón puesto en una encrucijada de vías férreas en desierto campo. Torciendo ligeramente a la izquierda, tocamos en Palencia, ya inundada de sol, sin soltar jamás el manto de polvo que la cubre, y luego atravesamos[127] la tierra de Campos, surcada por el arado de un cabo a otro, toda seca, llana, ardiente, verdadero mapa trazado sobre yesca[128]. Ninguna montaña grande ni chica ha encontrado apetecibles aquellos sitios para fijar su residencia; ningún río caudaloso la ha escogido para pasearse en ella[129]; ningún bosque arraiga en su suelo.

Más allá, arroyos y lagunas, en cuyo espejo se miran hileras de chopos, anuncian la frescura de próximos montes cuyas primeras estribaciones acomete el tren sin que le estorben rocas ni pantanos. Venciendo las grandes masas de la cordillera, que convidan a la ascensión, el tren se empeña en subir a Reinosa, la encapotada[130] vecina de las nubes, y lo consigue.

---

[r] Río que pasa por Valladolid.

---

[124] difunta
[125] oscura
[126] que anhela devolverle la vida
[127] luego entramos en
[128] toda seca, llana, ardiente, tierra que es la desesperación de la vista, verdadero mapa trazado sobre un papel.
[129] para pasearse;
[130] Reinosa la encapotada,

Más allá, un monte huraño se empeña en detenernos el paso. ¡Pueril terquedad! En castigo de su impertinencia es atravesado de parte a parte, y el tren pasa como la aguja por la tela. Después todo es fragosidad, aspereza, bosques en declive que se agarran a la tierra y a las rocas con sus torcidas raíces: arroyos que se precipitan gritando como chicos que salen de la escuela. Pero antes[131] vimos el[132] Pisuerga, un miserable hilo de agua, que describiendo más curvas que un borracho se dirige al Sur[133], y el Ebro[s], un niño que pronto será hombre, y marcha hacia Levante.

Nosotros marchamos con las aguas que van hacia el Norte. A poco de salir de aquel largo túnel, que parece una pesadilla, se nos presenta a la derecha un chicuelo juguetón que marcha a nuestro lado brincando, haciendo cabriolas, riendo y echando[134] bromitas a todas las piedras y troncos que en su camino encuentra. Es el Besaya, un modesto río[135] que nos acompañará gran trecho.

Mientras descendemos con no poco trabajo la gigantesca escalera de Cantabria[t], el pillete, en vez de trazar curvas como nosotros de monte en monte, baja a saltos, y le vemos en la hondura, riendo y jugando[136]. Pero no quiere abandonarnos, y en Bárcena de pie de Concha se nos pone al lado izquierdo, y por todos aquellos valles y cañadas nos va dando conversación con mucha cortesía y sosegado estilo.

---

[s] Río que nace en la provincia de Santander y desemboca en el Mediterráneo por el delta de los Alfaques.

[t] La cordillera cantábrica.

---

[131] Pero antes,
[132] al
[133] a Poniente
[134] diciendo
[135] un modesto río provinciano
[136] y le vemos allá abajo riendo y jugando.

En una garganta[137] tapizada de lozano verdor, hallamos las Caldas, una gran tina entre dos montañas, y poco mas allá, agujereando montes y franqueando precipicios, salimos a un ancho y hermoso valle. Allí el Sr. Besaya se despide cortésmente de nosotros, pues su amigo (El Saja)[138] le espera en Torrelavega para ir juntos a tomar baños de mar. Le damos las gracias por su atención y seguimos.

Las praderas verdes y limpias a nada del mundo son comparadas en belleza; los bosques de castaños se extienden por las laderas, a cuya falda ricas huertas y frondosos maizales recrean la vista y el ánimo con su lozanía. Atravesamos por entre rejas un gran río que dicen Pas, y poco despues olemos el mar. Sin duda está cerca. Anúnciase en irregulares charcas, como dedos retorcidos; vemos después sus manos que agarran la tierra, y por último un enorme brazo que se introduce entre dos cordilleras.

## IX

¿Y mi compañera de viaje?

Al llegar aquí, mejor dicho, desde que dejamos[139] aquellas fastidiosas llanuras castellanas, desaparecieron los accidentes caniculares que tan aborrecible me la habían hecho. Amenguóse el resplandor molesto de sus ojos, que brillaban, sí, pero empañados por tenues[140] celajes; dejó de echar fuego como fragua[141] su hermoso cuerpo, y pude acercarme libremente a ella, sintiendo, antes que calor, un dulce temple[142] que a un tiempo confortaba cuerpo y alma[143].

---

[137] garganta,
[138] diciendo que un su amigo (El Saja)
[139] dejamos atrás
[140] delicados
[141] fuego, como fragua,
[142] un dulce y amoroso temple
[143] espíritu.

Despertóse de improviso en mí viva inclinación hacia ella. Hablamos, se animó mi conversación con requiebros y se salpimentó con suspiros, me entusiasmé, coqueteé[144], me entusiasmé más, me declaré, hícele proposiciones de matrimonio[145]. ¡Ay! humanos, ¿sois mortales porque sois débiles, o sois débiles porque sois hombres?

Condújome la taimada a un delicioso lugar, nombrado Sardinero[u], vecino al Océano, verde y cubierto de flores como un jardín, reuniendo en sí la suave[146] tibieza de la tierra y la frescura del mar, un vergel con playa de doradas arenas, donde las holgazanas olas se extienden[147] desperezándose al sol, un montecillo encantador[148], primaveral, compendio de todas las bellezas de la Naturaleza.

Mi compañera, a quien desde aquel instante llamé mi esposa (porque consintió en serlo con pérfida complacencia), me sumergió en el mar, me invitó después a paseos[149] y meriendas. ¡Oh, qué felices días pasamos! ¡Qué apacibles noches! ¡Cómo rodaban las horas sin que sus pasos sonaran sobre aquel césped florido ni sobre las cariñosas arenas de la playa![150] Yo era el hombre más feliz de la creación[151] hasta que un día, ¡infausto día!... Nunca había visto a mi compañera tan hermosa, ni tan alegre, ni tan amable...

---

[u] Barrio residencial de Santander, donde Galdós construyó su quinta de San Quintín.

---

[144] coqueteó,
[145] le hice proposiciones de matrimonio.
[146] dulce
[147] tendían
[148] encantado,
[149] gozosos paseos
[150] ni sobre las cariñosas olas!
[151] creación,

Nos bañamos[152] juntos, disfrutando del halago[153] de las olas, asidos de las manos, mirándonos el uno al otro, cuando de repente desapareció no sé cómo ni por dónde, dejándome lelo, lleno de desesperación[154]. Busquéla por todos lados, dentro y fuera del agua. No estaba en ninguna parte. Me eché a llorar y sentí frío, un frío que penetraba hasta mis huesos.

¡Triste, tristísimo día, horrible fecha! La recuerdo bien.

Era el 22 de Setiembre.[155]

---

[152] bañábamos
[153] del incomparable halago
[154] dejándome solo, espantado, lelo, lleno de desesperación.
[155] El cuento en la edición de 1877 lleva la firma de "B. Pérez Galdós" y la fecha de "Julio de 1877".

# Tropiquillos[1]

Finalizaba Octubre. Agobiado por la doble pesadum-

---

[1] Texto base: Los Lunes del *Imparcial*, 18 de diciembre, 1893. Variantes de la primera edición, que aparece con el título de "Fantasía de otoño", en *La Prensa* (Buenos Aires), 12 de diciembre, 1884. Poquísimas variantes existen entre el texto base y la segunda edición, en el tomo de *La sombra*, Madrid, 1890, 207-229; éstas se indican señalando su procedencia entre corchetes en las notas.

El siguiente material preliminar apareció en la primera edición, en *La Prensa* de Buenos Aires: "España/ Correspondencia especial para *La Prensa*/ Hermoso cuadro literario/ Madrid, Noviembre 9 de 1884. *Señor Director* [:]

Esta vez no he podido resistir la tentación, y dejando a un lado los sucesos corrientes, envío a usted una correspondencia exclusivamente literaria.

Mas no quiere decir esto, que las presentes líneas carezcan en absoluto de oportunidad ni de actualidad. Basta que sean pintura y como apoteosis del otoño para que estén dentro de nuestro programa, pues, siendo la citada estación la más apacible y hermosa en nuestro clima, no nos cansamos nunca de celebrarla y de ponderar sus encantos. En lo que me extralimito es en ofrecer a mis lectores un cuadro descriptivo, fantaseando la realidad y disfrazándola con afeites imaginativos, y perendengues de forma. Pero las rutinas de mi oficio me impulsan a cometer este pecado. Días ha que se anidaba en mi intención la idea de cometerlo. Mi conciencia de corresponsal *serio,* cuya misión es reseñar los sucesos auténticos y positivos, me arguía en contra de este desmán. La escasa importancia de los acontecimientos del día me impulsaba a probar fortuna en el terreno de la imaginación. Por fin, ha podido más el *vicio* que el deber, y heme dispuesto a trocar la reseña

bre del dolor moral y de la cruel dolencia[2] que me aquejaba, arrastréme lejos de la ciudad ardiente, buscando un lugar escondido donde arrojarme como ser[3] inútil, indigno de la vida, para que nadie me interrumpiese en mi única ocupación posible, la cual era contemplar mi propia decadencia y verme resbalar lento, mas sin tregua ni esperanza, hacia la muerte.

Los campos eran para mí más tristes que el cementerio[4]. Habíanme dicho los médicos: "Te morirás cuando caigan las hojas", y yo las veía palidecer y temblar en las ramas, cual contagiadas de mi fiebre y de mi temor.

El sereno cielo irradiaba[5] demasiada luz para mis ojos, y cuando[6] tras el ardor húmedo del día venían de las montañas, embozados en sombras y con la espada desnuda, los traidores vientecillos septentrionales, yo me arrebozaba también en mi pobre capa, y escondía la cabeza para que no me tocasen y pasaran[7] de largo. El campo de mis padres y la humilde casa en que nací eran lastimoso cuadro de abandono, soledad, ruinas. Hierbas vivaces y plantas silvestres erizadas de púas cubrían el suelo sin señal ni rastro alguno de la acción[8] del arado. Las cepas, sin cultivo, o habían muerto, o envejecidas y cancerosas, echaban algún sarmiento miserable que[9],

---

por la pintura echando hoy aquí, como vulgarmente decimos, 'una cana al aire'.

Ruego, pues, a mis bondadosos lectores que sean indulgentes con la ficción, exclusivamente dedicado a *La Prensa* y que titulo FANTASÍA DE OTOÑO."

[2] enfermedad

[3] un ser

[4] Los campos tenían para mí tristeza semejante a la del cementerio.

[5] tenía

[6] y cuando, tras el ardor húmedo del día
 [2.ª ed.] y, cuando, tras el ardor húmedo del día,

[7] viesen y pasasen

[8] marcha

[9] el cual,
 [2.ª ed.] Las cepas sin cultivo, o habían muerto, o envejecidas y cancerosas echaban algún sarmiento miserable, que,

para sostenerse, se agarraba a los cercanos espinos. Árboles que antes protegían el suelo con apacible sombra, a cuyo amparo se reunía la familia[10], habíanse quedado en los puros leños, y secos, desnudos, abrasados de calor o ateridos de frío, según el tiempo[11], esperaban el hacha y la paz de la leñera como espera el cadáver la paz del hoyo. Algunos[12], conservando un resto de savia escrofulosa en sus venas enfermas, se adornaban irrisoriamente el tronco con pobres hojuelas, semejantes a condecoraciones[13] puestas sobre el pecho del vanidoso amortajado. Las cercas de piedra no resistían ya ni el paso resbaladizo de los lagartos, y se caían, aplastando a veces a sus habitantes.

Por todas partes veíase el rastro baboso de los caracoles, plantas mordidas por los insectos, enormes cortinajes[14] de tela de araña, y nubes de seres microscópicos[15], ávidos de poseer tanta desolación.

II

Dominaba estas tristes cosas el esqueleto de la casa derrumbada[16], hendida por el rayo[17] como por un lanzazo[18], renegrida por el incendio, con el techo en los cimientos, los cimientos[19] hechos lodo por la humedad, las paredes trocándose[20] lentamente en polvo.

---

[10] familia toda,
[11] frío según el tiempo
[12] Algunos de ellos,
[13] que parecían condecoraciones
[14] bazases [sic]
[15] microscópicos
[16] derrumbada;
[17] hendida en dos por el rayo
[18] lanzazo;
[19] en los cimientos y los cimientos
[20] y las paredes trocadas

Al ver tanta cosa muerta me pregunté si no estaría yo también desbaratado y descompuesto como las ruinas de aquellos objetos queridos, hallándome en tal sitio al modo de espectro que a visitar venía la escena de los días reales y de la existencia extinguida. Esta consideración evocó mil recuerdos[21]: representóme el semblante de todos los de casa[22]; mis juegos infantiles en aquel mismo sitio[23]; luego mi temprana ausencia de la casa paterna para correr en busca de locas aventuras, enardecido por la fiebre del lucro[24]. Vi mis primeros pasos en el lejano continente donde el sol irrita el cerebro y envenena la sangre[25]; mis luchas gigantescas, mis caídas y mis victorias, mi sed insaciable de dinero[26]; sentí renovada la quemadura interna de las pasiones que habían consumido mi salud[27]; me vi persiguiendo la fortuna y atrapándola casi siempre[28]; recordé la ceguera a que me llevó mi vanidad y el valor que di a mis fabulosas riquezas[29], allegadas en los bosques de pimienta y canela, o bien sacadas del mar y de los ríos[30], así como de las quijadas de los paquidermos[31] muertos; extraídas[32] también del zumo que adormece a los orientales y de la hierba verdinegra que aguza el ingenio de los ingleses.

Después de verme enaltecido[33] por el respeto y la envidia, amado por quien yo amababa, rico, poderoso, vime herido súbitamente por la desgracia. Mi decaden-

---

[21] los recuerdos de la infancia;
 [2.ª ed.] recuerdos;
[22] casa,
[23] sitio,
[24] riquezas.
[25] sangre,
[26] mi insaciable sed de dinero;
[27] mi salud y mi vida;
[28] y atrapándola;
[29] riquezas
[30] ríos
[31] inmensos paquidermos
[32] sacadas
[33] sublimado

cia brusca pasó ante mis ojos envuelta en humo de incendios, en olas de naufragios, en aliento de traidores, en miradas esquivas de mujer culpable, en alaridos de salvajes sediciosos[34], en estruendo de calderas de vapor que estallaban, en fragancia mortífera de flores tropicales, en atmósfera espesa de epidemias asiáticas[35], en horribles garabatos de escritura chinesca, en una confusión espantosa de injurias dichas en inglés, en portugués, en español, en tagalo, en cipayo, en japonés, por bocas blancas, negras, rojas, amarillas, cobrizas y bozales[36].

Ya no quedaba en mí sino el dejo nauseabundo de una navegación lenta y triste en buque de vapor cuya hélice había golpeado mi cerebro sin cesar día tras día; sólo quedaba[37] en mí la conciencia de mi ignominia y los dolores físicos precursores de[38] un fin desgraciado. Enfermo, consumido, ya no era más que un pábilo sediento, a cuyo tizón negro se agarraba una llama vacilante[39], que se extinguiría al primer soplo de las auras de otoño. Y me encontraba en lo que fue principio del camino de mi vida, en mi casa natal, montón de ruinas, habitadas sólo por[40] el alma ideal de los recuerdos. Mis padres habían muerto; mis hermanos también; apenas quedaba memoria de aquella honrada familia[41]. Todo era polvo esparcido, lo mismo que el de la casa. Y yo, que existía aún como una estela ya distante que a cada minuto se borra más, perecía también de tristeza y de tisis, las dos formas características del acabamiento humano. El polvo, los lagartos, las arañas, la humedad, las

---

[34] alaridos de salvajes, tribus insurrectas,
[35] en el valor somnoliente y opiáceo de orientales corrompidos, en atmósfera de epidemias asiáticas,
[36] cobrizas, arianas y bozales.
[37] ya sólo quedaba
 [2.ª ed.] quedaban
[38] que me anunciaban
[39] una llama vacilante, una existencia indecisa,
[40] que era ya un montón de ruinas, donde sólo quedaba
[41] familia honrada.

alimañas diminutas[42] que alimentan su vida de un día con los despojos de la vida grande, me cercaban aguardándome con expectación famélica[43].

—Ya voy, ya voy... —exclamé apoyando mi cabeza en una piedra a punto que la interposición de un cuerpo opaco entre la luz y mis ojos[44] hízome conocer la presencia de un... ¿Era un hombre?

### III

Sí; no podía dudar que era un hombre lo que vi delante de mí, aunque su redondez ventruda tenía algo de la vanidad del tonel lleno de licor generoso[45]. Vi una pipa de fumar que aparecía entre enmarañada selva de bigotes amarillentos. Cuando se disipaban las espesas nubes de humo que de la tal pipa salían, presentábanseme dos carrillos redondos, teñidos de un rosicler[46] que envidiaría cualquier doncella, los cuales colindaban con unos ojuelos movedizos y extraordinariamente vivaces, fijos en mí, y que me examinaban con presteza desde la cara a los pies, y desde el capisayo raído a las manos trémulas. La descubierta cabeza de mi observador era redonda, con pelo tieso y duro, ligeramente salpicado de canas.

Llevaba esa magnífica toga pretexta del trabajo a quien llamamos delantal, y por debajo de la curva que formaba éste sobre el vientre, salían dos patas poderosas, digno cimiento de tan admirable arquitectura; y más arriba[47], junto a los tirantes, dos brazos enfundados en mangas de camisa, los cuales se abrieron en cruz, acom-

---

[42] los microscópicos seres
[43] con una como atención famélica.
[44] ojos,
[45] generoso y rico.
[46] rosicler puro
[47] allá arriba

pañando con un gesto de asombro y cordialidad estas palabras:

—No, no me engaño; es Tropiquillos... Tropiquillos, ¿no es verdad que eres tú?... Sí, el hijo mayor del señor Lázaro Tropiquillos, que pasó a mejor vida en esta misma casa la víspera del incendio y antevíspera de la inundación, o lo que es lo mismo, el día después de la batalla de Zarapicos[a], en que perecieron sus hijos y sus hermanos Baltasar[48] y Cosme Tropiquillos.

Es pasmoso cómo la desgracia refresca memorias de la niñez, y cómo reconocemos, en horas de angustias, cosas y fisonomías que parecían borradas para siempre de nuestra mente. Aquél era el maestro Cubas, tonelero, amigo y protegido de mi padre en días mejores, hombre excelente, trabajador, cariñosísimo, a quien en el pueblo llamábamos *mestre* Cubas.

—Yo soy el que usted supone —dije—, y usted es *mestre* Cubas, a cuyo taller iba yo a jugar. ¿Viven Ramoncilla[49] y Belisarión? ¡Oh[50], *mestre* Cubas, cuántos recuerdos vienen a mi memoria! ¡Todo perdido, todo en ruinas, todo acabado! Yo que parezco vivo no soy más que un cadáver que se mueve y habla todavía.

—Todo sea por Dios —exclamó el bonachón *mestre* Cubas, que usaba esta frase como estribillo—. Yo creí que no quedaba ya ningún Tropiquillos[51]. Cuando estaba ya para cerrar el ojo el Sr. Lázaro, me dijo: "Yo soy el último, querido Cubillas, porque mi hijo Zacarías debe de estar allá[52], en lo hondo, con todo el mar por losa."

---

[a] Zarapicos es una municipalidad de la provincia de Salamanca. No he podido constatar ninguna batalla allí.

---

[48] Baltasar,
[49] Rancorilla [sic]
[50] ¡Oh!
[51] Tropiquillo.
[52] allá

—No —repliqué[53] sintiendo que mis ojos se llenaban de lágrimas—, aquí está enfermo el que ha sido sano y robusto, miserable el que ha sido rico[54]. Yo, que he mirado los colmillos de elefante como podrías mirar tú[55] las piedras de esa cerca, he venido a Europa de limosna.

—Todo sea por Dios... ¡Cómo cambian las cosas! Pues yo que era pobre, soy rico. Lo debo a mi trabajo, a la ayuda de Dios y a tu padre, que me protegió grandemente. ¿Ves eso?

Señaló con su mano atlética las lomas cercanas, llenas de viñas, cuyos pámpanos, dorados ya, dejaban ver el fruto negro.

—Pues todo eso es mío.

—¿Ve usted esto? —le respondí con amargura[56] señalando mi capisayo—. Pues[57] ni siquiera esto es mío. Me lo prestaron al desembarcar para que no me muriera de frío. Tengo el fuego del trópico en mis entrañas, el tifón[58] en mi cerebro, y mi piel se hiela y se abrasa alternativamente en el temple benigno de la madre Europa...

IV

—Gracias, mil gracias, un millón de gracias, *mestre* Cubas —dije aceptando los obsequios en que la mesa me hacía aquella honrada familia, pues el buen tonelero me obligó a aceptar su hospitalidad rumbosa.

Me había dicho: "el hijo del Sr. Lázaro es mi hijo. Si el pródigo no pudo llegar a la casa del padre[59], llega a la

---

[53] dije
[54] aquí estoy enfermo, después de haber sido sano y robusto, miserable después de haber sido rico.
[55] tú mirar
[56] amarga ironía
[57] capisayo —pues
[58] ciclón
[59] padre afligido,

del amigo, y es lo mismo. Yo te acojo[60], Tropiquillos, y haz cuenta que estás en tu casa."

Mi alma se inundaba de una paz celestial, fruto de la gratitud, y no sabía cómo corresponder a tanta generosidad. No hallando mi emoción palabras a su gusto, no decía nada.

*Mestra* Cubas era una hermosa campesina, *alta de pechos y ademán brioso,* como Dulcinea.

Su esposo tenía cincuenta años, ella cuarenta, y conservaba su belleza y frescura. Eran de admirar sus blanquísimos dientes y su porte sereno[61], que parecía el lecho nupcial de los buenos pensamientos casados con las buenas acciones[62].

Su hijo Belisarión estudiaba para cura. Sus dos hijas, Ramona y Paulina, eran dos señoritas de pueblo muy bien educadas, muy discretas, muy guapas. Estaban suscritas a un periódico de modas, leían también obras serias y se vestían al uso de capital de provincia, mas con sencillez tan encantadora y tan libres de afectación, que en ellas, por primera vez quizás, perdonó la tiesura urbana al donaire campesino. Hablaban recatadamente y no sin agudeza[63]: tenían su habitación sobre la huerta, llena de fragancias[64] de frutas diversas, de flores y de placentero murmullo de pájaros, y se sentaban a coser en el balcón, protegido del sol por ancha cortina. Desde abajo, mientras Cubas me enseñaba sus frutales, las sentía riendo benévolamente de mi extraña facha, y cuando miraba hacia ellas para[65] pedirles cuentas de sus burlas, decíanme:

—No, Tropiquillos; no es por usted... no es por usted.

Mi corazón palpitaba de gozo ante las atenciones de aquella honrada familia. Yo sentía mi pobre ser, caduco

---

[60] recibo,
[61] serena
[62] con las buenas acciones. De ella emanaba un no sé qué de paz y felicidad, unido a la salud más vigorosa.
[63] agudeza,
[64] fragancias consoladoras
[65] y cuando me volvía para mirar hacia arriba y

219

y enfermo[66], resurgir y como desentumecerse por la acción de manos blandas y finas empapadas en bálsamo consolador.

*Mestre* Cubas comía como un lobo y quería que yo le imitase, cosa difícil, a pesar del renacimiento gradual de mi apetito.

—Mira, Tropiquillos —me decía—, es preciso que te convenzas de que no debe uno morirse[67]. En este mundo, hijo, hay que hacer lo siguiente: El pensamiento en Dios, la tajada en la boca, y tirar todo lo que se pueda. Dejémonos de tristezas y de aprensiones. Tan tísico estás tú como ese moral que nos sombrea y nos abanica con sus ramas[68]. En ocho días has cambiado de color, has echado carnes, se te ha quitado aquel mirar siniestro, ¿no es verdad, muchachas? Todavía hemos de hacer de ti un guapo mozo, y hemos de verte arrastrando una barriga como esta mía... Come más de este sabroso carnero. ¿Quieres que te eche un latín? Yo también sé mis latines. Oye éste: *Omnis saturatio bona; pecoris autem optima*[b][69]. ¿Qué te parece, amigo Tropiquillos? Echa un buen trago de este divino clarete[70], plantado, cogido, prensado, fermentado, envasado, clarificado y embotellado por mí en este propio sitio, sí señor, en estas tierras de Miraculosis, que son lo mejorcito del mundo.

Yo dije que, en efecto, me sentía con más bríos, como si[71] entrara progresivamente sangre nueva en mis

---

[b] Todo hartazgo es bueno, pero el mejor es de cordero.

---

[66] pobre ser caduco y enfermo
[2.ª ed.] pobre ser caduco y enfermo
[67] uno no debe morirse
[68] que nos abanica con sus ramas para que no sintamos calor.
[69] *Omnis satutatio bona, pecoris autem optima* [sic].
[70] ¿Qué te parece, amigo Tropiquillos, un buen trago de este divino tintillo,
[71] y tal como si

venas[72]; pero que no por eso dudaba de la gravedad[73] de mi mal, y que tenía por segura mi muerte al caer de las hojas. Lo[74] que, oído por *mestre* Cubas, fue como si quitaran la espita a un tonel, dejando escapar a borbotones el vino: del mismo modo salía del cuerpo su reír franco, primero en carcajada ruidosa, después mezclado con alegres palabras en apacible chorro que salpicaba un poco a los circunstantes.

—¡El caer de las hojas!... ¡vaya una simpleza! Todo sea por Dios... Entramos ahora en la época mejor del año, en la más sana, en la más alegre, en la más útil, en la más santa. De mí sé decir que vivo aburridísimo en las otras tres estaciones. Poco que hacer, el taller casi parado... composturas, echar alguna duela, aflojar y apretar los aros...[75] Pero se acerca el otoño, se ve que la cosecha es buena, y... "*Mestre* Cubas, que me haga usted veinte pipas..." "y a mí doce." "*Mestre* Cubas, que no me olvide. Pienso envasar ochocientas arrobas..." Luego, no necesito desatender lo mío. Cien cubas, doscientas, nada me basta, porque Octubre llueve vino... cada año más. Desde que empieza Setiembre mi taller es la gloria, y el martillo, golpeando sobre las barrigas de roble, hace la música más alegre que se puede imaginar. Pam, pum, pim... dime tú si has oído jerigonza de violines y flautas que a esto se iguale... Pues yo te pregunto si conoces nada tan grato como estar en el taller dando zambombazos, deseando[76] acabar para ir a ver las uvas, si cuajan bien, si pintan o no, si las ha engordado la lluvia, si las ha rechupado el sol, y atender al sarmiento que se cae por el suelo, y al que está muy cargado de hoja... Y luego viene el gran día, el... el *Corpus Christi* del campo, la vendimia, Tropiquillos, que es la faena para la cual hizo

---

[72] en mis venas una sangre nueva;
[73] existencia
[74] Yo
[75] apretar los arcos, nada más.
[76] y estar deseando

Dios el mundo. Como la has de ver, nada más te digo[77]. Para mí la vida toda está en esta deliciosa madurez del año, en esta tarde placentera que al darnos el fruto de los trabajos de la mañana nos anuncia[78] una noche tranquila, límite de la vida mortal y principio de la eterna y gloriosa.

V

Con estas y otras pláticas amenizaba la comida, mostrando en todo su natural honrado y su amor al trabajo, a cuyas virtudes debía su bienestar la paz de su casa. En las tibias y hermosas tardes, más cortas cada día, mientras el gran Cubas se afanaba en su taller, y la *mestra* dirigía con infatigable diligencia[79] los preparativos de la próxima vendimia, las niñas y yo recorríamos toda la hacienda[80] para coger la fruta madura. Era de ver cómo hacíamos pilas de melocotones, cómo hacinábamos peras y sandías, apartándolas y clasificándolas para entregarlas a los vendedores[81] de la ciudad, después de guardar lo mejor para la casa. Aquellas niñas tan simpáticas, que en la soledad y desamparo intelectual del campo habían sabido darse un barniz de cultura, aprendiendo lo más elemental de las letras sociales, sabían también cómo se aporcan las hortalizas, cómo se conservan las frutas para el invierno, cómo se benefician las esparragueras, en qué punto y sazón se deben regar los pimientos, cuáles uvas dan mejor mosto, qué viento es el más propio para que cuajen las almendras, qué orienta-

---

[77] nada más digo.
[78] en esta tarde placentera que nos da el fruto de los trabajos de la mañana, y nos anuncia
[79] imponente majestad y diligencia
[80] las niñas y yo bajábamos a la huerta y recorríamos toda la hacienda
[81] revendedores

ción debe tener un nidal de gallinas, y cuál es[82] el modo clásico, magistral, infalible de disponer una echadura de aves. Yo las acompañaba, por aprender algo de la incomparable doctrina del campo, que excede en belleza y bondad a todas las demás sabidurías humanas.

Ramoncita se esforzaba en darme lecciones, y cuando íbamos a echar de comer a las gallinas, me decía:

—Es preciso no darles poco ni demasiado; y en caso de no poder medir bien, atiéndase más a la sobriedad que al exceso. La sabiduría consiste en dar a la vida, ya sea moral, ya física, un poquito menos de lo necesario[83].

Esta rara sentencia me probaba lo que ya sabía yo, y era que Ramoncita tenía un despejo sin igual, intuición de primer orden, perspicacia grandísima. De tales prendas resultaría[84], teniendo en cuenta las compensaciones de la Naturaleza, que no debía de ser bonita. Y sin embargo lo era. Ella y su hermana pedíanme que les contara mis aventuras. Yo hablaba, hablaba: referíales maravillas y sorpresas, describiendo países, pintando pueblos, ponderando riquezas que parecían fábulas[85], y después de tanto charlar, me recogía en mí mismo, creyendo no haber dicho nada[86]. Un millón de palabras había salido de mi boca, y no obstante, mi corazón permanecía lleno y pletórico[87] lo mismo que un tonel en cuya concavidad fermenta el mosto recién sacado de las uvas.

---

[82] A partir de "aporcan", hasta este verbo, inclusive, la primera edición utiliza el imperfecto, en vez del presente.
[83] un alimento sano y proporcionado.
[84] Con tales prendas parecería,
[85] fábulas;
 [2.ª ed.] fábulas;
[86] considerando que no había dicho nada.
[87] lleno, lleno y pletórico

VI

¡La vendimia! *Mestre* Cubas se movía como un epiléptico y gritaba como un loco, mientras la señora daba pausadamente y sin atropellarse sus órdenes. Las cestas llenas de uvas no cabían en el patio del lagar. No lejos de allí, oíase[88] un gargoteo hueco y profundo[89], cual enjuagadero de bocas de gigantes, que soltaban buches y revolvían entre el paladar y la lengua[90] pequeñas olas. Era que estaban llenando[91] las pipas.

Por otro lado, Ramoncita y su hermana vigilaban la separación de las uvas, agrupándolas según su clase y su madurez, porque no se saca buen vino prensando a granel todo lo que se arranca de las parras. Pronto se vio que las prensas funcionaban, y un chorro obscuro, espumante, opaco, recorría[92] la canal para entrar en el estanquillo. Aquí, un hombre metido en mosto hasta las rodillas, lo sacaba en una gran cubeta, midiendo y contando a la vista del amo. Los mozos que hacían el trabajo de prensas, el medidor y los que transportaban el líquido a la bodega aparecían[93] teñidos de un carmín virulento, como si sudaran pintura[94]. Los chicos, soliviantados por febril alegría, cogían puñados de uvas ya estrujadas, y se frotaban la cara, y se pintaban rayas en ella como los salvajes. Yo apuntaba las cántaras de mosto que entraban en la bodega, y sentía comunicarse a mi

---

[88] y más allá veíase
[89] profundo y hueco,
[90] entre los pliegues de la lengua
[91] llevando
[92] opaco recorría
   [2.ª ed.] opaco recorría
[93] estaban
[94] y parecía que sudaban pintura.

alma el gozo inquieto de *mestre* Cubas y la satisfacción prudente y circunspecta de su arrogante esposa. Las chicas, retirándose a la casa, cuidaban de que no faltase nada en la próxima comida que se había de dar a tanta gente.

Y en tanto la bodega se llenaba. Las cubas decían con espumarajos de ira que ya no podían tragar más. Pero había toneles en abundancia, y además vasijas, tinajas, cántaros. Allí estaba recién nacido y ya bullicioso, turbulento, anunciando travesuras mil, el néctar de los dioses, el amigo de los reyes y de los pueblos, el gran demócrata, el gran nivelador, el que a un tiempo es retrógado y revolucionario, sin dejar nunca de ser consecuente[95] con sus altos principios salutíferos y embriagadores; el que no conoce la esquivez humana, porque le miran con ojos chispeantes el sano y el enfermo; el que preside los festines de la amistad y de la reconciliación, y disparando balas de corcho se presenta en los momentos del mayor regocijo, desbordándose en elocuencia, en cariño, en entusiasmo, en exaltada fe y esperanzas; el que en los altares es la sangre del cordero inmolado, y después de figurar[96] junto al pan en la mesa divina, puede gloriarse de haber tenido por amigos a lo más grandes hombres, Noé[c], Anacreonte[d], Horacio[e],

---

[c] Patriarca hebreo. Construyó un arca que le preservó del diluvio con toda su familia. En *Génesis*, 8, 20-21, dice: "Y comenzó Noé a labrar la tierra, y plantó una viña: Y bebió del vino, y se embriagó, y estaba descubierto en medio de su tienda."

[d] Anacreonte, poeta lírico griego (560-478?), cantó el placer y la buena mesa.

[e] Quintus Horatius Flaccus, poeta latino (65-8 a. C.), autor de *Odas, Sátiras* y *Epístolas*. Su segundo epodo, que empieza con los famosos versos *Beatus ille...*, celebra la apacible vida del campo.

---

[95] conveniente
[96] haber figurado

Shakespeare<sup>f</sup>, y otros; el que ha sido adorado como Dios en Grecia, coronado de flores en Roma, cantado en Alemania, ensalzado por los bárbaros y llevado a las más remotas tierras por los conquistadores; el que se adapta con maravillosa flexibilidad al genio de cada país, siendo agrio y fino en Francia, dulce en Italia, grave en Hungría, seco y fogoso en España, delicado y pensativo en Alemania, popular en Inglaterra. Él ha encendido crueles guerras entre el Norte que lo desea y el Mediodía que lo produce; tiene parte en la melancolía del Oriente bíblico[97], en el estro armonioso de los helenos, en la ruda exaltación goda, en la valentía tosca[98] del Romancero, que viene a ser[99] la épica contienda de dos razas que se disputan durante siglos unas cuantas llanadas de cepas. Tiene parte también en la donosa[100] borrachera de la poesía del Rhin, y en las epopeyas colosales de los portugueses, buscadores de mundos[101], para acercar la copa divina a los labios amarillos del hijo de Confucio<sup>g</sup> y despertar de su *nirvana* al bramín que tiene el mal gusto de emborracharse con agua y meditaciones.

---

<sup>f</sup> William Shakespeare (1564-1616), el más célebre escritor inglés de todos los tiempos, poeta y dramaturgo. *Mestre* Cubas estará pensando en el gran bebedor, Falstaff, uno de los personajes más simpáticos del vate de Stratford-upon-Avon. Hay varias menciones al vino en Shakespeare; en la Parte Segunda de *Enrique IV,* acto 5, escena 3, hallamos este canto: "A cup of wine that's brisk and fine, / And drink unto the leman mine'/ and a merry heart lives long-a" (Un vaso de vino brioso y fino, y beber a mi querida, y un corazón alegre ha larga vida).

<sup>g</sup> Es decir, los chinos, compatriotas del filósofo Confucio (551-479 a. C.).

---

[97] en la melancolía bíblica del oriente mosaico,
[98] tosca valentía
[99] que no es más que
[100] graciosa
[101] mundos

Suyo es el picor de las conversaciones francesas, impregnadas de travesuras[102], suya[103] la fantasía de los artistas flamencos, el humorismo de Teniers, la gala de Rubens[h][104], suya es también esa seriedad cómica del inglés, esa fiebre de trabajo, esa excitabilidad discreta que a tantos y tan grandes éxitos conduce. En el Olimpo antiguo y el moderno, en la literatura y en la religión, en las costumbres y en las artes, en la vida toda, en fin, hallaréis la influencia poderosa de este inmenso colaborador del trabajo humano.

## VII

Vinieron días húmedos, y una lluvia fría y persistente azotaba los árboles, cuyas ramas se desnudaban a impulsos del viento. A pesar de esto, yo me sentía más fuerte, desaparecieron[105] mis temores de una muerte próxima, y dejaba de inspirarme horror la estación otoñal.

—Ya ves cómo no pasa nada —decíame en la mesa mi amigo, después de celebrar mi buen apetito con actos que al mismo tiempo daban testimonio del suyo—. Dos meses de campo y de tranquilidad laboriosa han disipado tus necias aprensiones, dándote salud, contento, esperanza... Todo sea por Dios.

Y luego, tomando un tono más serio, no exento de cierta expresión contemplativa, añadió:

---

[h] La escuela flamenca de pintura florece en el siglo XVII con Pedro Pablo Rubens (1577-1640), Jacobo Jordaens (1593-1678), Antonio Van Dyck (1599-1641); entre ellos, David Teniers, hijo, (1610-1690) se destacó con sus cuadros de la vida cotidiana.

---

[102] travesura;
[103] suyo
[104] Rubens;
[105] habían desaparecido

—Estamos en la placentera tarde del año, ya cerca de ese crepúsculo a quien llamamos invierno. Querido Tropiquillos, celebremos el otoño, que es la madurez de la vida y del año, la experiencia, el fruto, la cosecha cogida y apreciada, y no temamos que esta noble estación nos anuncie el invierno, que es la decrepitud del año y de la vida. La idea de la muerte sólo causa tristeza a los tontos. Para mí, la muerte no es otra cosa que la siembra para las cosechas de la inmortalidad.

Después callamos todos. Yo observaba el rostro de Ramoncita[106], aún turbado del coloquio que poco antes habíamos tenido los dos al volver de la huerta. Cubas tomó de nuevo[107] la palabra, y no ya con rostro grave, sino antes bien ligero y festivo, me dijo:

—Casi todos los grandes hombres han nacido en otoño... ¡Ah! ¿te ríes de mí? Soy hombre de medianas letras. Sí, ahí tienes esa pléyade augusta. Cervantes[i], Virgilio[j], Beethoven[k], Shakespeare[l] nacieron en otoño... Pues todos ellos fueron a morirse a la primavera. Lee[108] la estadística, querido Tropiquillos, y verás cómo nacemos en estos meses y nos morimos en los de Abril o Mayo..., Ja, ja, ja... A los que me hablan mal de mi querido Otoño, les digo que es el papá del Invierno y el

---

[i] Miguel de Cervantes Saavedra (1547-1616), el autor más universalmente reconocido de las letras españolas, autor de *La Galatea* (1585), el *Quijote* (1605 y 1615), las *Novelas ejemplares* (1613), el *Viaje del Parnaso* (1614), *Ocho comedias y ocho entremeses* (1615) y *Los trabajos de Persiles y Sigismunda* (1616).

[j] Publio Virgilio Marón (70-19 a. C.), poeta latino que canta la vida en el campo en sus *Bucólicas* y *Geórgicas;* autor del gran poema épico latino, *La Eneida*.

[k] Ludwig van Beethoven (1770-1827), célebre compositor alemán, cuyas nueve sinfonías forman el núcleo canónico del género.

[l] Ver la nota f.

---

[106] Ramonita,
[107] volvió a tomar
[108] Leed

abuelo de esa fachendosa y presumida Primavera... Vamos a ver. A su vez, es el hijo del Verano, que al mismo tiempo viene a ser su biznieto... de modo que...

Sin duda la cabeza hercúlea del buen tonelero se resentía del exceso de libaciones, motivado por su prurito de unir el ejemplo a la regla en aquel ardiente panegírico del Otoño. Aquella tarde la pasamos Ramona y yo entretenidos en dulces y honestas pláticas, ambos muy serios, muy proyectistas, muy atentos en mirar y remirar los horizontes del porvenir que empezaban a teñírsenos de rosa. Por la noche, pasada la hora de la cena, *mestre* Cubas, después de ahumarme con su pipa, me dijo:

—Amado Tropiquillos, yo no me opongo; *mestra* Cubas no se opone tampoco, de modo que nadie, absolutamente nadie se opone.

Y reposaba su carnosa mano en mi hombro, haciéndome inclinar bajo el peso de ella.

—El hijo de mi amigo Lázaro —añadió— debe ser mi hijo... A propósito. Ahí están tus tierras que no son malas. Es preciso replantarlas. Las replantaremos.

Dio varias vueltas como pipa[109] que gira impulsada por las manos de los toneleros, y viniéndose otra vez a mí, y abrazándome con efusión sofocante, me dijo:

—Reedificaremos la casa...

Yo no tenía palabras: yo no decía nada, y me dejaba abrazar, sintiendo el contacto de la panza de mi generoso amigo y su rebote, semejantes uno y otro al de una gran pelota de goma.

El tonelero llamó a su esposa, que vino[110] prontamente, seria y afable.

—Ramona, Ramona —gritó después *mestre* Cubas.

Turbada, ruborosa, entró la doncella esquivando mis miradas. Sus bellos ojos mostraban singular empeño en examinar el suelo antes que mi rostro y el de sus bonda-

---

[109] una pipa
[110] acudió

dosos padres. ¿Cómo diré que todo quedó concertado aquella misma noche[111] en palabras breves y expresivas? Mi felicidad era una nueva faz de mi salud recobrada. Ya era otro hombre, física y moralmente, y la vida me ofrecía encantos mil que jamás había conocido. Sano, amado y amante, dueño otra vez del campo de mis padres y de la humilde casa en que nací, dueño también de un corazón puro y noble, de una mujer hechicera, discreta, buena, rica...![112] Tanta[113] felicidad debía producir en mí uno de esos estallidos que nos trastornan para siempre. No sé bien cómo fue: no sé si fue en el momento de casarme o poco después, cuando sentí una sacudida en lo más profundo de mi ser... Yo tenía la mano de mi esposa entre las mías. ¿Tenía también su talle? No lo puedo decir. Sólo sé que todo cambió bruscamente ante mis ojos, que el mundo dio una rápida vuelta[114], que me encontré arrojado en el suelo debajo de una mesa, en un estado que si no era la misma estupidez se le parecía mucho.

La efervescencia de mi pensamiento se iba apagando[115]. Yo tocaba el suelo para cerciorarme de la realidad. Híceme cargo de tener delante una figura tosca que extendía hacia mí sus brazos, como queriendo alzarme del suelo... Creo que lo consiguió y que me puso sobre un sofá.

Era mi criado que al verme entrar lentamente en posesión de mí mismo, trajo una taza humeante, y me dijo:

—Eso va[116] pasando. Se acabará de quitar con café muy fuerte[117].

---

[111] noche,
[112] rica...!
[113] tanta
[114] una vuelta,
[115] Las vueltas de mi pensamiento se disipaban.
[116] va ya
[117] café fuerte

# Celín[1]

CAPÍTULO PRIMERO

## Que trata de las pomposas exequias del señorito de Polvoranca en la movible ciudad de Turris

Cuenta Gaspar Díez de Turris, cronista de las dos casas ilustres de Polvoranca y de Pioz, que el capitán D. Galaor[a], primogénito del marquesado de Polvoranca, murió de un tabardillo pintado[b] el último día de Octubre, y le enterraron en una de las capillas de Santa María del Buen Fin el 1º de Noviembre, día de Todos los Santos. El año de esta desgracia no consta en la Crónica, ni

---

[a] El nombre del joven prometido de Diana de Pioz es también el del hermano de Amadís de Gaula, y es, por tanto, una característica del siglo XVI en este cuento que combina cosas de los siglos de oro y del siglo de Galdós.
[b] tifus.

[1] Texto base: *La sombra,* Madrid, La Guirnalda, 1890, 143-204. Variantes de la primera edición: Varios, *Los meses,* Barcelona, Heinrich y Cía., 1889, 229-267.
 En la primera edición, la primera página está encabezada por la palabra "Noviembre". En la colección, cada cuento se suponía representativo de un mes.

hay posibilidad de fijarlo, porque todo el documento es pura confusión en lo tocante a cronología, como si el autor hubiera querido hacer mangas y capirotes de la ley del tiempo. Tan pronto nos habla de cosas y personas que semejan de pasados siglos, como se nos descuelga con otras que al nuestro y a los días que vivimos pertenecen[2]; por lo cual le entran a uno tentaciones de creer cierto run run que la tradición nos ha transmitido referente al tal Díez de Turris; y es que después de las comidas solía corregirse la flaqueza de estómago con un medicamento que no se compra en la botica[3], siendo tal su afición, que el codo lo tenía casi siempre en alto hasta la hora de la cena, y aun después de ésta, que era cuando escribía. Estaba, pues, el hombre tan inspirado, que hasta el manuscrito que a la vista tengo conserva todavía el olor.

Pues, como decía, dieron tierra al capitán D. Galaor la víspera de los Difuntos, con tanta pompa y tan lucido acompañamiento de personas principales, que en Turris no se había visto nunca cosa semejante. Veinticinco años tenía el joven, gloria extinguida y esperanza marchita de sus papás. Había despuntado con igual precocidad en las armas y en las letras, y aunque no llegó a consumar ninguna sonante proeza con la espada ni con la pluma, sin duda estaba llamando a asombrar al mundo cuando la ocasión llegase. Su muerte fue muy sentida en todo el Reino, mayormente en aquella parte donde radican los estados de Polvoranca y de Pioz, casas un tiempo divididas por rencillas de caciquismo, después reconciliadas en bien de la República. Habitaban los dignos jefes de estas familias[4] en la opulenta ciudad de Turris, a quien baña el caudaloso Alcana, de variable curso, y fue prenda final de su concordia el concertado

---

[2] pertenecen:
[3] botica:
[4] históricas familias

matrimonio de D. Galaor de Polvoranca con Diana de Pioz, hija única del marqués de Pioz, cuyos títulos, honores y preeminencias rebasarían el papel de la Crónica, si se pusiesen todos en ellas. La muerte, según dice Díez de Turris con patética elegancia, demolió en un día el sólido alcázar de estos planes. Ella y él habían nacido, como es uso decir, el uno para el otro. Era Dianita una *chica* (así lo reza el historiador) de prendas tan excelentes, que no se han inventado aún palabras con que deban ser encarecidas, pues si en hermosura daba quince y raya a todas las hembras del Reino, en discreción, saber y talento se las apostaba con los turriotas más ilustres, académicos, teólogos, oradores, publicistas calzados y pensadores descalzos que iban de tertulia al palacio de Pioz.

El dolor de esta sin par damisela, cuando le dieron la noticia del fallecimiento de su novio fue tan vivo, que no perdió el juicio por milagro de Dios. El marqués y su hija se abrazaron llorando, y las lágrimas de uno y otro se mezclaban, empapándoles la ropa. Al papá se le puso tan perdida la golilla que se la tuvo que quitar, y la falda de Diana se podía torcer. Entráronle a la niña convulsiones, y después una congoja tan fuerte, que pensaron se quedaba en ella. Gracias al pronto auxilio de los mejores médicos de Turris, que acudieron llamados por teléfono, y a los consuelos cristianos que echó por aquel pico de oro el capellán de la casa, filósofo de la Orden de Predicadores y hombre muy consolador, a la niña se le aplacaron los alborotados nervios. Metiéronla en el lecho sus doncellas, y en él siguió llorando, aunque resignada. Si las lágrimas fuesen perlas —dice muy serio Gaspar Díez—, conforme sienten y afirman los poetas, en aquel caso se habrían podido recoger entre las sábanas algunos celemines de ellas.

Verificóse el entierro con pompa nunca vista. Los periódicos de la mañana echaron en cuarta plana la papeleta con un rosario de títulos y honores encerrados en negra orla. El carro fúnebre iba tirado por ocho caballos con negros caparazones bordados de oro. Los lacayos de la casa de Polvoranca, vestidos a la borgoñona, llevaban hachas, y los niños del Hospicio estrenaron las dalmáticas de luto que para tales casos les hizo por contrata la Diputación. Presidía el Capitán general, llevando a su derecha a dos señores senadores y a su izquierda a D. Beltrán de Pioz, que había sido virrey del Perú, al Inspector de la Santa Hermandad[c], y al licenciado Fray Martín de Celenque, subsecretario del Santo Oficio[d]. Iban también todos los individuos de la Junta Directiva del Ateneo[e], presididos por el Prior de la Merced, la oficialidad del tercio de Sicilia[f], varios alcaldes de Corte, lo más granado de la Sociedad Protectora de los Peces, algunos consejeros de Indias y de Órdenes, y toda la plana mayor del Consejo de Administración del *Ferrocarril de Turris a Utopia*. La venerada Archicofradía del A. B. C. iba completa, cubiertos los cofrades con hopa negra de penitente y capuchón colorado, y detrás seguían los masones, tan respetables con sus mandiles, que se confundían con los padres dominicos. Llevaban las cintas del féretro un teniente del tercio de Sicilia, a que pertenecía el finado, un caballero del hábito de Santiago el Verde, un socio del club de pescadores de Turris, un padre jesuita (por haber recibido el D. Galaor su educación

---

[c] La Santa Hermandad fue tribunal con jurisdicción propia, que perseguía y castigaba los delitos cometidos en despoblado. Sus orígenes datan del reinado de Enrique II, aunque su forma característica fue instituida por los Reyes Católicos en 1496. Se puede considerar un antecedente de la Guardia Civil.

[d] El Santo Oficio, nombre de la Inquisición Española; ya establecida en Valencia, Aragón y otros reinos de la península, fue fundada en Castilla por los Reyes Católicos, como institución nueva, extendiéndose por todos los reinos de la Península bajo un nuevo patrón uniformado y centralizado.

[e] El Ateneo de Madrid, sociedad cultural de índole liberal, frecuentado por Galdós, se funda en 1820.

[f] Los tercios, unidades básicas de infantería del ejército español, fueron organizados en 1534, y sustituidos por los regimientos hacia finales del siglo XVII.

primera en un falansterio de la Compañía)ᵍ, un jovencito de la Academia de Jurisprudencia, y otro de la Sociedad kantiana de San Luis Gonzagaʰ, donde el malogrado Polvoranca había leído su memoria sobre la organización militar a la prusiana.

Hubo gran funeral de cuerpo presente en Santa María, con mucha clerecía, canto llano y orquesta. Ofició el Obispo de la diócesis, que era también senador y del Consejo y Cámara de Castillaⁱ, y subió al púlpito el doctor Ramírez Cobos, lector en teología⁵ y presidente de la sección de Cánones del Ateneoʲ, el cual pronunció la oración fúnebre. Los taquígrafos la tomaron puntualmente y salió en los periódicos de la noche. Después llevaron el cuerpo a la capilla del Espíritu Santo. La muerte había respetado las agraciadas facciones del

---

ᵍ Si bien la palabra falansterio tiene un sentido amplio de asociación, su acepción más inmediata se refiere a las sociedades experimentales de Charles Fourier (1772-1835), filósofo socialista francés. Galdós consigue en esta frase una síntesis casi intolerablemente contradictoria de ideología progresista (falansterio) y conservadora (Compañía de Jesús).

ʰ De nuevo, Galdós yuxtapone dos opuestos en una relación irónica, el pensamiento crítico de Immanuel Kant (1724-1804), y la figura del jesuita que muere cuidando a los apestados en Roma, en 1591, San Luis Gonzaga, canonizado en 1726, y uno de los santos más populares de la Compañía de Jesús.

ⁱ La institución del Consejo, o reunión autorizada por el rey de juristas, caballeros y prelados, que tomaba decisiones de gran importancia para el país, si bien se remonta a los consejos reales de cada reino en la Edad Media, cobra importancia en el siglo de oro. A principios del siglo XVI se derivó del Consejo de Castilla un nuevo organismo formado por algunos de sus miembros: el Consejo de la Real Cámara o Cámara de Castilla.

ʲ De nuevo, mezcla el autor en una frase instituciones de ideología diversa. Un canon es una decisión tomada por un concilio de la Iglesia católica. Los ateneos, por el contrario, son sociedades laicas y generalmente progresistas.

---

⁵ de teología en Turris,

joven, que más parecía dormido que difunto. Dióscle sepultura junto a las tumbas de esclarecidos varones de las familias de Polvoranca y de Pioz, que en la tal capilla tienen desde tiempo inmemorial sus enterramientos. Allí está el Gran Maestre de Pioz, general de las galeras de S. M.[k], terror del turco y del veneciano, y su estatua yacente, vestida con hábito de almirante[l], empuñando la estaca de mando, pone miedo a cuantos la contemplan; allí la ilustre doña Leonor de Polvoranca, casada en primeras nupcias con un hermano del palatino de Hungría y en segundas con D. Ataúlfo de Pioz, jefe superior de Administración y colector de espolios; allí el marmóreo busto del Adelantado de Hacienda[m], poeta excelso que compuso en octavas reales la epopeya de las *Rentas,* y recogió en su *Flora selecta de rimas económicas* toda la poesía del siglo de oro de nuestros financieros más inspirados; allí el gran D. Lope de Pioz, caballerizo mayor del Congreso y gentilhombre del Ayuntamiento constitucional de Turris[6]; allí en fin, empotrados en nichos murales o sepultados bajo losas con peregrinos epitafios, otros muchos varones y hembras tan insignes, que la Fama, cuando tiene que pregonarlos a todos, como dice galanamente el cronista, se queda asmática para ocho días y con los labios hinchados de tanto soplar la trompa.

---

[k] Las galeras eran barcos de guerra, impulsados por vela y remo, que subsistieron hasta el siglo XVII.

[l] Alusión probable, no sólo al máximo rango naval, sino a un cargo político más amplio, como el del Almirante de Castilla, durante el periodo de la Casa de Austria.

[m] Adelantado es el nombre antiguo de varios empleos políticos, militares y judiciales, como gobernador de una provincia fronteriza durante la reconquista, o un territorio en Indias. Esta dignidad cae pronto en desuso una vez pasada la primera colonización americana.

---

[6] Turris:

En resolución, que somos polvo, aun siendo Polvoranca (ésta es también frase del escritor iluminado); y luego que pusieron sobre la removida tierra las coronas dedicadas al muerto por su familia y amigos, retiráronse éstos afligidísimos a catar el espléndido *lunch* con que les obsequiaron el capellán y coadjutores de Santa María del Buen Fin.

Y vino la noche sobre Turris, dejando caer antes un velo de neblina sutil, que mermaba y desleía el brillo de las luces de gas. Este vapor húmedo y fresco, condensándose en las aceras, las hacía resbaladizas, y los adoquines brillaban como si les hubieran dado una mano de negro jabón. Los caballos de los coches echaban por sus narizotas gruesos chorros de vapor luminoso; y todo se iba empañando, desvaneciendo; las líneas se alejaban, las formas se perdían. Poco después empezaron los chicos a vocear los periódicos de la noche *con la llegada de los galeones de Indias*[n]. La gente acudía a los teatros a ver el *D. Juan Tenorio*[o], los cafés estaban llenos de parroquianos, y las tiendas de lujo apagaron el gas, porque los cristales de los escaparates estaban empañados y nada se podía ver de lo que dentro se exponía. Algunas rondas de penitentes circulaban por las principales calles, rezando en alta voz el Santo Rosario, y como era noche de Difuntos, había muchos puestos de castañas, y las campanas de todas las iglesias, así como las de las sociedades literarias y científicas, atronaban el aire con sus fúnebres lamentos.

---

[n] Barcos de guerra, que, en convoy, efectuaban el transporte de carga y correo entre Indias y España, desde fines del siglo XVI.

[o] La obra más conocida de José Zorrilla, estrenada en 1844, y representada durante el resto del siglo XIX y buena parte del XX el Día de Difuntos.

Capítulo II

## La inconsolable

Profundamente abatida, Diana de Pioz se resistía a tomar alimento y a pronunciar palabra. Su desconsolado papá, el egregio marqués, empleaba, para sacarla de aquella postración lúgubre, todos los recursos de su facundia parlamentaria. Era hombre que hablaba por siete, y en el Senado no había quien le echara el pie delante en ilustrar todas las cuestiones que iban saliendo. Su especialidad era la estadística, y con las resmas de números que llevaba en los bolsillos probaba todo cuanto quería. No había sesión en que no se le oyera un par de horas, siempre indignado, entreverando el largo discurso con repetidas tomas de rapé, y marcando las frases con la coleta de su peluca, que por detrás de la cabeza, extendíase a tan considerable distancia, que ningún senador podía sentarse a espaldas del marqués sin recibir algún zurriagazo.

Cierro el paréntesis y sigo. Diana, fingiéndose más consolada para que su papá la dejara sola, dijo que quería dormir. Mandó retirar también a sus doncellas, y buen rato estuvo atenta al vocerío de las campanas, contando los segundos que mediaban entre son y son, y sintiendo como un goce terrible en el temblor que le producían las vibraciones del metal rasgando el aire. Prolongó una hora, dos horas aquella delectación de su mente extraviada, y cuando calculó que todos los habitantes del palacio dormían, saltó resueltamente del lecho. Su irremediable pena le había sugerido la idea de quitarse la vida, idea muy bonita y muy espiritual, porque, hablando en plata, ¿qué iba sacando ella con sobrevivir a su prometido? ¡Ni cómo era posible tolerar aquel dolor inmenso que le atenazaba las entrañas! Nada, nada, matarse, saltar desde el borde obscuro de esta vida insufrible a otra en que todo debía de ser amor, luz y dicha. Ya vería el mundo quién era ella y qué geniecillo tenía para aguantar los bromazos de la miseria humana. Esta idea, mezcla extraña de dolor y orgullo, se completaba con la seguridad de que ella y su amado se juntarían en matrimonio eterno y eternamente joven y puro; ayuntamiento lleno de pureza y tan etéreo como las esferas rosadas y sin fin por donde entrambos volarían abrazados. Por su inexperiencia del mundo y por su educación puramente idealista, por la índole de sus gustos y aficiones artísticas y literarias, hasta la fecha aquella de su corta vida Diana consideraba la humana existencia, en su parte más inmediatamente unida a la naturaleza visible, como una esclavitud cuyas cadenas son la grosería y la animalidad. Romper esta esclavitud es librarnos de la degradación y apartarnos de mil cosas poco gratas a todo ser de delicado temple.

Abro otro paréntesis para decir que aquella gran casa de Pioz, de remotísima antigüedad, tenía por patrono al Espíritu Santo. La imagen de la paloma campeaba en el escudo de la familia y era emblema, amuleto y marca heráldica de todos los Pioces que habían existido en el mundo. La paloma resaltaba esculpida en las torres vetustas y en las puertas y ventanas del palacio, tallada en los muebles de nogal, bordada en las cortinas, grabada con cerco de piedras preciosas en la tabaquera del marqués, en los anillos de Diana, en todas sus joyas, y hasta estampada por el maestro de obra prima en las suelas de sus zapatos. Diana tenía costumbre de invocar a la tercera persona de la Trinidad en todos los actos de su vida, así comunes como extraordinarios, por lo cual en esta tremenda ocasión que acabo de mencionar, convirtió la niña su espíritu hacia la paloma tutelar de los ilustres Pioces, y después de una corta oración, se salió con esto: "Sí, pichón de mi casa, tú me has inspirado esta sublime idea, tuya es, y a ti me encomiendo para que me ayudes."

En su desvarío cerebral, Diana conservaba un tino perfecto para las ideas secundarias, y no se equivocó en ningún detalle del acto de vestirse: ni se puso las medias al revés, ni hizo nada que pudiera deslucir su gallarda persona, después de vestida. Veía con claridad todo lo concerniente al atavío de una dama que va a salir a la calle, atavío que el decoro y el buen gusto deben inspirar, aun cuando una vaya a matarse. El espejo la aduló, como siempre, y ambos estuvieron de consulta un ratito... Por supuesto, era una ridiculez salir de sombrero. Como el frío no apretaba mucho, púsose chaquetilla de terciopelo negro, muy elegante, falda de seda, sobre la cual brillaba la escarcela riquísima bordada de oro. En el pecho se prendió un alfiler con la imagen de su amado. Zapatos rojos (que era la moda entonces) sobre medias negras concluían su persona por abajo, y por arriba el pelo recogido en la coronilla, con horquilla de oro y brillantes en la cima del moño. Envolvióse toda en manto negro, el manto clásico de las comedias, el cual la cubría de pies a cabeza, y ensayó al espejo el embozarse bien y taparse como una máscara, no dejando ver más que ojo y medio, y a veces un ojo sólo. ¡Qué bien estaba y qué gallardamente manejaba el tapujito! El misterioso rebozo marcaba en lo alto la cúspide puntiaguda del moño, y caía después, dibujando con severa línea el busto delicado, la oprimida cintura, las caderas, todo lo demás de la airosa lámina de la joven. En aquel tiempo se usaban muy exagerados esos aditamentos que llaman *polisones*, y el manto marcaba también, como es natural, el que Diana se puso, que no era de los más chicos, cayendo después hasta dos dedos del suelo, donde se entreparecían los pies menuditos y rojos de la enamorada y espiritual niña... Vamos: era la fantasma más mona que se podría imaginar.

Cogió una llave que en su vargueño guardaba, y salió. Era la llave de la escalerilla de caracol que comunicaba la biblioteca y armería con el jardín. Tiqui, tiqui, se escurrió bonitamente Diana por un pasadizo, y luego atravesó dos o tres salas, a obscuras, palpando las paredes y los muebles, hasta que llegó a la biblioteca. Abrió, cuidando de no hacer ruido, la puerta de la escalera de caracol, y tiqui, tiqui, bajó los gastados escalones, hasta encontrarse en el jardín. Cómo pasó de éste al gran patio, y del patio a la calle burlando la vigilancia de la ronda nocturna del palacio, es cosa que no declara el cronista. Lo que sí expresa terminantemente es que en el tiempo que duró el largo tránsito por tenebrosas galerías, escaleras, terrazas, poternas y fosos hasta llegar a la calle, iba pensando la niña en la forma y manera de consumar la saludable liberación que proyectaba. Su mente descartó pronto algunos sistemas de morir muy usados entre los suicidas, pero que a ella no le hacían maldita gracia. Fácil le hubiera sido coger en la armería de su papá un mosquete o un revólver; pero ni sabía cargar estas armas, ni estaba segura de saber pegarse el tirito fatal. Puñal, daga o alfanje no le petaban, por aquello de que se puede uno quedar medio vivo; y los venenos son repugnantes porque ponen el estómago perdido y quizás hay que vomitar... Nada, lo mejor y más práctico era tirarse al río. Cuestión de unos minutos de pataleo en el agua, y luego el no padecer y el despertar en la vida inmortal y luminosa.

## Capítulo III
### Trátase de la ciudad movible y del río vagabundo

Tomada la resolución de ahogarse, Diana pensó que debía ir antes a visitar el sepulcro de D. Galaor; pero al dar los primeros pasos en la calle se sobrecogió, pues la obscuridad de la noche y la extensión laberíntica de la gran ciudad de Turris, no le permitirían acaso encontrar la iglesia del Buen Fin sin que alguien la guiase. Miró a diestro y siniestro, pero como por todos lados viera techos negros, torres altísimas, almenados muros y pináculos góticos, la pobre niña no sabía a dónde volverse. La niebla no se había disipado, aunque era ya menos densa que al anochecer, y los edificios se dibujaban, entre la penumbra blanquecina, mayores de lo que realmente eran. La inconsolable discurrió que lo mejor era andar a la ventura, confiando en que su protector el Espíritu Santo la conduciría sin tropiezo al través de las dificultades permanentes y ocasionales de la topografía de la ciudad.

Hay que hacer ahora una aclaración de carácter geográfico, que sorprenderá mucho al lector, y en la cual insiste mucho el cronista, asegurando en forma de juramento que el día en que escribió esta parte de su relación no cometió exceso antes ni después de la cena. Pues ello es un fenómeno físico, peculiar de la ciudad de Turris, y que en ninguna otra parte del globo se ha manifestado nunca, como sienten Estrabón[P] y dos graves autores más. La ciudad de Turris se mueve. No se trata de terremotos, no: es que la ciudad anda, por declinación misteriosa del suelo, y sus extensos barrios cambian de sitio sin que los edificios sientan la más ligera oscilación, ni puedan los turriotas apreciar el movimiento misterioso que de una parte a otra les lleva. Se parece, según feliz expresión del cronista, a un gran animal que hoy estira una calle y mañana enrosca un paseo. A veces la calle que anocheció curva, amanece recta, sin que se pueda fijar el momento del cambio. Los barrios del Norte se trasladan inopinadamente al Sur. Los turriotas, al levantarse todas las mañanas, tienen que enterarse de las variaciones topográficas ocurridas durante la noche, pues a lo mejor aparece el Tribunal de Cuentas al lado de la Plaza de toros, y el Congreso frente al Depósito de caballos padres.

El centro de la ciudad se mueve poco y rara vez. Los radios son los que van de aquí para allí con movimiento tan inapreciable a los sentidos, directamente, cual la ro-

---

[P] Geógrafo griego (58 a. C. - 25 d. C. ?), autor de una *Geografía*.

tación cósmica del planeta. Las arterias radiales de la ciudad y sus extremidades son las que se revuelven, se cruzan y se enroscan como los rejos del pulpo. Lo más particular es que las líneas de tranvías sufren poco o nada, pues sus carriles se acomodan a la dirección del movimiento. El inaudito fenómeno se verifica casi siempre de noche. El Municipio tiene pregoneros que salen por las mañanas voceando la nueva topografía, y se ponen carteles diciendo, por ejemplo: "La cárcel se ha corrido al Oeste. Hay tendencias en el Senado a derivar hacia los Pozos de nieve. La Bolsa firme (quiere decir que no se ha movido). El convento de Padres Capuchinos Agonizantes, unido a la Dirección de Infantería y al Hotel de Bagdad, marcha, costeando el barrio de los judíos, hacia la Fábrica del gas." Cierto que este fenómeno, único en el globo, tiene sus inconvenientes, porque no se sabe nunca, en tal ciudad, de quién es uno vecino y de quién no; pero hay que reconocer que no carece de ventajas, pues cuando un turriota sale, a altas horas de la noche, de una francachela, con la cabeza un poco mareada, no necesita fatigarse para ir a su casa, sino que se está quietecito, arrimado a un guardacantón, esperando a que pase la puerta de su vivienda para meterse en ella tan tranquilo.

Es, pues, de saber que Diana tiró por la primera calle que a su vista se ofrecía. El lamentar de las campanas, en vez de intimidarla, le prestaba más ánimos[7], confirmando en lenguaje solemne sus propios pensamientos. Pasó por calles céntricas y comerciales, bulliciosas de día, a tal hora casi desiertas. Ya había salido el público de los teatros, y en los cafés había bastante gente cenando o tomando chocolate. Los vendedores de periódicos voceaban perezosos, deseando vender los últimos ejemplares. Diana reparó en algunas mujeres con manto, que no parecían trigo limpio, y hombres que las seguían

---

[7] prestaba ánimos,

y alborotaban con ellas en animado grupo. Oyó ruido de espuelas, y vio caballeros envueltos en capas negras o rojas, mostrando la espada a la manera de un rabo tieso que alzaba la tela. Pasando[8] por barrios excéntricos, donde observó secretos en las rejas, llegó a una calle donde había muchas tabernas y gente de malos modos y peores palabras que escandalizaba a ciencia y paciencia de los los cuadrilleros de Orden público[q], los cuales, plantados en las esquinas, como estatuas, encajonada la cara en las golillas, tapándose la boca con el ferreruelo, más parecían durmientes que vigilantes.

Atravesó después la niña un tenebroso parque, y hallóse, por fin, en sitio solitario y abierto. Vio pasar una gran torre que iba de Norte a Sur, cual un fantasma, y como al mismo tiempo sonaban en ella las campanas, el eco de éstas se arrastraba por el aire a modo de cabellera. Fábricas monstruosas con altísimas chimeneas pasaron también como escuadrón que marcha al combate con los fusiles al hombro; después vio ante sí los resplandores de la Fábrica del gas. Pasaron algunos hombres encapuchados, que debían de ser la ronda del Santo Oficio. La inconsolable se ocultó en la sombra de una casa destechada. Pasaron, tras la ronda, penitentes que se daban de zurriagazos sin piedad; luego, empleados del resguardo que iban a relevarse en los puestos; en pos, un borracho que trazaba con inseguro paso rúbricas sin fin en el suelo humedo. La joven, asustada de su soledad y sin esperanza de encontrar la iglesia del Buen Fin, no se atrevía a preguntar a nadie. Por último oyó una voz infantil que cantaba el himno de Riego, mejor

---

[q] Cuadrilleros se llamaban los agentes de la Santa Hermandad, mientras que el término "orden público" es más propio del siglo XIX.

[8] El texto base pone "paseando" y la primera edición "pasando"; escogemos este último, por ser más congruente en el contexto azaroso de esta parte de la narración.

dicho, lo silbaba con música semejante a la que aprenden los mirlos enjaulados a las puertas de las zapaterías. Aquella tierna voz le inspiró confianza. Un niño como de seis años avanzaba con marcial continente, marcando el paso doble y agitando un palito con la mano derecha, en perfecta imitación de los gestos de un tambor mayor al frente del regimiento.

Discurrió la damisela que aquel gallardo rapaz podría darle informes mejor que cualquier gandul desvergonzado y... "¡Pst... chiquillo, ven acá!..."

Paróse en firme el muchacho al ver salir de la sombra la esbelta figura, y cuando reparó que era una dama, llevóse la mano al andrajo que por gorra tenía.

—Chiquillo— añadió ella —¿quieres decirme si está por aquí Santa María del Buen Fin? Y si está lejos, ¿qué camino debo tomar? Te daré una buena propina si no me engañas.

El muchacho se cuadró ante la señorita de Pioz, y con desenvuelta palabra y ademanes más desenvueltos todavía, le dijo: —¡El Buen Fin! Muy cerca está. ¿Ves aquella torre que se acaba de parar?... Allí es. Yo te enseñaré el camino.

—¡Ay! hijo, ¡qué alegría me das!... Pero ponte la gorra que hace frío. Mira (sacando una moneda de su escarcela) ¿ves este ducadito de once reales? pues es para ti si te portas bien.

Los ojos del chico brillaron de tal modo al ver la moneda, que Diana creyó tener delante dos estrellas. Sin decir nada, el rapaz echó a andar, silbando otra vez su patriotera música, y marcando el paso vivo, con mucho meneo del brazo derecho, a estilo de cazadores.

—Oye, niño —le dijo la inconsolable que no quería ser precedida por una banda militar—. Vale más que vayamos calladitos. No nos conviene llamar la atención... ¿Te parece?

Callóse el guía y dio dos o tres brincos y zapatetas con tanta ligereza, que la niña de Pioz no pudo menos de sonreír un poco.

—Pobrecillo —poniéndole la mano en la cabeza—, ¡y qué mal estás de ropa!

Efectivamente, el chico llevaba unos gregüescos cortos, las piernas al aire, los pies descalzos. El cuerpo ostentaba un juboncillo con cuchilladas, mejor dicho, roturas por donde se le veían las carnes. Su gorra informe tenía por cintillo una cuerda de esparto, y otra prenda del mismo jaez le apretaba la cintura para que no se le cayeran los gregüescos.

—¿No tienes frío? —le preguntó compadecida la señorita.

—No tal —replicó el otro saltando un gran trecho; y se puso a dar vueltas de carnero tan repetidas y con tanta presteza, que mareaba verle.

Tanta gracia y ligereza excitaron más la compasión de Diana, y siguiéndolo por un callejón sombrío y tortuoso, le dijo:

—Mayor recompensa de la que te ofrecí te daré, si te portas bien conmigo. ¿Cómo te llamas?

—Celín, para servirte.

—¿Tienes padre?

—Sí; pero no está aquí.

—¿Dónde?

Celín, dando un gran brinco, señaló una estrella.

—¡Ah! eres huérfano. ¿De qué vives? ¿Pides limosna? ¡Pobrecito! ¿Y quién te ampara? ¿Dónde vives? ¿Dónde duermes?

Celín contestó dando brincos mayores, y Diana admiraba la extraordinaria agilidad del muchacho, que al levantar los pies del suelo, brincaba hasta alturas increíbles.

—Chiquillo, pareces un pájaro... Cuéntame, ¿de qué vives tú? ¿Tienes hambre? Si pasáramos por una tienda te compraría pasteles... ¿Acaso vives tú, como otros niños vagabundos, de merodear en los mercados y de desvalijar a los caminantes? Eso es muy malo, Celín... Si yo no fuera adonde voy, te protegería... A propósito: después que me lleves al Buen Fin, me llevarás al río Alcana. ¿Sabes dónde está hoy?

—El río estaba aquí esta tarde, pero se pasó ya a la otra banda. Le vi correr, levantándose las aguas para no tropezar en las piedras, y echando espumas por el aire. Iba furioso, y de paso se tragó dos molinos y arrancó tres haciendas llevándoselas por delante con árboles y todo.

—¡Huy, qué miedo! Iremos luego al río. Yo tengo confianza en ti, pues aunque me pareces alborotado[9], eres simpático y complaciente con las damas.

Y aquí es preciso repetir la explicación que se dio referente a la ciudad. El río Alcana variaba de curso cuando le parecía. Unas veces corría por el Este, otras por el Oeste; mas la misteriosa ley determinante de su curso vagabundo le imponía la obligación de no inundar nunca la ciudad. Como depositaba en su cauce un sin número de arenas de oro, la variación era utilísima a los turriotas, y muchos se dedicaban a cosechar el valioso metal. Últimamente se formó una gran sociedad por acciones para la explotación de aquella riqueza. Los cambios de curso se anunciaban con hondos murmullos del agua, que parecían salmodia entonada por las invisibles ninfas del río, y desde que sonaba aquella música, los ribereños se preparaban, retirando sus ganados de las peligrosas orillas. En ocasiones, alejábase hasta una y dos leguas de la ciudad; otras se acercaba tanto, que lamía los muros de la Inquisición y de la Fábrica de tabacos, o se rascaba en los duros sillares del palacio de Pioz. Llevábase muy a menudo los corpulentos árboles que poblaban sus orillas, y se veían hermosas masas de verdura corriendo al través de los campos.

Los chicos juguetones se montaban en las ramas nadantes y navegaban en ellas de una parte a otra. En cambio, las naves que surcaban el río, las potentes galeras de Indias, cargadas de plata, se quedaban en seco, con las hélices enterradas en fango, y era forzoso espe-

---

[9] bastante alborotado,

rar a que el río volviera a pasar por allí. También solía acarrear el Alcana, de remotos confines, plantas rarísimas, desconocidas de los turriotas, y animales exóticos, y aun viviendas con hombres de razas muy diferentes de la nuestra en lengua y color. Los peces le seguían siempre en sus caprichosas mudanzas, y desde que se percibían los primeros acentos de aquel canto de las ninfas acuáticas, se reunían en grandes caravanas con sus jefes a la cabeza, y tomaban el portante antes que mermase el caudal de aguas[10].

Capítulo IV

## De la visita que Diana y Celín hicieron a la capilla del Espíritu Santo

Ya llegaron la niña de Pioz y su guía a Nuestra Señora del Buen Fin. La puerta principal estaba cerrada. Las esculturas de ella dormían beatíficamente en sus nichos, la cabeza inclinada sobre el hombro. Por indicación del rapaz, dieron la vuelta, tropezando en el desigual piso, hasta acertar con una rinconada donde se veía claridad. Era el postigo de la sacristía. Celín delante, la señorita detrás, entraron, y el chicuelo guiaba mostrándose conocedor de los rincones del edificio. Como llegaran a un sitio obscuro, sacó Celín del seno su caja de cerillas y encendió una contra la pared, para alumbrar el tránsito. Cuando había que bajar dos o tres escalones, alargaba la mano con galantería para que la señorita se apoyase.

Penetraron en una pieza abovedada y rectangular, mal alumbrada por un candilón cuya llama ahumaba la pared. Por un agujero del techo aparecían varias sogas, cuya punta tocaba al suelo. En éste había un ruedo y

---

[10] agua.

sobre él un hombre sentado a la turquesca, y entre sus piernas montones de castañas y dos botellas de aguardiente. Era al campanero, maese Kurda, y estaba profundamente dormido, la barba pegada al pecho, dando unos ronquidos que parecían truenos subterráneos. De rato en rato, sin salir de su sopor, conservando los ojos cerrados y la respiración de perfecto durmiente, estiraba el tal los brazos, y agarrando las cuerdas hacía un esfuerzo, cual si quisiera colgarse de ellas. Sonaban allá arriba las campanas con estruendo terrorífico y vibraba todo el edificio como si fuera de metal, mientras se desvanecían y alargaban[11] en el aire las ondas del sonido. Luego, maese Kurda sepultaba nuevamente la barba en el pecho y seguía roncando, hasta transcurrir el tiempo exacto entre un doble y otro.

Celín hizo provisión de castañas, metiéndose por las cuchilladas de su jubón todas las que cupieron, y en seguida indicó a la señorita la puerta que a la iglesia conducía. No tardaron en encontrarse en la nave principal, y respetuosamente pasaron a la capilla del Espíritu Santo. La primera impresión de Diana fue miedo de verse entre tantísimo sepulcro. Descollaba la estatua yacente del Gran Maestre de Pioz, terror de los turcos, y había más allá otra imagen marmórea, barbuda y en pie, mirando terroríficamente con sus ojos sin niñas a todo cristiano que osaba entrar allí. Los sepulcros de los Polvorancas tenían el emblema de la casa, que era un reloj de arena, y en las tumbas de los Pioces campeaba la paloma tutelar de la estirpe. Alumbraban la capilla los cirios encendidos junto a la sepultura de D. Galaor. Casi todos estaban ya en lo último del cabo, y sus pábilos negros se enroscaban como lenguas de la llama bostezante, mientras el lagrimeo de la cera derretida escurría por los blandones abajo, goteando sobre el suelo.

Diana se sintió sobrecogida de respeto y religioso pavor. Sobre la tierra, aún no sentada, que cubría los

---

[11] mientras se alargaban y desvanecían

restos de su novio, yacían las coronas que adornaron el féretro. Leyó las cintas con doradas letras que decían: "¡La oficialidad del tercio de Sicilia a su noble compañero..." Otra: "El Ateneo científico, literario y litúrgico, etc..." Las flores naturales dedicadas por ella se habían ajado ya, y las de trapo exhalaban ingrato aroma de tintes industriales.

Sintió la joven, al arrodillarse, brusco impulso hacia la tierra, como si brazos invisibles desde ella la llamasen y atrajesen. Cayó, boquita abajo; besó el suelo, y aquí dice el ingenioso cronista que siendo la sepultura de secano, ella la hizo de regadío con el caudal fontanero de sus lágrimas. La idea de la muerte se afirmó entonces en su alma, a la manera de una voluptuosidad embriagadora. Ofrecióse a su espíritu la muerte, sucesivamente, en las dos formas eternas. Figurábase primero estar en esencia al lado de su amante, los brazos enlazados con los brazos, las caras juntitas. Pero no podía imaginar esta situación prescindiendo del bulto corpóreo. Sería su cuerpo todo lo sutil e impalpable que se quisiera; pero cuerpo tenía que ser, aunque con sólo medio adarme de materialidad, pues sin éste no podía verificarse el abrazo[12] ni la sensación mutua y recíproca de estar juntos.

La otra forma ideal de muerte consistía en suponerse toda huesos debajo de aquella tierra; el esqueleto de su amante desbaratado y confundido con el de ella, de modo que no se pudiese decir: "este huesito es mío y este tuyo." Revueltas de este modo las piezas, se realizaba mejor el anhelo amoroso de ser los dos uno solo. Los cráneos eran lo único que conservaba personalidad distinta, tocándose los frontales y la mandíbula inferior. Pero esta confusión de huesos no podía la joven concebirla sino admitiendo que los tales huesos debían de tener conciencia de sí mismos, que los cráneos se reco-

---

[12] abrazo,

nocían pensantes, y que todas las demás piezas óseas, bien barajadas, habían de experimentar la sensación del roce de unas con otras, pues si tal conciencia y sensación no existiesen, la común sepultura no tenía gracia. Estas ideas, sucediéndose con rapidez en su mente, le produjeron vértigo, el cual vino a parar en desesperación... ¡Que no pudiera ella resucitar al que bajo aquella tierra estaba, darle vida con sus lágrimas y su aliento! Expresaba esta infantil desesperación hiriendo el suelo con las puntas de los pies (no se olvide que estaba boca abajo), y también clavó los dedos en la tierra blanda como queriendo revolverla. El cronista dice que consideraba a la tierra como a una rival y le arañaba el rostro. Mientras esto pasaba, no se oían en el triste panteón más rumores que el de los suspiros de Diana y el que producía Celín descascarando las castañas para comérselas. Estaba sentado en el escalón del altar, de espaldas a éste, mostrando soberana indiferencia hacia cuanto[13] le rodeaba.

La inconsolable se levantó decidida a abreviar el tiempo que la separaba de la muerte.

—Chiquillo: ahora[14] al río —dijo secándose el de sus lágrimas; y salieron por donde habían entrado, cruzando junto al dormido campanero, que tocó cuando pasaban[15]. Al encontrarse en la calle, Diana dijo a su guía:

—Celín, si te portas bien, te daré más, mucho más de lo prometido. No has de decir a nadie que me has visto, ni que hemos ido al río, ni tienes que meterte en que yo haga esto o lo otro.

Respondió el chico que el Alcana estaba un poquito lejos, y guió por torcida calle, en la cual había una imagen alumbrada por macilento farol. Pasaron por junto al cuartel de la Santa Hermandad, establecido en el desa-

---

[13] todo cuanto
[14] ahora,
[15] que cuando pasaban tocó.

251

mortizado convento del Buen Fin. En la puerta estaba de centinela un cuadrillero con tricornio y capote. Dejaron atrás la Casa de locos y un barrio de gitanos. Costeando luego la inmensa mole de la Casa de los Jesuitas, rodeada de sombras, entraron en una plaza enorme con muchísimas horcas, de las cuales pendían los ajusticiados de aquel día. Eran salteadores de caminos, periodistas que habían hablado mal del Gobierno, un judaizante, un brujo y un cajero de fondos municipales, autor de varios chanchullos. Apretaron el paso, y al salir a un lugar más abierto, entre campo y ciudad, notó Diana que la obscuridad menguaba.

—Pero qué, ¿ya viene el día? —dijo a su compañero—. Apresurémonos, hijo, que esto debe concluir antes que amanezca.

Entonces se fijó en Celín, creyendo advertir que su simpático amigo era menos chico que cuando le tomó por guía.

—O es que la claridad agranda los objetos, o tú, Celinillo, has crecido. Cuando te encontré, tu cabeza no me pasaba de la cintura, y ahora, ahora... Acércate. ¡Jesús, qué cosa tan rara!... ¡Qué estirón has dado, hijo! Si casi casi me llegas al hombro.

Celín se reía. Como aumentaba la claridad, Diana creyó observar en las pupilas de su guía algo penetrante y profundo que no es propio del mirar de los niños. Eran sus ojos negros y de expresión jovial; pero cuando se ponían serios, Diana no podía menos de humillar ante ellos su mirada.

De repente, Celín se restregó sus heladas manos, y recurriendo a la gimnasia para entrar en calor, dio un sinfín de volteretas con agilidad pasmosa. A pesar del estado de su espíritu, la niña de Pioz se echó a reír. Celín se le puso delante, y con picaresco acento le dijo:

—Sé volar.

Para probarlo agitó los brazos y fue de una parte a otra con increíble presteza. Diana no podía apreciar la razón física de aquel fenómeno, y atónita contempló las rápidas curvas que Celín describía, ya rastreando el suelo, ya elevándose hasta mayor altura que las puertas de las casas, tan pronto se deslizaba por un pretil ornado de macetas, como se dejaba caer de considerable altura, subiendo luego por un poste telegráfico y saltando desde la punta de él a un balcón próximo, para deslizarse hacia el suelo, rozando su cuerpo con un farol.

—No te canses, hijo; ya veo que vuelas; —gritó la señorita corriendo hacia él, porque con aquellos brincos fenomenales, Celín se había puesto a considerable distancia.

Avanzaron más, y hallándose junto a unas tapias rojizas que eran las de los corrales de la Plaza de toros, Celín se paró y dijo:

—¿Oyes, oyes? Es el río.

—Pero qué, ¿viene hacia acá?

—No; está aquí desde ayer. A la vuelta de esta tapia lo veremos.

—Corramos, —dijo la señorita impaciente. —Esto debe concluir pronto. Cuidado, hijo, como das cuenta a nadie de lo que me veas hacer.

Capítulo V

# Refiérense las increíbles travesuras de Celín, y cómo fueron él y la inconsolable en seguimiento del río Alcana

Y corrieron tanto, que Diana, fatigada, se detuvo junto a un grueso pilar de sillería. Hallábanse bajo el viaducto del ferrocarril, y pronto, a la luz del naciente día, vieron la fila de pilares y encima el inmenso tubo de hierro por donde el tren pasaba. Diana no podía respirar y tuvo que sentarse; Celín permaneció en pie. Oyóse un ruido lejano y sordo que crecía a cada instante. Era el tren, que se aproximaba silbando, y embestía el viaducto como un toro. Oyeron sus pisadas y el rumor de su resuello. Cuando penetró en la inmensa viga metálica, parecía que el mundo se venía abajo.

—Esto me da miedo, Celín —dijo la señorita apartándose sobresaltada—. Si esto se cae y nos coge debajo...!

Y luego que el tren pasó, hablaron un instante de cosas completamente extrañas al motivo de aquella insensata correría de la marquesita de Pioz.

—Éste es el tren de recreo —dijo Celín recostándose junto a ella—. Dentro de media hora viene otro, y después otro, y el correo y el expreso. Mucha gente, muchísima, con billete de ida y vuelta, para ver el auto de fe de mañana.

—Sí, he oído que sólo de la parte de Utopía vendrán más de ocho mil personas; todo para ver un auto; y los Toros que habrá después. Por bonito que sea un auto, no comprendo que se agolpe tanta gente para presenciarlo.

—En el de esta tarde achicharrarán sesenta, entre judíos, blasfemos, sargentos[r] y falsificadores. Y como también hay toros y cucañas, música por las calles, discursos y carreras de tortugas, viene gente y más gente.

—¡Qué tristeza me dan la animación y la alegría de Turris! La suerte mía es que no viviré esta tarde, y así me libro del suplicio de la felicidad ajena. Tú eres un niño y no comprendes esto; tú, inocente y travieso Celín, gozas

---

[r] Los sargentos incluidos en esta lista de víctimas aluden, sin duda, a aquellos fusilados tras su sublevación en el madrileño cuartel de San Gil, el 22 de junio de 1866. El joven Galdós vivió esas jornadas, que nunca olvidaría, según nos cuenta en sus *Memorias de un desmemoriado:* "A la caída de la tarde, cuando pudimos salir de casa vimos los despojos de la hecatombe y el rastro sangriento de la revolución vencida. Como espectáculo tristísimo, el más trágico y siniestro que he visto en mi vida, mencionaré el paso de los sargentos de Artillería llevados al patíbulo en coche, de dos en dos, por la calle Alcalá arriba, para fusilarlos en las tapias de la antigua plaza de toros.
Transido de dolor, les vi pasar..." *(Obras Completas,* VI, 1655).

viendo el tropel de la gente bulliciosa que se agolpa ante las hogueras, y quizá, quizá, lo digo sin ofenderte, vives de los descuidos de la multitud, aligerando bolsillos y distrayendo algún pañuelo o tal vez cosa de más peso. Por eso te gusta el gentío, y que los trenes de Utopía y Trebisonda[s] arrojen a millares los forasteros sobre las calles de Turris... Pero estamos aquí descuidados como dos tontos. Vamos, vamos pronto al río, y cúmplase mi destino.

Ya era día claro. Ligera niebla posaba sobre la tierra, y los términos lejanos no se distinguían bien. Corría un fresquecillo tenue, por lo que Diana, envolviéndose en su manto, avivó el paso. Celín había perdido toda idea de formalidad, y su ratonil inquietud aturdía a la señorita. Cuando pasaba un pájaro, saltaba tras él, y superando en rapidez al ave misma, la cogía, y mostrándola a la señorita la soltaba al instante. Lo mismo hacía con las mariposas y con insectos pequeñitos casi inaccesibles a la mirada humana. Diana no había visto nunca cazar de aquella manera. Atravesaron un prado, en el cual se destacaban algunos olmos que aún no habían perdido la hoja, pero la tenían amarilla. A los reflejos del sol entre la neblina, parecían árboles vestidos de lengüetas de oro. De un brinco se subió Celín al tronco del mayor de ellos y trepó maravillosamente hasta la rama última. Diana le miraba asustada.

—Te vas a matar.

Cayó de golpe, y la señorita, creyendo que se había estrellado, lanzó un grito de terror. Celín se le plantó delante tan risueño como siempre, diciéndole:

---

[s] Utopía, ciudad ideal imaginada por Thomas More (Santo Tomás Moro) (1478-1545) en su libro del mismo nombre. Trebisonda, o Trapisonda, como aparece en el prólogo a la primera parte del *Quijote*, es una ciudad en la costa meridional del mar Negro (Turquía), frecuentemente mencionada en los libros de caballerías, como capital de un imperio fabuloso.

—Todavía sé caer de mucho más alto, pero de mucho más.

Dianita le puso la mano sobre la cabeza, mirándole tan sorprendida como antes.

—Celín, me parece que tú has crecido más. ¿Qué es esto?

El muy pillo se reía, y con sus pies desnudos aplastaba las ramitas secas y los espinos, sin hacerse daño.

—¿Pero qué tus pies son de bronce? ¿Cómo no te clavas esas tremendas púas...? Y otra cosa noto en ti. ¿Dónde pusiste la gorra? La has perdido, bribón. Di una cosa. ¿No tenías tú, cuando te encontré, unos gregüescos en mal uso? ¿Cómo es que tienes ahora ese corto faldellín blanco con franja de picos rojos, que te asemeja a las pinturas pompeyanas[t] que hay en el vestíbulo de mi casa y las figuras pintadas en los vasos del Museo? ¿No tenías tú un juboncete con más agujeros que puntadas? ¿Dónde está? Ahora te veo una tuniquilla flotante que apenas te tapa. ¡Qué brazos tienes tan fuertes! ¡qué musculatura! Vas a ser un buen mozo.

Por entre aquellos cendales veía la joven el bien contorneado pecho del adolescente, de color rosa tostado, signo de la más vigorosa salud. La cabeza de Celín era de una hermosura ideal; la tez morena, por la acción constante del sol; los ojos expresivos, grandes y luminosos; la boca siempre risueña; la dentadura blanca como la leche y fuerte como el hierro, pues Celín ponía entre ella un mediano palo, y lo partía como si fuera una pajita.

---

[t] Estilo de pinturas murales muy extendido en la decoración europea, a partir del descubrimiento (1748) y excavación de Pompeya, ciudad sepultada bajo las cenizas y la lava el año 79. Se trata por tanto de figuras en atuendo de la antigüedad clásica. Como dato curioso es interesante notar que uno de los cafés adonde con más frecuencia acudía el joven Galdós, el Café Universal, ostentaba en sus paredes pinturas pompeyanas (Pedro Ortiz Armentol, "Galdós, vecino de Madrid", *Madrid en Galdós; Galdós en Madrid,* Madrid, Comunidad de Madrid, 1988, 208).

No satisfizo el gracioso chico las dudas de la dama, y la guió por vereda guarnecida de matorrales, hasta que llegaron a divisar el Alcana. Abarcó ella[16] de una ojeada toda la anchura del voluble río, de orilla a orilla, sereno y murmurante. Eran tan claras las aguas, que se veían perfectamente las piedras del fondo, pececillos de varios colores, cangrejos, algas y zoófitos.

—¡Qué poco fondo tiene! —murmuró Diana, llegando hasta tocar con sus[17] pies la corriente—. Aquí no podría ahogarme. Vamos más allá. Celín, pareces tonto. Llévame adonde el río sea muy profundo. ¿No sabes que quiero morir, que necesito matarme prontito, y que no es cosa de estar dando pataletas en el agua, y salvándose una cuando menos gana tiene de ello?...

Celín guió hacia otra parte, tomando por entre breñas y ásperas rocas. El camino era penoso, y la inconsolable se fatigó sobremanera.

—¿Tienes hambre? —le dijo Celín de pronto, deteniéndose.

—Francamente, estoy desfallecida. Pero ¿qué importa?... ¡para lo que me queda de vivir! Adelante, hijo.

—Es que yo no me he desayunado.

—Pues estás fresco. No pretenderás que encontremos por aquí un *restaurant*.

—Pero encontraremos moras de zarza.

Sin decir más, trepó por una peña en la cual se enredaba zarza corpulentísima, y desde arriba empezó a dar gritos:

—¡Hay muchas y qué ricas! ¿Quieres? Pon el manto, para recoger las que yo tire.

La señorita no quiso hacerse de rogar, y conforme iban cayendo moras en el manto, se las iba comiendo, y en verdad que le sabían a gloria. Eran dulces como la miel. Celín bajó con tanta presteza como había subido, y

---

[16] Ella abarcó
[17] los

conduciendo a su compañera por angosta encañada, le dijo:

—¿Quieres probar ahora la fruta del árbol del café con leche?

—Chiquillo, ¿qué disparates estás diciendo ahí?

—¡Qué tonta! ¡y no lo cree! Verás... Nosotros los pilletes, que vivimos como los pájaros, de lo que Dios nos da, tenemos en estos salvajes montes nuestras despensas. Aquí está el árbol del café con leche, que tú no conoces, ni los turriotas tampoco. Sí, para ellos estaba. Míralo allá. Lo trajo el Alcana de una tierra muy distante, y ahí lo dejó cuando se fue de aquí. Da unas bellotas ricas, pero muy ricas.

Era un árbol bastante parecido al roble. Celín trepó a sus ramas, y pronto empezaron a caer bellotas sobre el manto de la marquesita de Pioz. ¡Vaya si eran buenas! y su sabor lo mismo que el del café con leche.

—¡Vamos, Celín, que eres tú de lo más célebre...! ¿Y este árbol no lo conoce nadie más que tú? ¡Ay! si mi papá tuviera noticia de esta encina cafetera, ya habría armado un escándalo en el Senado para que el Gobierno ordenara la propagación de un vegetal tan útil. De veras que esta fruta es de lo más rico que se conoce. Baja, baja ya, y no eches más, que otros infelices habrá que lo aprovechen.

Celín bajó, trayendo ración bastante para almorzar en toda regla. Díjole Dianita que abreviase la marcha, y siguieron ambos saltando por entre breñas y matorrales, él dándole la mano en los pasos difíciles, y ella recogiendo sus faldas en los sitios intrincados y espinosos. La confianza se iba estableciendo entre ambos, hasta el punto de que Celín, olvidando la humildad de su condición ante la ilustre descendiente de los Pioces, se permitía decirle:

—Chica, pareces boba; a todo tienes miedo. Dame la mano y salta sin reparo.

Pasó un aldeano conduciendo dos vacas, y dio con agrado los buenos días a los vagabundos sin sorprenderse de su extraña catadura. Una mujer que pasaba con un cántaro de agua les interpeló de este modo:

—Eh, chicos, que os perdéis. Por ahí no hay salida. ¡Y cómo brinca la moza!

Diana sentía simpatía misteriosa hacia su compañero.

—Oye, tontín; no me has dicho quiénes son tus padres.

—Mis padres no están aquí —replicó él sin mirarla.

—¿Pues dónde?

—En ninguna parte del mundo.

—¡Ah! eres huérfano. No tienes a nadie. Ya me explico que estés tan mal de ropa. ¿Y hermanos no tienes tampoco?

—Tampoco. Soy solo.

—¡Solo! (la señorita sintió que su resolución la apretase tanto, pues de lo contrario recomendaría a Celín a su papá para que le protegiese). Tú eres un salvaje, pero eres listo y... simpático. Si yo pudiera volverme atrás, te protegería; pero no puedo, no hay que hablar de eso... Paréceme que hemos llegado a un sitio muy a propósito. Subamos a esta peña que está sobre el río. ¡Virgen del Carmen, qué hondo es aquí, qué hondo!

—Muy hondo, sí —afirmó el muchacho, inclinando el cuerpo sobre la corriente.

—Bueno, pues queda elegido definitivamente este sitio —dijo la inconsolable quitándose el manto—. Celín, debo ser explícita contigo. He salido de mi casa con la inquebrantable resolución de matarme, porque he tenido un disgusto, pero un disgusto muy gordo. No vayas a creerte que es cualquier niñería. De modo que ahora, tú te pones allí, apartadito, y dices: "una, dos, tres"... y al decir *tres* y dar la palmada, yo me tiro, y adiós miserable vida humana. Pero cuidado cómo te entra lástima de mí y te tiras detrás a sacarme... que tú eres muy pillo y te creo capaz de hacer cualquier tontería. Si lo haces, perderemos las amistades... ¡Ah! te dejo mi escarcela con todo el dinero que traigo, para que te compres botas y te vistas como las personas decentes. Otra cosa tengo que encargarte, y es que no se te pase por la cabeza ir a Turris con el cuento de que me he tirado al agua. Tú te callas, y cuando salga mi cuerpo por ahí, lo sabrán. Conque ¿estamos? ¿Te has enterado bien? Ahora, asegúrame que es bastante hondo el río por esta parte; no vaya a resultar que hay poca agua, y todo se reduce a una zambullida y a una mojadura que me constipará sin poderme ahogar.

—Pues como hondura, no hay nada que pedir —declaró Celín sentándose tranquilamente—. Aquí había unas grandes canteras de donde se sacó mucho mármol, todo el mármol del coro de la catedral. Cuando viene el río y llena estas cámaras sin fin, los peces tienen ahí una condenada república, y no bajan de cien mil millones de docenas los que hay. Cuando alguna persona se echa a nadar aquí, o cuando algún pastor de cabras se cae, se lo meriendan los peces en un abrir y cerrar de ojos, y al minuto de caído no queda de él ni una hebra de carne, ni una migaja así de hueso, ni nada.

—¡Ave María purísima, qué miedo! —exclamó la señorita llevándose las manos a la cabeza—. Francamente, yo quiero morir, puedes creérmelo; pero eso de que me coman los peces antes de ahogarme, no me hace maldita gracia. Afortunadamente habrá más abajo un lugar hondo donde una pueda acabar tranquilamente. Llévame, y te prohíbo que digas palabra alguna con el fin de quitarme esta idea de la cabeza. Tú eres un niño y no entiendes de esto. Feliz tú que no conoces la infinita tristeza de la viudez del alma.

## Capítulo VI

# Prosiguen los retozos juveniles por charcos, praderas y vericuetos

Cuando se pusieron de nuevo en camino, Diana reparó que Celín tenía ligero bozo sobre el labio superior, vello finísimo que aumentaba la gracia y donosura de su rostro adolescente, tirando a varonil. Como observara al propio tiempo que la voz de su guía había mudado, la joven sintió cierto estupor.

—Celín, tú has crecido. No me lo niegues —dijo con sobresalto—. ¿Qué virtud tienes en ti para crecer por horas? Muchas maravillas he visto, pero ninguna como ésta. No te achiques, no te achiques. Ya me das por encima del hombro... Si eres casi tan alto como yo... ¿Qué es esto?

—Yo soy así —replicó Celín con gravedad humorística—. Crezco de día y menguo por la noche.

Y también notó Diana que el mancebo había adquirido cierto aplomo en sus modales y andadura, aunque su agilidad y ligereza eran las mismas. Tomaron por una vereda, y entraron en terreno fangoso salpicado de piedras. La niña de Pioz saltaba de una en otra procurando evitar el mojarse los pies. Llegaron por fin a un charco, que comunicaba sus aguas con las del Alcana, y allí sí que no era posible pasar sin ponerse los zapatos perdidos. Celín no le dio tiempo a pensarlo, y sin decir nada intentó llevarla a cuestas.

—Quita ahí —dijo ella—. ¿Cómo vas a poder conmigo? No seas bruto. Busquemos otro camino.

Pero Celín no hizo caso, y quieras que no, la levantó en brazos como si fuera una pluma.

—Vaya, hijo, que tienes una fuerza... No lo creí. Ni siquiera te fatigas. Cuidado que yo peso...

—Te llevaría de esta manera hasta la noche, sin cansarme —afirmó él—. Pesas menos que una caña para mí.

Diana se sentía en los brazos de su acompañante como en un aro de hierro. De este modo anduvo el muchacho con su preciosa carga una buena pieza, metiéndose en el agua hasta las rodillas; y Diana se veía acometida de fuertes ganas de reír cuando las desigualdades del suelo del arroyo obligaban a Celín a hundirse, elevando los brazos para que ni los pies ni el borde del manto de la señorita se mojaran. Al dejarla en tierra, no se conocía en la respiración del misterioso chico la más leve fatiga.

—Vaya que eres fuerte —dijo ella dando un suspiro—. Si yo viviera, que no viviré, y te recomendara a mi papá, podrías ser nuestro palafrenero, y se te pondría una librea con la cual estarías muy majo.

Celín, sin hacer caso de lo que la señorita decía, empezó a coger piedras y a tirarlas con presteza y empujos increíbles en dirección del río. Su brazo era como inflexible honda, y las piedras salían silbando, a manera de balas, perdiéndose de vista.

—Pero ¿qué haces, chiquillo? ¿Apedreas el río? Mira que se enfadará.

Oíase un lejano murmullo de agua, y en el mismo instante empezaron a caer gotas.

—Llueve, Celín, ¿dónde nos metemos? —dijo la damita echándose el manto por la cabeza.

Pero el otro, por toda respuesta, tornó a cogerla en brazos y entró con ella en una gruta. Desde allí vieron que el río se alborotaba, encrespando sus aguas. Celín volvió a tirar piedras, y lo que más pasmaba a Diana fue verle coger cantos enormes y dispararlos cual si fueran los tejuelos con que se juega a la rayuela. Cuando aquellos pedruscos caían en la undosa corriente, oíase un mugido profundo exhalado por las aguas, y además un rumor dulce y misterioso como sonido de arpas distantes.

—¿Qué es esto, Celinito?... ¡Ah! me parece que el río se va. Sí, las aguas merman, ¡pero cómo! El cauce se queda seco... Mira, mira... Las aguas corren hacia arriba y las olas se atropellan. Pero tú, ¿por qué tiras piedras? ¡Qué malo eres! Ya ves, le has espantado, y ahora nos quedaremos sin río. Y emprenda usted ahora otra caminata para ir a buscarle. Pero, qué cosas tienes! ¿Crees que estoy yo para perder el tiempo de esta manera?

El río se desecaba rápidamente, mejor dicho se retiraba inquieto y murmurante a otras regiones. Al llegar a este punto, dice muy serio Gaspar Díez de Turris que aquel enojo de la señorita por la desaparición del Alcana era más bien estratagema de su amor propio que sentimiento sincero y veraz, y que para suponerlo así se apoya en documentos irrecusables encontrados en el archivo de la casa de Pioz. Después cuenta que como continuase lloviendo, el travieso Celín salió de la cueva y empezó a arrojar piedras contra el cielo. Era cosa de ver cómo los proyectiles herían[18] las nubes, perdiéndose en ellas.

—¡Oh! chico, ¿también tiras al cielo? —le dijo Diana asustadísima—. Eso es pecado. Al cielo no, al cielo no.

Y entonces se verificó el más grande prodigio de aquella prodigiosa jornada, a saber, que las nubes, heridas por las piedras, corrieron presurosas, y pronto se despejó el firmamento. Diana miraba las nubes empujándose unas a otras, como las reses de un rebaño a quienes el pánico hace correr a la desbandada. El sol inundó entonces con sus rayos picantes toda la comarca, y cielo y tierra sonrieron. La joven y Celín pudieron andar por lo que un rato antes era lecho del río, sorteando los charcos que habían quedado aquí y allí. Como el sol picaba bastante, a Diana le daba calor el manto y se lo quitó, entregándolo a Celín para que se lo llevase. Y cuando se vio libre de aquel estorbo, sintió infantil deseo de saltar y agitarse. La risa le retozaba en los labios. Sus ideas habían variado, determinándose en ella

---

[18] cosa de ver los proyectiles herir

algo que lo mismo podría ser consuelo que olvido. Lo pasado se alejaba, lo presente adquiría a sus ojos formas placenteras, y había perdido la noción del tiempo transcurrido y del momento u ocasión en que lo presente sucedía. Después de dar muchos brincos de peña en peña, apoyada en la firme mano de su guía, le entró a la niña un caprichoso anhelo de descalzarse para meter los pies en el agua. Ni ella misma podía decir en qué punto y hora lo hizo; pero ello es que zapatos y medias desaparecieron, y Dianita gozaba extraordinariamente agitando con su blanco y lindísimo pie el agua de los charcos, en alguno de los cuales había pececillos de todos colores, abandonados por sus padres, crustáceos y caracoles monísimos. Las arenas de oro se mezclaban con el limo blando y verde, y en algunos sitios brillaban al sol como polvo luminoso. También vieron y admiraron ejemplares peregrinos de la flora acuática.

Todo era motivo de algazara y risa para la saltona y vivaracha señorita de Pioz, que de cuando en cuando se acordaba de su propósito de matarse, como de un sueño, y su orgullo rezongaba entonces como una fiera que se ladea durmiendo, y decía:

—Sí, me mataré. Quedamos en que me mataría, y no me vuelvo atrás. Pero hay tiempo para todo.

Llegaron de esta manera a la otra orilla del vacío cauce, y para subir a la ribera, Celín se agarró a la rama de un sauce, y cogiendo a la señorita con un solo brazo, la suspendió en el aire y trepó con ella hasta ponerla sobre el verde ribazo. De allí pasaron a un campo hermosísimo, cubierto de menudo césped y salpicado de olorosas hierbas. Bandadas de mariposas volaban trazando graciosas curvas en el aire. Celín las cogía a puñados y las volvía a soltar soplando tras ellas para que volasen más aprisa. La agilidad del gallardo mancebo, la misma de antes, aunque su cuerpo era mucho mayor. Diana[19]

---

[19] mayor, y Diana

no cesaba de admirar la elegancia de sus movimientos varoniles y las airosas líneas de aquel cuerpo, en el cual la poca ropa, rayana en desnudez, no excluía la decencia. La marquesita había visto algo semejante en el Museo de Turris, y Celín le inspiraba la admiración pura y casta de las obras maestras del Arte.

De repente ¡ay! saltó una liebre, y más pronto que la vista brincó Celín tras ella, la agarró por una pata, y suspendiéndola en el aire para mostrarla a su amiga, le aplicó en el hocico ligera bofetada y la soltó. Diana palmoteaba[20] viéndola correr precipitada y temerosa. No recordaba la joven haber respirado nunca un aire tan balsámico[21] y puro, tan grato a los pulmones, tan estimulante de la vida y de la alegría y paz del espíritu. De repente notó increíble novedad en su atavío. Recordaba haberse quitado botas y medias; pero su chaquetilla de terciopelo con pieles, ¿cuándo se la había quitado? ¿dónde estaba?

—Celín, ¿qué has hecho de mi manto?

La señorita se vio el cuerpo ceñido con jubón ligero, los brazos al aire, la garganta *idem per idem*. Lo más particular era que no sentía frío. Su falda se había acortado.

—Mira, hijo, mira: estoy como las pastoras pintadas en los abanicos. ¡Es gracioso! ¿Y cómo me he puesto así? La verdad es que no comprendo cómo usa botas la gente ilustrada. ¡Qué tonta es la gente ilustrada, Celín! ¡Cuán agradable es posar el pie sobre la hierba fresca! Y allá, en Turris, usamos tanto faralá inútil, tanto trapo que sofoca, además de desfigurar el cuerpo. Avisa cuando veas una fuente para mirarme en ella. Quiero ver cómo estoy así, aunque desde luego se me figura que estaré bien, mejor que con las disparatadas invenciones de las modistas de Turris.

---

[20] Diana daba palmadas
[21] embalsamado

Dicho esto, se lanzó en alegre carrerita tras de Celín, quien corría como el viento. ¡Qué le había de alcanzar!... Pero él, cuando la veía fatigada, se dejaba coger, y enlazados de las manos proseguían su camino. Lo más particular era que Dianita sentía su corazón lleno de inocencia, y no le pasó por la cabeza que era inconveniente mostrar parte de su bella pierna a los ojos de su amigo. El recato se conservaba entero e inmaculado en medio de aquellos retozos inocentes, antes condenados por la civilización que por la Naturaleza. Celín arrancó de un matorral dos o tres cañitas, y poniéndoselas en la boca, empezó a tocar una música tan linda, pero tan linda y animada, que a Diana le entraron ganas de bailar, y antes de que las ganas se trocaran en vivo deseo, los pies bailaron solos. Y la danza aquella se compuso, según afirma el cronista, de los vaivenes más gallardos que podría idear la honestidad.

Después del baile, dijo Celín:

—Tengo hambre. ¿Y tú?

—Yo, tal cual. Pero ¿dónde encontraremos aquí qué comer? Por aquí no hay nada.

—¿Que no? Verás. Cerca de aquí debe de estar el árbol de los pollos asados.

Diana soltó la carcajada.

—¿Te ríes? ¡Qué tonta! Es una planta parecida a la que da los melones. La trajo también el Alcana, y la dejó aquí. Yo solo la he descubierto, y no lo digo a nadie, porque vendrían los hosteleros de Turris y se llevarían toda la fruta.

Y metiéndose por entre el espeso ramaje, volvió al instante con uno al parecer melón. Partiólo sin trabajo. Dentro tenía una pulpa blanquecina, que Diana extrajo con los dedos para probarla. ¡Caso más raro! Era lo mismo que pechuga de pollo fiambre. ¡Qué cosa tan rica! Ambos comieron y se hartaron, bebiendo después agua cristalina en una fuente próxima. La señorita daba de beber a Celín en el hueco de su mano, como es uso y costumbre en los idilios inocentes.

Capítulo VII

## Donde se narra lo que verá el que leyere, y el que no, no

Atravesaron una carretera muy bien cuidada por donde iba mucha gente en dirección a Turris: aldeanos con sus hatos a la espalda, gente acomodada, en carricoches o en borriquillos, mendigos de ambos sexos. Unos saludaban a la gentil pareja, otros no. Pero todos la miraban sin asombro, señal de que nada encontraban en ella digno de atención o comentario. Todo aquel gentío iba a gozar las fiestas de la ciudad, y pasaban también diligencias atestadas de viajeros alegres que cantaban y reían; el tren silbaba a lo lejos. En las primeras casas de una aldea próxima vieron enormes carteles fijados por las empresas de ferrocarriles. Celín y Diana se pararon a leerlos, ella apoyada en el hombro del mancebo, él marcando las letras con una ramita que en la mano llevaba. Decían así: "Espléndidos Autos de fe en Turris, los días 2 y 5 brumario[u]. Sesenta víctimas a la parrilla. Toros el 3, de la ganadería de Polvoranca. Congreso de la *Sociedad de la Continencia*. Juegos Florales. Torneo. Veladas con Manifiesto en el Ateneo. Regatas. Iluminaciones y Tinieblas. Gran Rosario de la Aurora, con antorchas, por las principales calles, etc., etc."

---

[u] Brumario es el segundo mes del calendario impuesto por la Revolución Francesa, que corresponde más o menos a noviembre, mes que es el pretexto alegórico de este cuento. El golpe de estado del 18-19 brumario del año VIII de la era revolucionaria (9-10 de noviembre de 1799) subió al poder a Napoleón Bonaparte, al establecer el consulado bajo su mando. Galdós trae a la memoria de su lector un periodo revolucionario cruento, y lo equipara tácitamente a otras violencias oficiales, como el fusilamiento de los sargentos que hemos visto, o la quema de tantos inocentes en los Autos de Fe de la Inquisición.

La lectura del cartel, despertando en la mente de la niña de Pioz alguna de las ideas dormidas, produjo en ella cierta perplejidad. Parecía que la realidad del pasado la reclamaba, disputando su alma a la sugestión de aquel anómalo estado presente. Pero esto no fue más que una vacilación momentánea, algo como un resplandor prontamente extinguido, o más bien como el sentimiento fugaz de una vida anterior que relampaguea en nosotros en ciertas ocasiones. El olvido recobró pronto su imperio de tal modo, que Diana no se acordaba de haber usado nunca zapatos.

Dejando la carretera y la aldea, penetraron en un bosque, y por allí también encontraron aldeanas y pastores que les saludaban con esa cordialidad candorosa de la gente campesina. Las vacas mugían al verles pasar, alargando el hocico húmedo y mirándoles con familiar cariño. Las ovejas se enracimaban en torno a ellos no permitiéndoles andar, y los pajarillos se arremolinaban sobre sus cabezas girando y piando sin tregua. Pero lo que más saca de quicio al cronista, haciéndole prorrumpir en exclamaciones de admiración, fue que un cerdito chico de pelo blanco y rosada piel vino corriendo a ponérseles delante, en dos patas; hizo con el hocico y las patas delanteras unas monadas muy graciosas, y después marchó delante de ellos parándose a cada instante a repetir sus gracias.

Diana sentía una alegría loca. A veces corría tras de Celín hasta fatigarse, a veces se sentaban ambos sobre la hierba junto a un arroyo, a ver correr el agua. Pasaba el tiempo. La tarde caía lentamente; por fin Diana se sintió fatigada, y los párpados se le cerraban con dulce sopor. Celín la cogió en brazos y subió con ella a un árbol. ¡Pero qué árbol tan grande! Blandamente adormecida, Diana experimentó la sensación extraña de que los brazos de Celín eran como alas de suavísimas plumas. Sin duda su compañero tenía otros brazos para trepar por el árbol, pues si no, no podía explicarse aquel subir rápido y seguro. Respecto al tiempo, a Diana le parecía que la ascensión duraba horas, horas, horas. Sentía calor dulce y un bienestar inefable. Por fin parecía que llegaban a una rama que debía de estar a enorme distancia del suelo, a una altura cien veces mayor que las más elevadas torres. Con sus ojos entreabiertos y dormilones, pudo apreciar Diana que aquello era como un gran nido. Un hueco en el ramaje, el piso muy sólido, las paredes de apretado y tibio follaje. El cielo no se veía por ningún resquicio. Todo era hojas, hojas y un techo de pimpollos, apretados y olientes. Celín no la soltaba de sus brazos, alas o lo que fueran, y cuando los ojos de la inconsolable se cerraron, sus oídos conservaron por bastante tiempo un rumor de arrullo como el de las palomas.

Durmióse profundamente y, cosa inaudita, el sueño la llevó a la olvidada realidad de la vida anterior. Díez de Turris dice que en este pasaje no responde de la seguridad de su cerebro para la ideación, ni que funcionaran regularmente los nervios que transmiten la idea a los aparatos destinados a expresarla; ¡tan extraño es lo que refiere! Soñó, pues, la dama que estaba con dos o tres amiguitas suyas en la tribuna del Senado, oyendo a su papá pronunciar un gran discurso en apoyo de la proposición para *el encauzamiento y disciplina del río Alcana*. El marqués pintaba con sentido acento los perjuicios que ocasionaba a la gran Turris el tener un río tan informal, y proponía que se le amarrase con gruesas cadenas o que se le aprisionase en un tubo de palastro. El sueño de Diana era de esos que por la intensidad de las impresiones y la viveza del colorido imitan la pura realidad. Veía perfectamente en los verdes escaños a los senadores amigos[22], los maceros, la mesa. Y el marqués de Pioz, obeso y apoplético, dando puñetazos en el pupitre, forzaba su persuasiva oratoria para convencer al Senado, y la enorme coleta de su peluca marcaba las

---

[22] amigos;

inflexiones del discurso, la puntuación y el subrayado y hasta las faltas de gramática con fidelidad maravillosa. El Presidente se había quedado dormido; algunos senadores de la clase episcopal habíanse entregado también al buen Morfeo, con la mitra calada hasta los ojos; y otros, que vestían armadura completa, hacían con el frecuente mover de los brazos impacientes un ruido de quincalla que distraía al orador. A ratos entraban los porteros y despabilaban todas las luces, que eran gruesos cirios colocados en blandones. La voz vibrante del marqués sonaba como envuelta en murmullo suave, algo como el rorró de una paloma; y en las breves pausas del orador, aquel rorró crecía de un modo terrorífico, y el Presidente, sin abrir los ojos, extendía con pereza su brazo hacia la campanilla como para decir: "orden." Diana experimentaba fastidio mortal, un fastidio al cual se asociaba la idea de que hacía tres años que su papá había empezado a hablar. Contó Diana los vasos de agua con azucarillos que trajo un paje, y eran *quinientos veintiocho*, cifra exacta. De repente el marqués pide que se le den tres semanas de descanso, y nadie contesta, y aparece en medio del salón el cerdito aquel que hacía piruetas, y todos los senadores, incluso los obispos, se sueltan a reír... Diana despertó riendo también. Hallóse tendida en el hueco de espesa verdura. Celín dormía a su lado, enlazándola con sus brazos.

Entonces reapareció súbitamente en el alma de Diana la conciencia de su ser permanente, y se sobrecogió de verse allí. La estatura de Celín superaba proporcionadamente a la de la joven. El mancebo abrió sus ojos, que fulguraban como estrellas, y la contempló con cariñoso arrobamiento. Al verse de tal modo contemplada, sintió Diana que renacía en su espíritu, no el pudor natural, pues éste no lo había perdido, sino el social, hijo de la educación y del superabundante uso de ropa que la cultura impone. Al notarse descalza, sin más atavío que el rústico faldellín, desnudos hasta el hombro los torneados brazos, vergüenza indecible la sobrecogió, y se hizo un ovillo, intentando en vano encerrar dentro de tan poca tela su cuerpo todo.

La hermosura y arrogancia de su compañero dejaron de ofrecerse a sus ojos revestidas de artística inocencia, y la cuasi desnudez de ambos le infundió pánico. La decencia, en lo que tiene de ley de civilización y de ley de naturaleza, alzóse entre Celín y la señorita de Pioz, que aterrada de la fascinación que su amigo le producía, no quería mirarle; mas la misma voluntad de no verle la impulsaba a fijar en él sus ojos, y el verle era espanto y recreo de su alma.

En esto Celín la estrechó más, y ella, cerrando los ojos, se reconoció transfigurada. Nunca había sentido lo que entonces sintiera, y comprendió que era gran tontería dar por acabado el mundo, porque faltase de él D. Galaor de Polvoranca. Comprendió que la vida es grande, y admiróse de ver los nuevos horizontes que se abrían a su ser. Celín dijo algo que ella no comprendió del todo. Eran palabras inspiradas en la eterna sabiduría, cláusulas cariñosas y profundas con ribetes de sentimiento bíblico: "Yo soy la vida, el amor honesto, fecundo, la fe y el deber..." Pero Diana estaba turbadísima, y con terror le contestó:

—Déjame, Celín. Me has engañado. Tú eres un hombre.

Y al decir esto, ambos vacilaron sobre las ramas y cayeron horadando el follaje verde. Los pájaros que en aquella espesura dormían huyeron espantados, y la abrazada pareja destrozaba, en su veloz caída, nidos de aves grandes y chicas. Las ramas débiles se tronchaban, doblábanse otras sin hacerles daño y la masa de verdura se abría para darles paso, como tela inmensa rasgada por un cuchillo. La velocidad crecía, y no acababan de caer, porque la altura del árbol era mayor que la de las torres y faros; más, muchísimo más. La copa de aquél[23]

---

[23] aquel árbol

lindaba con las estrellas. Diana empezó a desvanecerse con la rapidez vertiginosa, y al caer a tierra... plaf, ambos cuerpos se estrellaron rebotando en cincuenta mil pedazos.

Al llegar aquí, Gaspar Díaz de Turris suelta la pluma y se sujeta la cabeza con ambas manos; su cráneo iba a estallar también. En una de las manotadas que el exaltado cronista diera poco antes, derribó al suelo con estrépito media docena de botellas vacías que en su revuelta mesa estaban. El chasquido del vidrio al saltar en pedazos le sugirió sin duda la idea de que los cuerpos de Celín y Diana habían rebotado en cascos menudos como los botijos que se caen de un balcón a la calle. Luego se serenó un poco el gran historiógrafo y pudo concebir lo que sigue:

Diana despertó en su lecho y en su propia alcoba del palacio de Pioz, a punto que amanecía. Dio un grito, y se reconoció despierta y viva, reconociendo también con lentitud su estancia, y todos los objetos en ella contenidos. Parece que aquí debía terminar lo maravilloso que en esta Crónica tanto abunda; pero no es así, porque la señorita Diana se incorporó en el lecho, dudando si fue sueño y mentira el encuentro de Celín, el árbol y la caída, o lo eran aquel despertar, su alcoba y el palacio de Pioz. Por fin vino a entender que estaba en la realidad, aunque la desconcertó un poco el escuchar un rumorcillo semejante al arrullo de las palomas. Mira en torno, y ve un gran pichón que, levantando el vuelo, aletea contra el techo y las paredes.

—Celín, Celín —grita la inconsolable obedeciendo a la inspiración antes que al conocimiento. Y el pichón se le posa en el hombro y le dice:

—¿No me reconoces? Soy el Espíritu Santo, tutelar de tu casa, que Me encarné en la forma del gracioso Celín, para enseñarte, con la parábola de Mis edades y con la contemplación de la Naturaleza, a amar la vida y a desechar el espiritualismo insubstancial que te arrastraba al suicidio. He limpiado tu alma de pensamientos falsos, frívolamente lúgubres, como antojos de niña romántica que juega a los sepulcritos. Vive, ¡oh Diana! y el amor honesto y fecundo te deparará la felicidad que aún no conoces. Estáis en el mundo los humanos para gozar con prudente medida de lo poquito bueno que hemos puesto en él, como proyección o sombra de nuestro Ser. Vive todo lo que puedas, cuida tu salud; cásate que Yo te inspiraré la elección de un buen marido, ten muchos hijos; haz todo el bien que puedas, y tiempo tendrás de morirte en paz y entrar en Nuestro reino. Adiós, hija mía; tengo mucho que hacer. Sé buena y quiéreme siempre.

Diole por fin dos tiernos picotazos en la mejilla, y salió como una bala, horadando la pared de la estancia en su rápido vuelo.

Madrid-Noviembre de 1887.

# ¿Dónde está mi cabeza?[1]

Antes de despertar, ofreciose a mi espíritu el horrible caso en forma de angustiosa sospecha, como una tristeza hondísima, farsa cruel de mis endiablados nervios que suelen desmandarse con trágico humorismo. Desperté; no osaba moverme[2]; no tenía valor para reconocerme y pedir a los sentidos la certificación material de lo que ya tenía en mi alma todo el valor del conocimiento... Por fin, más pudo la curiosidad que el terror; alargué mi mano, me toqué, palpé... Imposible exponer mi angustia cuando pasé la mano de un hombro a otro sin tropezar en nada... El espanto me impedía tocar la parte, no diré dolorida, pues no sentía dolor alguno... la parte que aquella increíble mutilación dejaba al descubierto... Por fin, apliqué mis dedos a la vértebra cortada como un troncho de col; palpé los músculos, los tendones, los coágulos de sangre, todo seco, insensible, tendiendo a endurecerse ya, como espesa papilla que al contacto del aire se acartona... Metí el dedo en la tráquea; tosí... metílo también en el esófago, que funcionó automáticamente queriendo tragármelo... recorrí el circuito de piel

---

[1] Texto base en *El Imparcial* (Madrid) número especial (30-31 de diciembre, 1892), 6 y 7. Sin variantes.
[2] La edición en *El Imparcial* dice "morirme", lectura equivocada del manuscrito, donde pone "moverme".

de afilado borde... Nada, no cabía dudar ya. El infalible tacto daba fe de aquel horroso, inaudito hecho. Yo, yo mismo, reconociéndome vivo, pensante, y hasta en perfecto estado de salud física, no tenía cabeza.

## II

Largo rato estuve inmóvil, divagando en penosas imaginaciones. Mi mente, después de juguetear con todas las ideas posibles, empezó a fijarse en las causas de mi decapitación. ¿Había sido degollado durante la noche por mano de verdugo? Mis nervios no guardaban reminiscencia del cortante filo de la cuchilla. Busqué en ellos algún rastro de escalofrío tremendo y fugaz, y no lo encontré. Sin duda mi cabeza había sido separada del tronco por medio de una preparación anatómica desconocida, y el caso era de robo más que de asesinato; una sustracción alevosa, consumada por manos hábiles, que me sorprendieron indefenso, solo y profundamente dormido.

En mi pena y turbación, centellas de esperanza iluminaban a ratos mi ser... Instintivamente me incorporé en el lecho; miré a todos lados, creyendo encontrar sobre la mesa de noche, en alguna silla, en el suelo, lo que en rigor de verdad anatómica debía estar sobre mis hombros, y nada... no la vi. Hasta me aventuré a mirar debajo de la cama... y tampoco. Confusión igual no tuve en mi vida, ni creo que hombre alguno en semejante perplejidad se haya visto nunca. El asombro era en mí tan grande como el terror.

No sé cuánto tiempo pasé en aquella turbación muda y ansiosa. Por fin, se me impuso la necesidad de llamar, de reunir en torno mío los cuidados domésticos, la amistad, la ciencia. Lo deseaba y lo temía, y el pensar en la estupefacción de mi criado cuando me viese, aumentaba extraordinariamente mi ansiedad.

Pero no había más remedio: llamé... Contra lo que yo esperaba, mi ayuda de cámara no se asombró tanto como yo creía. Nos miramos un rato en silencio.

—Ya ves, Pepe —le dije, procurando que el tono de mi voz atenuase la gravedad de lo que decía—; ya lo ves, no tengo cabeza.

El pobre viejo me miro con lástima silenciosa; me miró mucho, como expresando lo irremediable de mi tribulación.

Cuando se apartó de mí, llamado por sus quehaceres, me sentí tan solo, tan abandonado, que le volví a llamar en tono quejumbroso y aun huraño, diciéndole con cierta acritud:

—Ya podréis ver si está en alguna parte, en el gabinete, en la sala, en la biblioteca... No se os ocurre nada.

A poco volvió José, y con su afligida cara y su gesto de inmenso desaliento, sin emplear palabra alguna, díjome que mi cabeza no parecía.

### III

La mañana avanzaba, y decidí levantarme. Mientras me vestía, la esperanza volvió a sonreír dentro de mí.

—¡Ah! —pensé— de fijo que mi cabeza está en mi despacho... ¡Vaya, que no habérseme ocurrido antes!... ¡qué cabeza! Anoche estuve trabajando hasta hora muy avanzada... ¿En qué? No puedo recordarlo fácilmente; pero ello debió de ser mi Discurso-memoria sobre la *Aritmética filosófico-social*, o sea, *Reducción a fórmulas numéricas de todas las ciencias metafísicas*[a]. Recuerdo

---

[a] Título paródico de los estudios del Positivismo, movimiento filosófico basado en el rechazo de la metafísica. La sociología, con su interpretación estadística de los colectivos humanos, tuvo uno de sus orígenes más importantes en los trabajos del fundador de este movimiento, Auguste Comte (1798-1857), reunidos bajo el título de *Curso de filosofía positiva* (1830-1842).

haber escrito diez y ocho veces un párrafo de inaudita profundidad, no logrando en ninguna de ellas expresar con fidelidad mi pensamiento. Llegué a sentir horriblemente caldeada la región cerebral. Las ideas, hirvientes, se me salían por ojos y oídos, estallando como burbujas de aire, y llegué a sentir un ardor irresistible, una obstrucción congestiva que me inquietaron sobremanera...

Y enlazando estas impresiones, vine a recordar claramente un hecho que llevó la tranquilidad a mi alma. A eso de las tres de la madrugada, horriblemente molestado por el ardor de mi cerebro y no consiguiendo atenuarlo pasándome la mano por la calva, me cogí con ambas manos la cabeza, la fui ladeando poquito a poco, como quien saca un tapón muy apretado, y al fin, con ligerísimo escozor en el cuello... me la quité, y cuidadosamente la puse sobre la mesa. Sentí un gran alivio, y me acosté tan fresco.

IV

Este recuerdo me devolvió la tranquilidad. Sin acabar de vestirme, corrí al despacho. Casi, casi tocaban al techo los rimeros de libros y papeles que sobre la mesa había. ¡Montones de ciencia, pilas de erudición! Vi la lámpara ahumada, el tintero tan negro por fuera como por dentro, cuartillas mil llenas de números chiquirritines..., pero la cabeza no la vi.

Nueva ansiedad. La última esperanza era encontrarla en los cajones de la mesa. Bien pudo suceder que al guardar el enorme fárrago de apuntes, se quedase la cabeza entre ellos, como una hoja de papel secante o una cuartilla en blanco. Lo revolví todo, pasé hoja por hoja, y nada... ¡Tampoco allí!

Salí de mi despacho de puntillas, evitando el ruido, pues no quería que mi familia me sintiese. Metíme de nuevo en la cama, sumergiéndome en negras meditaciones. ¡Qué situación, qué conflicto! Por de pronto, ya no podría salir a la calle porque el asombro y horror de los transeúntes habían de ser nuevo suplicio para mí. En ninguna parte podía presentar mi decapitada personalidad. La burla en unos, la compasión en otros, la extrañeza en todos me atormentaría horriblemente. Ya no podría concluir mi Discurso-memoria sobre la *Aritmética filosófico-social;* ni aun podría tener el consuelo de leer en la Academia los voluminosos capítulos ya escritos de aquella importante obra. ¡Cómo era posible que me presentase ante mis dignos compañeros con mutilación tan lastimosa! ¡Ni cómo pretender que un cuerpo descabezado tuviera dignidad oratoria, ni representación literaria...! ¡Imposible! Era ya hombre acabado, perdido para siempre.

V

La desesperación me sugirió una idea salvadora: consultar al punto el caso con mi amigo el doctor Miquis[b], hombre de mucho saber a la moderna, médico filósofo, y, hasta cierto punto, sacerdotal, porque no hay otro para consolar a los enfermos cuando no puede curarlos, o hacerles creer que sufren menos de lo que sufren.

La resolución de verle me alentó: vestíme a toda prisa. ¡Ay! ¡Qué impresión tan extraña, cuando al embozarme pasaba mi capa de un hombro a otro, tapando el cuello como servilleta en plato para que no caigan moscas! Y al salir de mi alcoba, cuya puerta, como de casa antigua, es de corta alzada, no tuve que inclinarme para salir, según costumbre de toda mi vida. Salí bien derecho, y aun sobraba un palmo de puerta.

---

[b] Augusto Miquis, médico afable, aparece en varias novelas de Galdós, entre ellas *La desheredada, El amigo Manso, El doctor Centeno, Lo prohibido, Fortunata y Jacinta,* etc.

Salí y volví a entrar para cerciorarme de la disminución de mi estatura, y en una de éstas, redobláronse de tal modo mis ganas de mirarme al espejo, que ya no pude vencer la tentación, y me fui derecho hasta el armario de luna. Tres veces me acerqué y otras tantas me detuve, sin valor bastante para verme... Al fin me vi... ¡Horripilante figura! Era yo como una ánfora jorobada, de corto cuello y asas muy grandes. El corte del pescuezo me recordaba los modelos en cera o pasta que yo había visto mil veces en Museos anatómicos.

Mandé traer un coche, porque me aterraba la idea de ser visto en la calle, y de que me siguieran los chicos, y de ser espanto y chacota de la muchedumbre. Metíme con rápido movimiento en la berlina. El cochero no advirtió nada, y durante el trayecto nadie se fijó en mí.

Tuve la suerte de encontrar a Miquis en su despacho, y me recibió con la cortesía graciosa de costumbre, disimulando con su habilidad profesional el asombro que debí causarle.

—Ya ves, querido Augusto —le dije, dejándome caer en un sillón—, ya ves lo que me pasa...

—Sí, sí —replicó frotándose las manos y mirándome atentamente—: ya veo, ya... No es cosa de cuidado.

—¡Que no es cosa de cuidado!

—Quiero decir... Efectos del mal tiempo, de este endiablado viento frío del Este...

—¡El viento frío es la causa de...!

—¿Por qué no?

—El problema, querido Augusto, es saber si me la han cortado violentamente o me la han sustraído por un procedimiento latroanatómico, que sería grande y pasmosa novedad en la historia de la malicia humana.

Tan torpe estaba aquel día el agudísimo doctor, que no me comprendía. Al fin, refiriéndole mis angustias, pareció enterarse, y al punto su ingenio fecundo me sugirió ideas consoladoras.

—No es tan grave el caso como parece —me dijo— y casi, casi, me atrevo a asegurar que la encontraremos muy pronto. Ante todo, conviene que te llenes de paciencia y calma. La cabeza existe. ¿Dónde está? Ése es el problema.

Y dicho esto, echó por aquella boca unas erudiciones tan amenas y unas sabidurías tan donosas, que me tuvo como encantado más de media hora. Todo ello era muy bonito; pero no veía yo que por tal camino fuéramos al fin capital de encontrar una cabeza perdida. Concluyó prohibiéndome en absoluto la continuación de mis trabajos sobre la *Aritmética filosófico-social,* y al fin, como quien no dice nada, dejóse caer con una indicación, en la que al punto reconocí la claridad de su talento.

¿Quién tenía la cabeza? Para despejar esta incógnita convenía que yo examinase en mi conciencia y en mi memoria todas mis conexiones mundanas y sociales. ¿Qué casas y círculos frecuentaba yo? ¿A quién trataba con intimidad más o menos constante y pegajosa? ¿No era público y notorio que mis visitas a la Marquesa viuda de X... traspasaban, por su frecuencia y duración, los límites a que debe circunscribirse la cortesía? ¿No podría suceder que en una de aquellas visitas me hubiera dejado la cabeza, o me la hubieran secuestrado y escondido, como en rehenes que garantizara la próxima vuelta?

Diome tanta luz esta indicación, y tan contento me puse, y tan claro vi el fin de mi desdicha, que apenas pude mostrar al conspicuo Doctor mi agradecimiento, y abrazándole, salí presuroso. Ya no tenía sosiego hasta no personarme en casa de la Marquesa, a quien tenía por autora de la más pesada broma que mujer alguna pudo inventar.

## VI

La esperanza me alentaba. Corrí por las calles, hasta que el cansancio me obligó a moderar el paso. La gente no reparaba en mi horrible mutilación, o si la veía, no manifestaba gran asombro. Algunos me miraban como asustados: vi la sorpresa en muchos semblantes, pero el terror no.

Diome por examinar los escaparates de las tiendas, y para colmo de confusión, nada de cuanto vi me atraía tanto como las instalaciones de sombreros. Pero estaba de Dios que una nueva y horripilante sorpresa trastornase mi espíritu, privándome de la alegría que lo embargaba y sumergiéndome en dudas crueles. En la vitrina de una peluquería elegante vi...

Era una cabeza de caballero admirablemente peinada, con barba corta, ojos azules, nariz aguileña... era, en fin, mi cabeza, mi propia y auténtica cabeza... ¡Ah! cuando la vi, la fuerza de la emoción por poco me priva del conocimiento... Era, era mi cabeza, sin más diferencia que la perfección del peinado, pues yo apenas tenía cabello que peinar, y aquella cabeza ostentaba una espléndida peluca.

Ideas contradictorias cruzaron por mi mente. ¿Era? ¿No era? Y si era, ¿cómo había ido a parar allí? Si no era, ¿cómo explicar el pasmoso parecido? Dábanme ganas de detener a los transeúntes con estas palabras: "Hágame usted el favor de decirme si es esa mi cabeza."

Ocurrióme que debía entrar en la tienda, inquirir, proponer, y por último, comprar la cabeza a cualquier precio... Pensado y hecho; con trémula mano abrí la puerta y entré... Dado el primer paso, detúveme cohibido, recelando que mi descabezada presencia produjese estupor y quizás hilaridad. Pero una mujer hermosa, que de la trastienda salió risueña y afable, invitóme a sentarme, señalando la más próxima silla con su bonita mano, en la cual tenía un peine[3].

---

[3] Después de la firma de Galdós, consta esta nota: "(La continuación en el número de Navidad del año que viene.)" No he podido encontrar esa continuación.

# El pórtico de la gloria[1]

## I

## Sublime hastío

Es cosa averiguada que en aquella excelsa región que designaron los antiguos con el nombre de *Campos Elíseos*[a] reinaba desde el origen de los tiempos un fastidio clásico, y que las almas de artistas inmortales confinadas en ella se aburrían de su vagar sin término por las soledades umbrosas, sin frío ni calor, espacios tan primorosamente tapizados de nubes, que nadie supo allí lo que son roces de vestiduras, ni ruidos de pasos, ni ecos de humanas o divinas voces. Allí, la media luz desvanecía las imágenes en opacas tintas; allí, la suprema calma fundía todos los rumores en una sordina uniforme, sin principio ni fin, semejante al monólogo de las abejas. Confundidos el *aquí* y el *más allá*, atenuadas las relaciones de *cerca y lejos,* la distancia era la tristeza vagamente expresada en la perspectiva. Todo estaba en sí mismo y alrededor de sí mismo. Era la claridad obscura,

---

[a] Morada de los virtuosos, en la mitología griega.

[1] Texto base, sin variantes: *Apuntes* (Madrid), 22 de marzo, 1896.

la sombra luminosa, silencioso el ruido, el movimiento inmóvil, y el tiempo... un presente secular.

Bueno, señor... pues falta decir que allí moraban por designio de la divinidad que llamaron *Zeus* o *Theos*[b], no sólo los que en el mundo gentílico cultivaron las artes de la forma visible, sino los que hicieron lo propio en todo el tiempo que llevamos de ciclo cristiano. Al principio se estableció, con pudibundos temores, una separación decente entre las almas paganas y las cristianas (porque la humanidad vestida no se escandalizara de la desnuda); pero al fin los dioses, más tolerantes que nosotros, mandaron destruir los linderos entre una y otra casta de almas, y allá las tenéis juntas, no por eso menos aburridas. Los poetas y artistas de la palabra gozan de un cielo más divertido en otra parte de la inmensidad ultraterrestre.

Bueno, señor... debe añadirse que aquellas señoras almas no se hallaban en estado o condición puramente espectral. Disfrutaban de una naturaleza peri-corpórea o peri-materiosa, de tal suerte que su diafanidad y ligereza locomotriz no las privaba de una discreta vida sensoria, vagos deseos y remembranzas, vislumbres de pasiones. Procediendo en conocimiento de las cosas con la lentitud propia del medio en que residían, los inmortales tardaron un par de siglos en tener conciencia clara de su aburrimiento. Cinco o seis siglos emplearon luego en convencerse de que les agradaría volver a poner en ejercicio sus facultades creadoras y plasmantes. Hasta los diez siglos, largos de talle, no se determinó en ellos la nostalgia con caracteres de irresistible pena. Catorce siglos, transcurridos perezosamente, produjeron el anhelo de protesta, los propósitos de emancipación. Llegó

---

[b] Zeus, dios principal del panteón de la mitología griega. *Theos*, representación de la palabra griega que significa dios. Con esta simple aposición, Galdós sugiere una relación entre las divinidades pagana y cristiana.

un día, mejor será decir semana de siglos, en que la gloriosa muchedumbre no hacía más que maldecir su destierro; y por fin las almas se concordaron en una idea firme, en un propósito fuerte y voluntarioso: sublevarse. En los celestiales aposentos estalló toda la rebeldía compatible con la naturaleza de aquellas almas, de tan pobre corteza corporal vestidas. Dos siglos más de incubación revolucionaria, y un día (largo como rosario de años), estalló la formidable revolución, con susurro tumultuoso y aleteo de formas opalinas. "Rómpanse los velos de la eternidad —decían en aquella lengua que en lo humano no tiene expresión posible—, desgárrense los senos blandos de esta mansión vaporosa. Que nos traigan el fuego para restaurar con él en nuestras almas la vida de las pasiones; que nos traigan el barro para amasarnos de nuevo en la miseria humana. Queremos vivir, luchar; queremos goces y sufrimientos. Queremos perseguir la gloria en las ansias del trabajo, buscar la esperanza en el fondo mismo del desaliento. Abajo el descanso y esta inmortalidad insípida. Reclamamos el derecho a la existencia bruta. ¡Vivan los animales y mueran los dioses!"

Dicen las historias que gobernaba aquellos ámbitos un divino varón, por no decir divinidad, esposo morganático de la diosa Ops[c], y que por tanto venía a ser el padrastro de los dioses. Y añaden que el tal, llamado Criptoas, por otros Rapsa[d], hijo y nieto de Titanes, persona corajuda y malcriada, temeroso de que su autoridad se menoscabara con una inconsiderada resistencia, pensó en componendas y transacciones. Poniendo en su rostro máscara benévola, trató de apaciguar a los amotinados, con estas razones: "Calma, caballeros. Marchemos, y yo el primero, por la senda humana."

---

[c] Diosa romana de la cosecha, esposa de Saturno.

[d] No he identificado este dios, con ninguno de los dos nombres, a fin de cuentas "morganático", pero algo puede ayudarnos el recordar que "kryptós" significa oculto en griego.

## II
## La guerra elísea

Poco menos de medio siglo transcurrió desde las primeras manifestaciones revolucionarias hasta que el descontento de las almas rebeldes se tradujo en hechos, que pusieron en peligro real la dignidad del severo Criptoas. Arremetían las almas al dios y su corte con grave tumulto, como de airecillos que van y vienen jugueteando en corrientes opuestas. Vértigo de sombras corría de una parte a otra. El solio de la autoridad iba de aquí para allí dando vueltas, como vacío cucurucho de papel arrebatado del viento.

Y así pasaron tiempos de tiempos. Claro, como allí no había días ni noches, ni ayer ni hoy, sino que todo era un *hoy* de padre y muy señor mío, un hoy continuo y sin demarcaciones, los sublevados tardaron un ratito, no menor que sesenta y tantos años, en darse cuenta de los formidables elementos de resistencia que Criptoas (por otro nombre Rapsa), juntó y organizó contra ellos. Eran los angelotes semidivinos, almas de artistas también, educados en la disciplina, en el espionaje y en diferentes artes militarescas y policiacas. Autores hay que señalan el origen de este batallón disciplinario en la raza de los *Kristeriotas,* del tiempo en que Saturno se desayunaba con sus hijos, de la cual raza se derivaron los *zoozoilos*. Sea de esto lo que quiera, en la guerra elísea el dios gobernante quiso enaltecer a sus defensores y robustecer en ellos el espíritu corporativo, para lo cual, lo primero que se le ocurrió, antes que uniformarlos y someterlos a ordenanzas, fue darles su propio nombre, y de aquí que les llamó *Rapsitas*.

Los cuales defendían el principio de autoridad con fiereza no inferior a la de los rebeldes, y con extraordinaria rapidez de movimientos. Entre el ataque y la represión no transcurrían espacios de tiempo mayores de medio siglo, y entre golpe y golpe apenas mediaba la vista de tres o cuatro generaciones de las nuestras, las cuales, como sabemos, pasan y pasan tan fugaces, que los viejos nos decimos a cada instante: "nacimos ayer".

Por último transcurrió un lapso de tiempo incalculable, durante el cual mil encuentros reñidísimos conmovieron toda la región. Mas no puede decirse que la lucha ensangrentaba el suelo, porque allí no había suelo propiamente, y lo que es sangre, tampoco existía en las venas de los inmortales. Cadáveres no resultaban tampoco, ni siquiera heridas o contusiones, y al vencido se le conocía por una vaga chafadura de las líneas peri-corpóreas o por ligeras atenuaciones de la luz que los envolvía.

Para no cansar: los rebeldes fueron vencidos, y de sus alardes de emancipación no quedó más que una impotencia desesperada. La historia de esta guerra nos la ha transmitido Clío[e] en dos docenas de palabras espaciadas por décadas. Entre letra y letra, bostezan los lustros.

## III

### Transacción

Y añade la Musa que no teniéndolas todas consigo el bárbaro Criptoas, y deseando prevenirse contra nuevos desmanes, pensó muy cuerdamente que para el sostenimiento definitivo de la paz elísea, convenía transigir, en parte, con alguna de las ideas de la espiritualidad rebelde. Allá, como aquí, las revoluciones inspiradas en honrados móviles, acaban por imponer a la tiranía parte de su criterio, aun en el caso de ser ruidosamente vencidas.

---
[e] Musa de la historia y la poesía épica.

Un par de centurias estuvo el feo Criptoas con el dedo índice clavado en la sien, y de su meditación profunda salió una idea, que no tardó en consultar con Ops, la cual, en su vejez de eternidades empalmadas, vivía soñolienta debajo del trono, tumbada sobre pardas nubes, sin darse cuenta de lo que en aquellos reinos ocurría. Comunicáronse marido y mujer sus pensamientos, echándose el uno al otro monosílabos como truenos y miradas como relámpagos, y firme al cabo en su resolución el tirano, llamó a los princiales de su guardia *rapsita*, y les ordenó que buscasen entre la muchedumbre vencida a los más señalados como instigadores de motín. Revolviendo por aquí y por allá, no tardaron los de la guardia en encontrar una docena de ellos, entre los cuales escogieron dos, que habían sido, durante la pasada guerra, los más bravos y revoltosos, verdaderos caudillos o capitanes de la tumultuosa hueste. Cogidos y bien asegurados, fueron llevados a la fosca presencia del soberano.

Era el uno un gallardo mocetón, que en su rostro, facha y porte, revelaba la estirpe helénica, hermoso como Júpiter, sin más vestido que el estrictamente necesario para dejar a salvo el principio de decencia; arrogante en sus andares, atlético de formas, el mirar dulce, la palabra rítmica y grave como un verso de Homero. El otro, radicalmente distinto en lo visible y lo invisible, era un vejete díscolo y regañón, de ojos vivarachos, boca burlona, mal rapadas barbas y ademanes inquietos. Poco se veía de su cuerpo, siempre envuelto en una capa parda, que sabe Dios los siglos que tendría, y ni delante de los dioses se quitaba el sombrero peludo, encasquetado hasta el cogote. Diferentes como pueden serlo el cielo y la tierra, algo no obstante había de común entre los dos, y era un cierto aire de orgullo, más bien costumbre o resabio de sostener la propia independencia en, sobre y contra todas las cosas divinas y humanas. ¡Y qué cosa tan rara! aunque ambos habían acaudillado formidables cuadrillas de almas en la pasada guerra, no se conocían. Al verse juntos y conducidos, que quieras que no, a la presencia del dios, se miraron, y recíprocamente se despreciaron...

En las gradas del trono, ambos esperaron con olímpica dignidad la resolución de aquel bárbaro a quien las realidades del Gobierno habían enseñado a ser hábil político. Criptoas les agració con una sonrisa, queriendo ser paternal y tolerante. "Hijos míos —les dijo con toda la pausa que en los discursos de aquella gente se usaba, pues no sonaba un vocablo hasta que no se perdían en las soledades infinitas los ecos del anterior—, hijos míos... venís en representación de todas las almas que viven bajo mi amoroso gobierno, y lo que voy a deciros, lo transmiteréis a toda la falange que los siglos han traído a esta mansión gloriosa. Sabed que la reina Ops, vuestra madre, y yo, Criptoas, hijo de Titanes, hemos pensado un poco en vuestro programa. Salvado el principio de autoridad, y restablecida la paz, no vacilamos en concederos algo de lo que nos pedíais. De los hombres hemos aprendido este sistema. Rechazamos lo que se nos pide tumultuariamente; aceptamos lo que por las vías de la razón se nos manifiesta... Bueno, señor; se acepta el principio de la limitación de vuestro aburrimiento. Ops y yo acordamos, después de maduro examen, abrir en las grandiosas eternidades de este recinto algunos paréntesis de vida temporal. ¿Veis aquel fondo obscuro de los Campos? Pues allí está el misterioso muro que nos separa de la humanidad a que pertenecisteis. En ese muro abriremos una puerta por la que podréis comunicaros con el llamado *mundo de los vivos*. Saldréis, cuando os llame fuera la inquietud; tornaréis, cuando de dentro os atraiga el descanso. Pero hemos de establecer premáticas que regulen así la entrada como la salida, para que esto no parezca taberna o casino, y conservemos todos la dignidad que nuestra condición de seres inmortales nos impone."

Calló el ladino Criptoas, y acariciándose las barbas cerdosas que desde su cara hasta más abajo de las rodillas le colgaban, observó en la cara de los dos inmortales el estupor que sus palabras producían.

"Ante todo —les dijo después de una pausa, acerca de cuya duración no hay dato ninguno en nuestra ciencia cronológica—, quiero saber quién sois, cómo os llamasteis en el mundo, cuáles fueron y son vuestras aptitudes, pues en ellas he de fundar la idea que me propongo realizar. Si en la guerra trabajasteis ambos fieramente contra mí, en la paz habréis de trabajar por vosotros mismos y por vuestros hermanos bajo mis paternales auspicios."

No se atrevían a desplegar sus labios los dos inmortales; pero instigados a romper el silencio por los *rapsitas* que los custodiaban, habló primero el que parecía helénico, diciendo con voz entera:

"Señor, yo soy Fidias... Fidias[f], señor. ¡Por Júpiter![g] Creo que basta."

Y el otro, poniendo en su cara toda la displicencia humana, y acompañando su palabra de un mohín impertinente, declaró en esta forma:

"Yo soy Goya... Goya[h], señor... ¡Ajo! Me parece que he dicho bastante."

## IV
## ...O pesadas, o no darlas.

"¡Fidias, Goya...! —repetía el Dios peinándose la barba con los dedos—. Dos nombres que me suenan, sí, señor, me suenan... No extrañéis que no os distinga

---

[f] Fidias, el escultor más famoso de la Grecia clásica, nace en Atenas hacia 431 a. C.

[g] Júpiter, versión romana de Zeus, el dios más poderoso.

[h] Francisco Goya y Lucientes (1746-1828) fue el pintor español, que, empezando dentro de un clasicismo costumbrista (los cartones), desemboca con el nuevo siglo XIX en la visión más profundamente romántica de la cultura española; autor de los grabados *Los desastres de la guerra* (1810-14), y los cuadros del 2 y 3 de mayo (1808).

como sin duda merecéis. Entre tanta gente inmortal como aquí tenemos, entre tantísimo nombre, yo me confundo... Fidias, Goya... Sí, sí... ya voy recordando. La memoria flaquea en esas eternidades de olvido... Bien."

Ops, asomó por debajo del trono, arrastrándose como un gato; se desperezó, abrió los ojos, y mirando a los inmortales enroscóse otra vez sobre sí misma, buscando en el sueño el descanso de aquel esfuerzo de observación. Fidias, Goya...

Los *rapsitas,* que todo lo saben, ayudaron la memoria del Dios, refiriéndole casos y cosas referentes a los dos inmortales.

"Ya sé, ya... —decía Criptoas—. Tú brillaste en aquella dichosa Atenas, y por tu arte de la escultura fuiste considerado como pariente de los dioses. Tú luciste en la región occidental un ratito después que tu compañero. Entre uno y otro apenas median algunos siglos. Tú, con pedazos de mármol, hiciste imágenes de dioses en figura humana; tú pintaste graciosas mujeres, bellezas picantes, pueblo maleante... Ya me acuerdo... ¡Goya, Fideas! pueblo maleante..."

"Ambos debierais ser inolvidables, y lo sois sin duda. Pues bien; atendedme ahora. Quedamos en que mando abrir la puerta que nos comunicará con la humanidad. Se compondrá de dos gruesos pilares unidos en lo alto por un frontón. Cada uno de vosotros me ha de hacer un pilar, poniendo en la obra todo su ingenio y maestría. Ni a ti, Fidias, te pido obra de escultura exclusivamente, ni a ti, Goya, te pido pintura. Fundidme las dos artes; arreglaos de modo que contorno y modelado, color y anatomía, aparezcan en perfecta síntesis. ¿Me entendéis? ¿Entendéis bien esto?"

Los dos inmortales no dijeron nada. Parecían estatuas.

"Y hay más —prosiguió Criptoas—. Es condición, *sine qua non,* que entre los dos pilares, después que hayáis expresado en ellos todo vuestro sentir, resulte una armonía perfecta cual si ambas obras fueran de una misma mano. Enseñaos el uno al otro, haced cambio feliz de vuestras aptitudes y conocimientos, casad y unificad vuestras almas de suerte que Fidias posea todo lo bueno de Goya, y Goya todo lo bueno de Fidias, y ponedme ahí la estética ideal y suprema..."

Los dos inmortales continuaban perplejos mirando a lo infinito. Volvió a asomar por debajo del trono la cara de Ops, semejante a la de un gato paleontológico, y les miró con sus ojos de esmeralda, relamiéndose el hocico.

"Y hechos ambos pilares —prosiguió el Dios con sublime socarronería—, y aceptados por mí como buenos, conforme al canon que acabo de manifestaros, me haréis el frontón que ha de coronar la incomparable obra. En él trabajaréis unidos y en perfecta concordia, repartiéndoos la tarea. Os dejo en libertad para elegir las formas que creáis más propias. Sólo os exijo que vuestras ideas se produzcan con una concordia absoluta de ambas personalidades. La obra de arte que espero de vosotros ha de resplandecer por su belleza, por su armonía, por su unidad... y no digo más, pues todo está dicho. Hechos los dos pilares y el frontón, se abrirá la salida. Inmortales, podréis daros una vuelta por la vida terrestre y tornar al descanso cuando gustéis."

Viendo que las dos almas no se movían ni expresaban cosa alguna, Criptoas las mandó retirarse, diciéndoles por despedida:

"Comenzad ahora mismo, haraganes. Ops y yo no cesaremos de alentaros con nuestras miradas. No os tasamos el tiempo. Aunque tardarais tantos siglos como pelos tengo yo en mis barbas, no os daríamos prisa, ni mostraríamos impaciencia. Manos a la obra. Toda la falange de inmortales os contempla."

Al retirarse Fidias y Goya, encaminándose lentamente hacia el espacio, donde debían emprender su tarea, se miraron ¡ay! con supremo rencor.

B. Pérez Galdós.

# Rompecabezas[1]
## (Cuento)

### I

Ayer, como quien dice, el año *Tal* de la Era Cristiana, correspondiente al *Cuál,* o si se quiere, al tres mil y pico de la cronología egipcia, sucedió lo que voy a referir, historia familiar que nos transmite un *papirus* redactado en lindísimos monigotes. Es la tal historia o sucedido de notoria insignificancia, si el lector no sabe pasar de las exterioridades del texto gráfico; pero restregándose en éste los ojos por espacio de un par de siglos, no es difícil descubrir el meollo que contiene.

Pues señor... digo que aquel día o aquella tarde, o pongamos noche, iban por los llanos de Egipto, en la región que llaman Djebel Ezzrit[a] (seamos eruditos), tres personas y un borriquillo. Servía éste de cabalgadura a una hermosa joven que llevaba un niño en brazos; a pie, junto a ella, caminaba un anciano grave, empuñan-

---

[a] No he identificado este sitio, si bien Djebel significa montaña en árabe.

[1] Texto base, sin variantes, en la primera plana de *El Liberal,* 3 de enero, 1897.

do un palo, que así le servía para fustigar al rucio como para sostener su paso fatigoso. Pronto se les conocía que eran fugitivos, que buscaban en aquellas tierras refugio contra perseguidores de otro país, pues sin detenerse más que lo preciso para reparar las fuerzas, escogían para sus descansos lugares escondidos, huecos de peñas solitarias, o bien matorros espesos, más frecuentados de fieras que de hombres.

Imposible reproducir aquí la intensidad poética con que la escritura muñequil describe o más bien pinta la hermosura de la madre. No podréis apreciarla y comprenderla imaginando substancia de azucenas, que tostada y dorada por el sol conserva su ideal pureza. Del precioso nene, sólo puede decirse que era divino humanamente, y que sus ojos compendiaban todo el universo, como si ellos fueran la convergencia misteriosa de cielo y tierra.

Andaban, como he dicho, presurosos, esquivando los poblados y deteniéndose tan sólo en caseríos o aldehuelas de gente pobre, para implorar limosna. Como no escaseaban en aquella parte del mundo las buenas almas, pudieron avanzar, no sin trabajos, en su cautelosa marcha, y al fin llegaron a la vera de una ciudad grandísima, de gigantescos muros y colosales monumentos, cuya vista lejana recreaba y suspendía el ánimo de los pobres viandantes. El varón grave no cesaba de ponderar tanta maravilla; la joven y el niño las admiraban en silencio. Deparóles la suerte, o por mejor decir, el Eterno Señor, un buen amigo, mercader opulento, que volvía de Tebas con sinfín de servidores y una cáfila de camellos cargados de riquezas. No dice el *papirus* que el tal fuese compatriota de los fugitivos; pero por el habla (y esto no quiere decir que lo oyéramos), se conocía que era de las tierras que caen a la otra parte de la mar Bermeja. Contaron sus penas y trabajos los viajeros al generoso traficante, y éste les albergó en una de sus mejores tiendas, les regaló con excelentes manjares, y alentó sus abatidos ánimos con pláticas amenas y relatos de viajes y aventuras, que el precioso niño escuchaba con gravedad sonriente, como oyen los grandes a los pequeños, cuando los pequeños se saben la lección. Al despedirse asegurándoles que en aquella provincia interna del Egipto debían considerarse libres de persecución, entregó al anciano un puñado de monedas, y en la mano del niño puso una de oro, que debía de ser media pelucona o doblón de a ocho, reluciente, con endiabladas leyendas por una y otra cara. No hay que decir que esto motivó una familiar disputa entre el varón grave y la madre hermosa, pues aquél, obrando con prudencia y económica previsión, creía que la moneda estaba más segura en su bolsa que en la mano del nene, y su señora, apretando el puño de su hijito y besándolo una y otra vez, declaraba que aquellos deditos eran arca segura para guardar todos los tesoros del mundo.

## II

Tranquilos y gozosos, después de dejar al rucio bien instalado en un parador de los arrabales, se internaron en la ciudad, que a la sazón ardía en fiestas aparatosas por la coronación o jura de un rey, cuyo nombre ha olvidado o debiera olvidar la Historia. En una plaza, que el *papirus* describe hiperbólicamente como del tamaño de una de nuestras provincias, se extendía de punta a punta un inmenso bazar o mercado. Componíanlo tiendas o barracas muy vistosas, y de la animación y bullicio que en ellas reinaba, no pueden dar idea las menguadas muchedumbres que en nuestra civilización conocemos. Allí telas riquísimas, preciadas joyas, metales y marfiles, drogas mil balsámicas, objetos sin fin, construidos para la utilidad o el capricho; allí manjares, bebidas, inciensos, narcóticos, estimulantes y venenos para todos los gustos; la vida y la muerte, el dolor placentero y el gozo febril.

Recorrieron los fugitivos parte de la inmensa feria, incansables, y mientras el anciano miraba uno a uno todos los puestos, con ojos de investigación utilitaria, buscando algo en que emplear la moneda del niño, la madre, menos práctica tal vez, soñadora, y afectada de inmensa ternura, buscaba algún objeto que sirviera para recreo de la criatura, una frivolidad, un juguete en fin, que juguetes han existido en todo tiempo, y en el antiguo Egipto enredaban los niños con pirámides de piezas constructivas, con esfinges y obeliscos monísimos, y caimanes, áspides de mentirijillas, serpientes, ánades y demonios coronados.

No tardaron en encontrar lo que la bendita madre deseaba. ¡Vaya una colección de juguetes! Ni qué vale lo que hoy conocemos en este interesante *artículo*, comparado con aquellas maravillas de la industria muñequil. Baste decir que ni en seis horas largas se podía ver lo que contenían las tiendas: figurillas de dioses muy brutos, y de hombres como pájaros, esfinges que no decían *papá* y *mamá*, momias baratas que se armaban y desarmaban; en fin... no se puede contar. Para que nada faltase, había teatros con decoraciones de palacios y jardines, y cómicos en actitud de soltar el latiguillo; había sacerdotes con sábana blanca y sombreros deformes, bueyes de la ganadería de Apis, pitos adornados con flores del Loto, sacerdotisas en paños menores, y militares guapísimos con armaduras, capacetes, cruces y calvarios, y cuantos chirimbolos ofensivos y defensivos ha inventado para recreo de grandes, medianos y pequeños, el arte militar de todos los siglos.

III

En medio de la señora y del sujeto grave iba el chiquitín, dando sus manecitas, a uno y otro, y acomodando su paso inquieto y juguetón al mesurado andar de las personas mayores.

Y en verdad que bien podía ser tenido por sobrenatural aquel prodigioso infante, pues si en brazos de su madre era tiernecillo y muy poquita cosa, como un ángel de meses, al contacto del suelo crecía misteriosamente, sin dejar de ser niño; andaba con paso ligero y hablaba con expedita y clara lengua. Su mirar profundo a veces triste, gravemente risueño a veces, producía en los que le contemplaban confusión y desvanecimiento.

Puestos al fin de acuerdo los padres sobre el empleo que se había de dar a la moneda, dijéronle que escogiese de aquellos bonitos objetos lo que fuese más de su agrado. Miraba y observaba el niño con atención reflexiva, y cuando parecía decidirse por algo, mudaba de parecer, y tras un muñeco señalaba otro, sin llegar a mostrar una preferencia terminante. Su vacilación era en cierto modo angustiosa, como si cuando aquel niño dudaba ocurriese en toda la Natualeza una suspensión del curso inalterable de las cosas. Por fin, después de largas vacilaciones, pareció decidirse. Su madre le ayudaba diciéndole: "¿Quieres guerra, soldados?" Y el anciano le ayudaba también, diciéndole: "¿Quieres ángeles, sacerdotes, pastorcitos?" Y él contestó con gracia infinita, balbuciendo un concepto que traducido a nuestras lenguas, quiere decir: "De todo mucho."

Como las figurillas eran baratas, escogieron bien pronto cantidad de ellas para llevárselas. En la preciosa colección había *de todo mucho*, según la feliz expresión del nene; guerreros arrogantísimos, que por las trazas representaban célebres caudillos, Gengis Kan[b], Cambises[c], Napoleón[d], Anibal[e]; santos y eremitas bar-

---

[b] Gengis Kan (1160?-1227), caudillo tártaro, fundador del primer imperio mongol, conquistador de China.

[c] Rey de Persia, reinó de 529 a 521 a. C. Conquistador de Egipto.

[d] Napoleón Bonaparte (1769-1821), emperador de los franceses (1804-1814).

[e] General cartaginés (247-182? a. C.). Invade Italia, pero no captura la capital. Vuelve a Cartago para defenderla contra Escipión Africano, y es derrotado (202). Se envenena antes de entregarse a los romanos.

budos, pastores con pellizos y otros tipos de indudable realidad.

Partieron gozosos hacia su albergue, seguidos de un enjambre de chiquillos, ávidos de poner sus manos en aquel tesoro, que por ser tan grande se repartía en las manos de los tres forasteros. El niño llevaba las más bonitas figuras, apretándolas contra su pecho. Al llegar, la muchedumbre infantil, que había ido creciendo por el camino, rodeó al dueño de todas aquellas representaciones graciosas de la humanidad.

El hijo de la fugitiva les invitó a jugar en un extenso llano frontero a la casa... Y jugaron y alborotaron durante largo tiempo, que no puede precisarse, pues era día, y noche, y tras la noche, vinieron más y más días, que no pueden ser contados. Lo maravilloso de aquel extraño juego en que intervenían miles de niños (un historiador habla de millones), fue que el pequeñuelo, hijo de la bella señora, usando del poder sobrenatural que sin duda poseía, hizo una transformación total de los juguetes, cambiando las cabezas de todos ellos, sin que nadie lo notase; de modo que los caudillos resultaron con cabeza de pastores, y los religiosos con cabeza militar.

Vierais allí también héroes con báculo, sacerdotes con espada, monjas con cítara, y en fin, cuanto de incongruente pudierais imaginar. Hecho esto, repartió su tesoro entre la caterva infantil, la cual había llegado a ser tan numerosa como la población entera de dilatados reinos.

A un chico de Occidente, morenito, y muy picotero, le tocaron algunos curitas cabezudos, y no pocos guerreros sin cabeza[2].

---

[2] Después de la firma, está fechado, el 1 de enero, 1897.

Colección Letras Hispánicas

## Últimos títulos publicados

911 *Las personas del verbo*, JAIME GIL DE BIEDMA.
   Edición de Carme Riera y Félix Pardo.
912 *Ángel Guerra*, BENITO PÉREZ GALDÓS.
   Edición de Juan Carlos Pantoja Rivero.
913 *Primeras letras (1931-1943)*, OCTAVIO PAZ.
   Nueva edición revisada y aumentada de Enrico Mario Santí.
914 *Memorias del subdesarrollo*, EDMUNDO DESNOES.
   Edición de Alejandro Luque.
915 *Poesía*, DIEGO HURTADO DE MENDOZA.
   Edición de J. Ignacio Díez.
916 *Huye la hora (Antología poética)*, FRANCISCO DE QUEVEDO.
   Edición de Fernando Plata y Adrián J. Sáez.
917 *La única libertad*, MARINA MAYORAL.
   Edición de María Socorro Suárez Lafuente.
918 *De mundos inciertos (Antología de cuentos)*, JOSÉ MARÍA MERINO.
   Edición de Ángeles Encinar.
919 *Poesía clandestina y de protesta política del Siglo de Oro.*
   Edición de Ignacio Arellano.
920 *Mis páginas mejores*, JULIO CAMBA.
   Edición de Francisco Fuster.
921 *De una edad tal vez nunca vivida*, JORGE URRUTIA.
   Edición de José M.ª Fernández y Consuelo Triviño Anzola.
922 *La vida es sueño*, PEDRO CALDERÓN DE LA BARCA.
   Nueva edición de Fausta Antonucci.
923 *Una firme razón para el deseo (Poesía reunida)*, ROSA CHACEL.
   Edición de Laura Cristina Palomo Alepuz.
924 *Los adioses*, JUAN CARLOS ONETTI.
   Edición de Pablo Rocca.
925 *La piel de toro*, SALVADOR ESPRIU.
   Edición bilingüe de Maria Moreno Domènech.
927 *La emancipada*, MIGUEL RIOFRÍO.
   Edición de Fernando Nina Rada.

### De próxima aparición

*Un estallido (Antología de la poesía española 2000-2025).*
   Edición de Raúl Molina Gil y Álvaro López Fernández.